À PROPOS DE L'AUTRICE

Déborah Guérand vit dans le sud de la France avec son mari et ses deux enfants. Elle aime voyager aussi bien dans ses romans que dans la vraie vie. En éternelle romantique, elle a toujours un faible pour ses héros de papier.

La guerrière et le Highlander

Collection : VICTORIA

HARPERCOLLINS FRANCE
83-85, boulevard Vincent-Auriol, 75646 PARIS CEDEX 13
Service Lectrices — Tél. : 01 45 82 47 47 - www.harlequin.fr
ISBN 978-2-2804-8779-5 — ISSN 2493-013X

Composé et édité par HarperCollins France.
Imprimé en septembre 2023 par CPI Black Print (Barcelone)
en utilisant 100% d'électricité renouvelable.
Dépôt légal : octobre 2023.

FSC
www.fsc.org
MIXTE
Papier issu de sources responsables
FSC® C159065

Pour limiter l'empreinte environnementale de ses livres, HarperCollins France s'engage à n'utiliser que du papier fabriqué à partir de bois provenant de forêts gérées durablement et de manière responsable.

DÉBORAH GUÉRAND

La guerrière et le Highlander

Victoria

HARLEQUIN

À Marie-Line, à la fois ma maman et ma meilleure amie, qui m'a transmis son goût pour la lecture.

Entre papa et toi, je n'aurais pu rêver avoir de meilleurs parents.

Je vous aime.

Prologue

Château de Dunakin (fief du clan MacKinnon), île de Skye, 31 décembre 1389

L'ambiance générale était à la fête. En cette soirée de Hogmanay[1], tout le clan MacKinnon n'aspirait qu'à retrouver un peu de sérénité, rendue impossible par les tensions actuelles dans les Highlands et les Hébrides. La menace d'une nouvelle guerre de clans n'avait jamais été aussi réelle, si bien que les motifs de réjouissance étaient devenus rares. Alors, quand le chef avait ordonné que la bière, le vin et le *uisge beatha* coulent à flots durant le repas, les domestiques s'étaient empressés de transmettre les directives en cuisine. Avec la bonne humeur retrouvée, même pour cette seule nuit, la fête s'annonçait réussie. Les hommes avaient sorti leurs instruments de musique et, déjà, dès les premières notes, les messieurs invitèrent les dames à danser.

Pleine d'entrain, Urain battait la mesure avec son pied et s'autorisa, pour l'occasion, à se servir un peu de bière, quand les grandes portes de la salle s'ouvrirent sur un mystérieux visiteur. Il s'agissait, à n'en pas douter, d'un guerrier. Ses deux

1. Hogmanay (A'Challuinn en gaélique écossais) désigne le dernier jour de l'année pour les Écossais et les festivités du nouvel an. (Toutes les notes sont de l'autrice.)

épées croisées dans son dos et dont seuls les pommeaux étaient visibles, parlaient pour lui.

Un ange noir, songea-t-elle, en l'observant s'avancer devant l'assemblée, soudain devenue silencieuse. Une étrange sensation la submergea tandis qu'elle détaillait l'inconnu avec un vif intérêt. L'homme portait un long manteau en cuir noir, à l'instar du reste de sa tenue, et ses cheveux coupés court étaient adorablement ébouriffés, comme si leur propriétaire avait passé sa main dedans avant de pénétrer dans la pièce. Le regard d'Urain s'attarda ensuite sur le visage de l'individu et, en l'examinant plus attentivement, elle eut un terrible choc. Une image venue tout droit du passé se superposa à celle du guerrier, dont la progression vers l'estrade maintenait toute l'assistance en haleine.

Cette tignasse claire, ce profil fier, ces traits fins, cette mâchoire virile et légèrement carrée ne pouvaient appartenir qu'à un seul homme, celui dont le cœur d'Urain avait difficilement fait le deuil...

Cela ne pouvait être vrai. Le choc lui coupa momentanément la respiration. C'était comme voir resurgir tous les fantômes de son passé et la réapparition de celui-ci avait une saveur particulière.

Non, elle devait rêver comme souvent lorsqu'il était question d'Alasdair MacKinnon ; or si elle n'était pas endormie sur sa couche, cela signifiait que le fils prodigue était bel et bien revenu parmi les siens après de longues années d'absence et une douloureuse attente pour elle.

Sous la surprise, la cruche qu'elle tenait entre ses mains lui échappa.

1

Printemps 1376

Le laird de Dunakin, Angus MacKinnon, sortit de la grande salle. Il était accompagné de ses fils Neil et Finnon, issus d'un premier mariage. La réunion matinale à laquelle ils avaient assisté en compagnie de quelques conseillers du chef venait de prendre fin. Tous avaient déjà l'esprit tourné vers le rassemblement prévu au château de Dunvegan, résidence des MacLeod, sur l'île de Skye. C'était là que devaient se tenir les populaires jeux des Highlands. Ces derniers étaient l'occasion offerte à tous les guerriers du pays de se mesurer les uns aux autres, sans pour autant prendre les armes, lors d'épreuves diverses et variées telles que : le tir à l'arc, la nage, le lancer de tronc d'arbre, le tir à la corde ou bien encore, la lutte et la danse du sabre. Le tout se déroulait sans encombre, la plupart du temps, grâce à la traditionnelle hospitalité des Highlands. Cette règle obligeait notamment un clan à recevoir un ennemi comme n'importe quel hôte et sous le pavillon de la paix.

Son dernier né, Alasdair, et ses neveux – Connor et Duncan –, ainsi que leurs amis – Urain et Magnus – couraient à perdre haleine afin de mettre le plus de distance entre eux et les cuisines. L'infernale bande de brigands venait de chaparder des beignets à peine sortis du four et s'enfuyait avec l'intention de les engloutir à l'abri des regards, mais le fils du laird stoppa net sa course folle, compromettant ainsi leur projet d'évasion, lorsqu'il reconnut son père au milieu de ses hommes. Ce fut sans même réfléchir à la présence de ses compagnons sur ses talons qu'il dévia de son chemin pour se diriger vers Angus. Le garçon ne l'avait pas revu depuis son départ de Dunakin, des semaines plus tôt. Le chef des MacKinnon avait décidé de vivre en toute tranquillité avec ses voisins et, pour cela, il avait pris la route afin d'entamer des pourparlers de paix avec eux. Une décision qu'avait salué Euphémie de Ross, nouvelle comtesse de Ross de plein droit, et dame de Skye. Par ailleurs, en agissant de la sorte, Angus s'était également fait un allié en la personne de John MacDonald. Le puissant seigneur des îles voyait là l'occasion d'unifier les clans des Hébrides Extérieures et Intérieures, sous sa coupe, après la sanglante bataille remportée par son héritier Dómhnall d'Islay qui avait opposé les MacKinnon, les MacLean et les MacLeod aux MacDonald.

— Père ! cria Alasdair, avant de se jeter dans ses bras.

Angus posa son énorme main sur l'une des épaules de son fils et lui ébouriffa ses longs cheveux de l'autre.

— Je suis bien aise de te retrouver plein de vigueur et en bonne santé, fils !

— Moi aussi, père, répondit le jeune homme, heureux. As-tu obtenu ce que tu étais parti chercher en rendant visite aux autres chefs ?

Angus fit mine de réfléchir avant de lui tapoter gaiement le bras :

— C'est en bonne voie, je te remercie. Tes frères et moi avons d'excellentes raisons d'être optimistes.

Prenant conscience qu'il en avait oublié jusqu'à la présence de ses aînés et des conseillers du laird, Alasdair s'empressa de les saluer. Profitant de ces retrouvailles, Angus observa son dernier né avec une tendresse non dissimulée. Son cœur se serra à la vue des traits fins et de cette abondante chevelure claire hérités de sa mère, une fille MacLean.

— Mais j'ai une autre bonne nouvelle à t'annoncer, fils, reprit Angus. J'ai décidé de t'emmener à Dunvegan assister aux Jeux.

Il est temps pour toi de te mêler aux guerriers et, pourquoi pas, dans quelques années, d'y participer toi-même !

Des acclamations d'enfants se firent entendre dans le hall avant d'être soudainement recouvertes par des grognements furibonds. Padraig, le cuisinier, s'étant aperçu qu'il manquait une demi-douzaine de beignets sur son plan de travail, s'était mis en quête des coupables. Il ne lui avait guère fallu plus de quelques minutes pour les trouver, en train de boire les paroles du chef MacKinnon comme si elles leur avaient été directement adressées.

— Ah, mon laird ! Regardez-moi cette bande de sales petits voleurs ! maugréa-t-il.

— Hé là ! Que se passe-t-il, ici ? demanda Angus, d'un ton amusé car il avait deviné le point litigieux.

À la droite du chef, Neil lançait des coups d'œil amusés à son jeune frère et ses compagnons d'âneries, qui rapetissaient à mesure que Padraig déroulait le fil de son histoire. Il était indéniable que les cinq garnements n'étaient jamais à court d'imagination lorsqu'il s'agissait de faire tourner les autres occupants du château en bourrique.

— Bien, très bien, déclara Angus en feignant de réfléchir intensément.

Finnon et Finlay assistaient aussi à la scène. Ce dernier était non seulement le capitaine de la garde du laird mais aussi le père de Magnus. Il s'approcha de son chef pour chuchoter à son oreille, sous l'œil inquiet de sa progéniture. Après quoi, Angus s'éclaircit la voix pour rendre son jugement.

— Je crains qu'une punition ne s'impose après le récit de tous vos méfaits, les garçons.

Les visages des enfants s'affaissèrent tout à coup. S'il n'avait pas été si amusé, Angus aurait certainement éprouvé quelques remords à les torturer ainsi.

Alasdair s'attendait à ce que son père revienne sur sa décision de le laisser l'accompagner aux Jeux. Bien entendu, il était d'ores et déjà déçu, mais se gardait bien de le montrer. Le fils MacKinnon pensait mériter son châtiment.

— Attendez-moi dans la cour. Je me chargerai moi-même de cette besogne.

Les garçons s'éloignaient déjà quand le laird les rappela afin d'ajouter :

— Ah, oui, j'oubliais. Il est entendu que vous nous accompagnerez tous à Dunvegan, les enfants.

Malgré la punition qui continuait à planer sur leurs têtes, les cinq garçons manifestèrent leur joie dans un tonnerre de cris surexcités.

— Bigre ! s'exclama Connor, le plus âgé de tous. J'ai encore du mal à m'asseoir !

La bande de garnements se remettait péniblement de sa punition : Angus leur avait administré une correction que méritaient, selon lui, les enfants désobéissants. L'humiliation d'avoir été battus en public avait été plus difficile à supporter pour les guerriers en herbe que la douleur de recevoir les puissants coups du laird sur leur postérieur.

— À mon avis, on peut s'estimer heureux, parce que quand j'ai vu Finlay parler à l'oreille du chef, j'ai cru mourir, les gars ! rétorqua Duncan en levant la tête.

Un cormoran huppé en quête de poissons à capturer amorçait sa descente en direction des eaux. Les garçons avaient migré du côté de la plage. Le château de Dunakin était idéalement situé entre la lande recouvrant les reliefs alentour d'un tapis vert, ocre et violet, et la mer d'un bleu profond. Un éblouissant soleil de fin de journée faisait rayonner la magnifique île de Skye, la plus vaste des Hébrides Intérieures.

— Que ça nous serve de leçon, lança Magnus à l'attention de ses compagnons d'âneries en se frottant lui aussi la partie meurtrie de son anatomie. Je doute que le chef se montre aussi clément la prochaine fois.

Le fils de Finlay, un solide gaillard aux cheveux aussi roux que ceux de Duncan, était déjà bien bâti pour ses douze ans. Il était, avec Urain, le plus calme et prudent des cinq compères, tandis qu'à l'inverse, Duncan et Connor, les deux neveux d'Angus, étaient nettement plus téméraires. Alasdair se situait entre les deux, car sa position de fils du chef lui imposait sagesse et retenue quand la fougue de sa jeunesse lui dictait de tenter les pires bêtises avec ses compagnons.

— Au moins, nous avons pu profiter de notre butin, si chèrement acquis. Les beignets de ce brave Padraig étaient délicieux. Si c'était à refaire, je ne changerais rien !

Disant cela, Connor MacGregor s'étendit de tout son long sur la partie herbeuse de la plage. Son regard turquoise pétillait de malice. Puis il croisa les bras derrière sa tête et bâilla bruyamment avant de clore ses paupières.

Alasdair observait son cousin, un mince sourire aux lèvres. L'attitude, toujours pleine de désinvolture, du MacGregor l'amusait autant qu'elle l'exaspérait parfois. De trois ans plus âgé qu'Alasdair qui en avait dix, Connor était arrivé à Dunakin quelques années plus tôt pour y faire son apprentissage. Son entrée dans la petite bande avait apporté un peu plus de bonne humeur et de combines en tout genre dans le quotidien des garçons.

À la stupeur générale, Urain se leva sans prévenir, commença à ôter ses vêtements pour ne conserver que sa chemise en lin et ses braies et fila en direction de l'eau sans dire un mot. Les quatre autres compères, restés sagement sur la plage, le virent plonger, perplexes, avant qu'il n'en resurgisse en s'ébrouant vigoureusement.

— Elle est incroyablement bonne ! Vous venez ? lança-t-il, ses yeux sombres et brillants comme deux billes noires.

— Euh... mais, bégaya Magnus. Vous le croyez, quand il dit qu'elle est bonne ?

— Bande de froussards ! hurla Urain comme aucun d'entre eux ne bougeait.

Duncan haussa les épaules, semblant hésiter sur la question de la température de l'eau en ce début de printemps. Connor, lui, ouvrit furtivement un œil avant de le refermer aussi vite, ébloui par le soleil.

— Moi, j'y vais ! déclara Alasdair en quittant sa place.

Il ôta son gilet et ses chausses pour ne conserver que sa chemise et ses braies comme l'avait fait Urain. Et tout comme son meilleur ami avant lui, il fonça à toute vitesse dans la mer pour y plonger la tête la première. Urain et lui engagèrent rapidement une bataille. Les deux amis riaient aux éclats, ce qui acheva de décider les récalcitrants, y compris Connor, réputé comme étant des plus frileux.

Plus tard, les garçons se firent sécher comme des harengs au soleil dans un alignement quasi parfait. Ils restèrent ainsi sur la plage à admirer le paysage, même si bientôt il leur faudrait regagner le château pour ne pas manquer le souper, au risque de recevoir de nouvelles réprimandes.

— Peuh ! Vous, les Islanders, êtes insensibles au froid ! rouspéta Connor en récupérant ses affaires.

— Si tu veux dire par là que nous ne sommes pas des fillettes geignardes, alors la réponse est foutrement oui ! rugit Duncan, en tapant sur sa cuisse.

— Allez, cousin, reconnais-le ! Après tout ce temps passé ici avec nous, tu commences à aimer les bains frais ! renchérit Alasdair, goguenard, sur le chemin du retour.

Urain riait sous cape à son côté.

— Il ne l'avouerait pas même sous la torture !

— Peut-être bien, admit Connor. Mais, du reste, elle était quand même sacrément froide !

Le soir, un orage éclata alors que le château était endormi.

Alasdair était allongé dans son lit, le sommeil le fuyait. Le jeune garçon s'occupait comme il le pouvait en attendant que Morphée veuille bien l'accueillir dans ses bras. Il s'amusait à observer sur les murs en pierre de sa chambre les ombres fantasmagoriques des arbres, dont les branches ondoyaient sous la puissance du vent. Lorsqu'il était plus petit, il s'imaginait que des esprits s'infiltraient à l'intérieur du château pour murmurer aux oreilles de ses habitants. Alasdair avait souvent espéré entendre la voix de sa mère. N'était-elle pas morte par une nuit semblable, cinq ans auparavant ? Il s'en rappelait encore malgré son jeune âge. Avec le temps, la douleur comme les souvenirs s'estompaient, c'était ce que lui avait expliqué Mórag.

Un grattement l'interrompit dans ses pensées. Au début, il ne fut pas certain d'avoir bien entendu. Entre le bruit du déluge à l'extérieur et son propre dialogue intérieur, il aurait été aisé de ne rien remarquer, et pour n'importe qui d'autre cela aurait été le cas ; or comme tout bon guerrier, Alasdair avait l'ouïe fine et le sens de l'observation.

L'enfant se redressa sur sa couche et se concentra. Nouveau grattement. Cette fois-ci, le doute n'était plus permis.

— Qui va là ? demanda-t-il d'une voix fluette qu'il aurait voulu plus forte.

Pour toute réponse, la porte s'ouvrit doucement afin de laisser apparaître une petite silhouette voûtée. Un soupir de soulagement s'échappa discrètement des lèvres d'Alasdair lorsqu'il reconnut l'intrus.

— Urain, c'est toi ?

Il s'agissait davantage d'une affirmation que d'une question. Urain ne dit rien et se contenta de contourner le lit pour venir se glisser sous les draps auprès de son frère de lait.

— Où est ta mère ?

— Elle tra... travaille encore. Elle a rep... répété toute la soirée qu'elle avait beau... beaucoup à faire pour le rassemblement de... de demain.

— Tu es tout mouillé ! s'exclama Alasdair alors qu'il tendait le bras pour toucher l'épaule de son meilleur ami.

Celui-ci grelottait en claquant des dents.

— J'ai oublié de me couvrir en quittant la... la chau... mière. Mais ça va passer.

Alasdair s'agita pour ramener la seconde couverture sur le corps secoué de tremblements d'Urain.

— Espèce d'idiot, tu vas attraper la mort !

— Mais il y avait de l'orage !

La colère d'Alasdair s'envola à ce simple rappel. Urain avait toujours eu peur du tonnerre. L'enfant n'avait pas eu le courage de demeurer seul dans la chaumière qu'il partageait avec sa mère par ce temps, quand bien même il ne risquait rien, l'habitation étant située à proximité immédiate du château.

Le fils MacKinnon glissa un bras autour des épaules de son ami qui lui parut minuscule ainsi roulé en boule contre lui.

— Ça va mieux ?

— Ou... oui, merci.

Mais les tremblements d'Urain ne paraissaient pas vouloir cesser.

— Tu as toujours peur ?

— Un peu moins mainten...

Le reste de sa phrase se perdit dans un long bâillement. L'enfant tombait de sommeil. Ses paupières papillotèrent furieusement avant de se calmer. Alasdair le remarqua et sourit.

— N'aie aucune crainte, ce n'est rien. Tu te souviens de ce que nous avait dit ta mère sur les orages ?

— Mais si jamais on est attaqué et qu'on n'entend rien à cause du tonnerre ?

— Je te protégerai.

— Je ne veux pas qu'il t'arrive du mal, soupira Urain, en appuyant son crâne contre l'épaule d'Alasdair.

Peu de temps après, un léger ronflement s'éleva dans la pièce silencieuse.

— Je te protégerai toujours, Urain, chuchota le fils MacKinnon à son ami endormi.

Cinq ans plus tôt

Urain, inquiet, regardait sa mère alimenter le feu de tourbe réchauffant la petite pièce par cette froide nuit d'automne. La fête de Samhuinn[1] *était passée depuis quelques semaines à peine et les premières neiges ne tarderaient pas à recouvrir la magnifique île de Skye.*

Le vent et la pluie battante furent suivis par les grondements de l'orage, annonçant sa venue avec force. Un adorable visage, encadré par des boucles noires comme le manteau d'un phoque, surgit de sous les draps, à côté du fils du laird.

— Tu es sûre que ce sera bientôt terminé, maman ? demanda une petite voix aux accents anxieux.

Mórag, la mère d'Urain et nourrice d'Alasdair, regarda avec tendresse les deux bambins. Les cheveux dorés du jeune MacKinnon se mêlaient à ceux de jais de son unique enfant. Les deux garçons avaient sensiblement le même âge, n'ayant qu'un mois d'écart.

— Oui, mes chéris. Ce sera terminé sous peu. Maintenant, dormez ! leur dit-elle, un sourire dans la voix.

Urain, qui désirait se montrer courageux, ravala tant bien que mal la peur qui le tenaillait pour obéir à sa mère. Son frère de lait lui prit la main pour le réconforter.

— Mórag a raison, Urain. Le Seigneur aura bientôt fini de déplacer ses meubles, et on pourra fermer les yeux après ça.

Le garçonnet, que la simple présence d'Alasdair semblait apaiser, serra un peu plus fort les doigts de son meilleur ami.

Décidant qu'il serait judicieux de détourner l'attention des deux petits de l'orage, Mórag fit glisser un tabouret jusque devant le lit et s'installa dessus.

— Je pourrais vous raconter une histoire, mes chéris, ainsi vous ne penserez plus à ce que fait notre Seigneur cette nuit.

Sa proposition fut accueillie par des réactions enthousiastes. Les deux enfants étaient toujours friands de contes et légendes. Mórag commença son récit, un de ceux mêlant toutes sortes de créatures magiques issues du folklore local, pour le plus grand plaisir de son public. Alasdair fut particulièrement fasciné par sa description de

1. Première des quatre grandes fêtes religieuses de l'année gaélique. Elle marque le passage de la saison « claire » à la saison « sombre » dans la nuit du 31 octobre au 1er novembre.

la selkie[1] *et lui demanda, plein d'espoir, si elle en avait déjà aperçu une près du château. Mórag fit alors planer le doute en lui répondant par un sourire énigmatique.*

Quelques bâillements plus tard, la nourrice cessa de parler. Les enfants s'étaient tous deux endormis. Elle allait quitter son tabouret peu confortable, lorsqu'une voix de petit garçon la fit sursauter.

— Mór, commença Alasdair. Pourquoi papa a l'air tout le temps triste, et pourquoi maman ne vient-elle plus me voir ?

La femme eut le plus grand mal à dissimuler l'émotion provoquée par l'innocente question de son protégé. Un enfant qu'elle avait aidé à élever, qu'elle aimait comme le sien, qu'elle avait nourri de son sein quand sa mère en était incapable à cause d'un état de santé fragile.

Mórag soupira en cherchant ses mots. Puis, ne résistant pas au regard insistant et d'une étonnante maturité pour un petit garçon de cinq ans, elle s'assit à côté d'Alasdair. Comment lui expliquer que, ce soir, sa maman avait succombé à une forte fièvre ?

— Il va falloir être brave, mo chridhe[2], *dit-elle, en lui caressant le visage.*

— Elle est partie rejoindre les anges, hein, Mórag ? C'est donc ça ?

Là encore, il s'agissait plus d'une affirmation que d'une question. Émue aux larmes, la nourrice hocha la tête avant d'embrasser le front du garçonnet.

Alasdair ne pleura pas, même si la brûlure dans ses yeux était vive. Au contraire, le futur guerrier, fils de Highlander et descendant des Vikings, décida de se montrer vaillant comme il pensait que son père l'aurait souhaité. Et quand il se sentit sur le point de craquer en dépit de ses courageuses résolutions, le simple contact d'une petite main enserrant la sienne lui communiqua la force de tenir.

1. Créature imaginaire souvent décrite comme une superbe jeune fille capable de se changer en animal marin pour plonger dans la mer.

2. *Mo chridhe* signifie « mon chéri » en gaélique écossais.

2

Château de Dunvegan (fief du clan MacLeod),
île de Skye, 19 juin 1376

Urain avait un mal fou à suivre son meilleur ami qui se faufilait entre les immenses guerriers venus participer ou assister aux célèbres jeux des Highlands. Si Alasdair était aussi pressé d'arriver à destination, c'était parce qu'il avait été prévenu qu'Angus se préparait à entrer en lice dans la discipline de la lutte.

— Alasdair, ralentis ! lui cria Urain. D'après les autres, ton père était en train de s'équiper et non déjà sur le terrain !

— Je ne veux pas courir le risque de le manquer, alors dépêche-toi ! répondit aussitôt Alasdair, sans ralentir la cadence.

À cette allure, les deux amis atteignirent rapidement l'arène, située dans les jardins qui accueillaient une partie des épreuves. Ils se frayèrent un chemin parmi le public et gravirent encore quelques marches pour rejoindre Magnus et son père, Finlay, dans les gradins. Un concert de protestations s'éleva depuis l'autre extrémité de leur rangée tandis que Connor et Duncan jouaient également des coudes pour parvenir jusqu'à eux.

— On n'a rien manqué, j'espère ? demanda Connor, qui avait posé sa question pour la forme, l'aire de combat étant encore vide.

— J'ai été étonné de ne pas te voir plus tôt, Connor, rétorqua le capitaine en se penchant pour le saluer.

— Que voulez-vous, Finlay, j'étais pris par mes nombreuses obligations ! Je suis un homme occupé.

— Tes nombreuses obligations ? répéta Urain, un sourcil relevé dans une moue sarcastique.

— Absolument ! Je nettoyais l'épée de Neil, si tu veux tout savoir. C'est une tâche ô combien importante, le sais-tu ? Car sans épée, point de guerrier.

Urain lui envoya un coup de coude dans les côtes en ricanant.

— Sacré Connor ! Il faut toujours que tu fasses le fanfaron.

Le MacGregor s'apprêtait à répliquer quand Alasdair l'interrompit d'une tape sur l'avant-bras.

Angus avait effectué son entrée dans l'arène où il faisait maintenant face à son adversaire. Toute l'attention du jeune MacKinnon était rivée sur les deux hommes et le spectacle à venir. Alasdair n'avait pas souvent eu l'occasion de voir son père lors d'un combat mais, à chaque fois, l'admiration qu'il éprouvait pour son chef de clan s'en trouvait grandie. Son père était un excellent guerrier, craint pour sa redoutable efficacité sur un champ de bataille, et respecté pour sa droiture. Ce n'était un secret pour personne qu'Alasdair espérait lui-même atteindre un tel niveau d'excellence dans le maniement des armes pour, peut-être un jour, se faire un nom. En tant que troisième fils de laird, il ne pouvait envisager de l'être lui-même un jour. C'était son frère, Neil, le *tànaiste* d'Angus, l'héritier du titre et de toutes les possessions, celui destiné à diriger les MacKinnon après la mort de leur père. Quant à Alasdair, son destin et tout rêve de prestige résideraient entre ses mains de guerrier. C'était à lui de tout faire pour devenir le meilleur et il comptait bien atteindre cet objectif.

Angus échangea les premiers coups avec son adversaire, un Campbell. Bien qu'approchant de la cinquantaine, le chef MacKinnon avait de l'agilité et de la pugnacité à revendre. Il n'était certes plus un guerrier dans la force de l'âge, mais, outre l'expérience, subsistait la technique. Il parvint, après quelques feintes et attaques bien placées, à venir à bout de son concurrent, sous l'œil admiratif des membres de son clan.

Après son combat, Angus partit se sustenter dans la grande salle du château de Dunvegan où des rafraîchissements avaient été mis à disposition des participants.

— Sacré combat, MacKinnon ! déclara un homme dans son dos.

Il se retourna et rencontra le regard, d'un vert incroyable, de l'individu qui s'était adressé à lui. Il reconnut Ruppert MacLean, un membre d'un autre clan éminent des Hébrides Intérieures.

— Ruppert ! s'exclama le chef en le saluant chaleureusement. Je m'étonnais de ne pas t'avoir déjà croisé.

— Je ne pouvais manquer les Jeux cette année. J'espérais secrètement pouvoir enfin prendre ma revanche sur toi sans déclencher une nouvelle guerre. Mais selon les dires, tu t'es mué en pacificateur !

Angus MacKinnon plissa le front.

— L'épreuve de lutte, il y a plus de dix ans ! précisa Ruppert, hilare.

Le visage d'Angus se détendit aussitôt pour se fendre d'un large sourire :

— Sacrebleu, Ruppert ! Je l'avais presque oubliée !

— Pas moi, et encore moins le fait que tu as failli t'enfuir avec ma sœur juste après m'avoir battu !

Angus MacKinnon, lui, ne riait plus. Le souvenir de ces Jeux raviva ceux de sa seconde épouse : Elora MacLean. Bien que cinq années se soient écoulées depuis cette perte tragique, la douleur était encore vivace. Ruppert s'en aperçut et son visage s'assombrit un bref instant.

Ce fut ce moment précis que choisit une petite tête blonde, autant que l'était celle du MacLean, pour dépasser d'une large colonne en pierre. Ruppert releva le menton dans sa direction pour en avertir Angus, lequel se retourna aussitôt.

— Mon fils ! le renseigna-t-il avec une pointe de fierté dans la voix. Alasdair, approche que je te présente à ton oncle, Ruppert MacLean.

Ce dernier ne put retenir un mouvement de surprise en observant plus attentivement son neveu. Malgré la couleur d'yeux qui était celle d'Angus, ainsi que le nez droit et aristocratique digne d'une statue grecque, le garçon ressemblait sans l'ombre d'un doute à sa défunte mère : les traits du visage, ces cheveux, cette silhouette destinée à être svelte et athlétique, quand son père et ses frères étaient plus trapus… MacLean éprouva soudain de la compassion pour son beau-frère, car il se demandait ce que l'homme devait ressentir lorsqu'il regardait ainsi son fils. Assurément, l'enfant devait lui rappeler, d'une manière criante, son amour perdu. Le fait est que les secondes noces du chef MacKinnon avec Elora MacLean étaient un mariage d'amour, contrairement au premier dont étaient issus ses deux fils aînés et qui avait été destiné à établir des alliances entre clans.

Alasdair sortit complètement de l'ombre et avança bravement vers ce parent qui était encore un étranger pour lui.

— Bonjour, mon oncle, fit-il, l'air toujours aussi sérieux.

Quelque peu amusé par l'attitude de l'enfant, MacLean lui asséna une gentille tape sur l'épaule.

— Je suis ravi de faire ta connaissance, cher neveu. Il y a bien longtemps que j'attendais d'en avoir l'occasion, en vérité.

— Quand tu es arrivé, ton oncle m'annonçait vouloir se mesurer à moi lors de l'épreuve de lutte. Je ne suis pas certain d'en avoir envie, s'esclaffa le chef MacKinnon. Ruppert est un excellent guerrier, peut-être même le meilleur, ma foi !

Alasdair ouvrit de grands yeux, incapable de dissimuler son étonnement, car pour lui c'était à son père que revenait ce titre.

— Tss, tss ! Il te dit cela uniquement pour atténuer l'effet d'une future défaite, plaisanta MacLean.

Les deux hommes rirent de leurs propos tandis qu'Alasdair découvrait peu à peu cet oncle inconnu. Il était perdu dans ses réflexions lorsque Angus s'adressa à lui :

— Au fait, tu me cherchais, Alasdair ?

Voyant que son fils n'osait pas formuler sa requête, Angus l'invita à parler en lui pressant doucement l'épaule.

— Je… je voulais te demander la permission d'aller, moi aussi, m'exercer à l'épée avec les autres, père.

Devant l'air on ne peut plus grave de son fils, Angus réprima un sourire.

— En voilà une excellente idée ! s'exclama MacLean. Un jeune guerrier désireux de s'entraîner et de faire ses preuves. Je ne peux que t'encourager, mon garçon !

— Je suis entièrement d'accord avec ton oncle. Tu as mon assentiment.

Mais, avant que l'enfant ne disparaisse en courant, guidé par la hâte d'imiter ses aînés, il lui lança :

— Alasdair ! Des épées en bois, fils !

Ce dernier lui sourit avant de prendre la poudre d'escampette. Angus MacKinnon échangea un regard entendu avec son beau-frère.

À la fin des Jeux, si les enfants n'avaient pas eu le plaisir de voir leur chef sacré champion, ils avaient tout de même assisté à une multitude de disciplines disputées par des participants plus aguerris et méritants les uns que les autres. Comme prévu, Ruppert MacLean avait eu sa revanche sur Angus à la lutte, et Neil avait remporté quelques épreuves pour la plus grande fierté des MacKinnon. Quant à Connor, voir Angus battre un Campbell l'avait plongé dans une totale euphorie, les Campbell étant des ennemis héréditaires des MacGregor. Depuis son arrivée à Dunakin, le jeune homme répétait à l'envi qu'il lui tardait d'en embrocher quelques-uns. Le fils MacGregor mettait tellement de fureur et de ferveur dans ses mots que personne n'osait en douter. De son côté, Urain avait été conquis par l'épreuve de tir à l'arc, remportée par le chef MacLeod. Lui, qu'une constitution jugée plutôt fragile condamnait déjà à des tâches plus administratives auprès de son oncle Gilleonan, le régisseur de Dunakin, s'était trouvé une passion qu'il pourrait partager avec ses amis sans causer trop d'inquiétude à sa mère. En conséquence, tous les membres de la petite bande redoublèrent d'ardeur au cours de leurs entraînements pour se muer en corps de guerriers d'élite. Tout cela sous l'œil amusé du chef et de Finlay qui ne les prenaient pas encore au sérieux.

Mais l'épisode le plus troublant de ces Jeux fut sans aucun doute la rencontre entre le jeune Duncan et la sorcière des MacLeod. Les cinq garnements, qui avaient entendu toutes sortes d'histoires à son sujet, n'avaient pu résister à l'appel de la curiosité et s'étaient aventurés du côté de la hutte de la vieille femme. Les ayant surpris à l'épier, elle les avait invités dans sa modeste habitation où elle avait pris un malin plaisir à leur faire peur avec toutes sortes de potions, dont elle leur avait décrit avec précision les effets atroces sur ceux qui avaient le malheur d'y goûter. Puis, soudain en transe, elle s'était penchée vers Duncan, dont la propre mère était aussi connue chez les MacKinnon pour posséder des dons. La sorcière avait alors émis d'un ton docte une prophétie à propos du jeune guerrier roux, seulement âgé de onze ans :

— Tel un flamboyant soleil, tu brilleras, jeune MacKinnon ! Aucune armée ne te résistera, ton nom suffira à faire trembler les ennemis les plus redoutables, même les montagnes frémiront sur ton passage ! Et en plein apogée de ta gloire, tu tomberas éperdument amoureux de la plus magnifique des femmes, plus belle encore qu'Hélène de Troie ! Mais prends garde aux présages et à ta chute, enfant du chaos ! Car ton aveuglement pourrait bien te valoir la même fin que Pâris, prince de malheur.

Duncan en était resté sans voix. Les garçons et lui avaient ensuite détalé comme des lapins, le plus loin possible de l'horrible sorcière.

Un après-midi d'août, Angus MacKinnon fit chercher son dernier né afin de s'entretenir avec lui. Après avoir poussé timidement la lourde porte, Alasdair salua respectueusement son chef de clan, traversa d'un pas rapide la grande pièce, et prit place face à lui.

— Tu m'as fait demander, père ? s'enquit le garçon, les joues encore rosies d'avoir couru depuis la plage.

MacKinnon s'installa plus confortablement dans son imposant siège et examina son fils avant de lui communiquer les raisons de sa présence.

— Oui, j'ai à te parler d'une chose importante.

Angus marqua une pause et remit en place un objet sur la table avant de reprendre :

— J'ai constaté que, pendant notre séjour à Dunvegan, tu avais pu apprécier la compagnie de ton oncle Ruppert.

Angus s'interrompit, laissant ainsi la possibilité à son fils de lui confirmer ou bien d'infirmer cette information

— C'est exact, père. Il est bon guerrier, sûrement pas autant que toi, mais il l'est, répondit Alasdair.

Angus ne put retenir un sourire devant l'admiration sans bornes que lui vouait son garçon. L'homme était parfaitement conscient que les liens familiaux altéraient le jugement du fils sur les capacités du père.

— Eh bien, je suis heureux de l'entendre. Je sais qu'il est encore tôt pour en parler, car tu ne partiras pas tout de suite, mais Ruppert et moi avons convenu d'une chose.

— Quelle est-elle, père ? demanda Alasdair, un brin nerveux.

— Tu iras au château de Duart auprès de lui, parfaire ton apprentissage. Ruppert est le cousin du chef MacLean, ainsi que son homme de confiance. Il est ton oncle maternel qui plus est, et j'aimerais que vous fassiez plus ample connaissance, ta mère l'aurait souhaité. Il te traitera bien, sévèrement parfois, mais il se montrera juste envers toi, je le sais. Il veillera à ce que tu acquières tout ce qu'il faut pour devenir un bon guerrier.

Le chef MacKinnon observa Alasdair, attendant une réaction, mais le garçon conserva son air solennel. Son regard couleur de miel, toujours un peu trop sérieux pour un enfant de seulement dix ans, fixait Angus sans trahir une quelconque émotion.

— Je ferai ce que tu me commandes, père.

Angus soupira, puis se leva de son siège afin de prendre son jeune fils par les épaules.

— Je sais ce que tu as au fond de ton cœur, Alasdair. Un jour, et j'en suis intimement convaincu, tu seras le grand guerrier que tu rêves d'être. Mais sois juste et agis toujours avec mesure. Les hommes portent en eux le poids de leurs péchés. Fais en sorte que les tiens n'alourdissent pas tes épaules, au point de ne plus trouver la force de te relever.

Angus s'interrompit et ébouriffa les cheveux de son garçon avant d'ajouter sur un ton plus léger :

— Bah ! Tu as la volonté et la ténacité d'un MacKinnon, mais tu as également le joli minois de ta mère !

— Tu seras fier de moi, père. Je te le promets, déclara Alasdair, un léger sourire aux lèvres.

Le laird adressa un clin d'œil complice à son fils à qui il administra ensuite une petite tape dans le dos.

— Voilà qui est parfait, fils !

Puis, désignant un linge, il ajouta :

— Ceci est pour toi. Je te laisse le prendre et découvrir ce que c'est.

Alasdair s'exécuta et dénoua la ficelle entourant le morceau de tissu beige dans lequel étaient enveloppés deux poignards typiques des Highlands.

— Des *sgian dubhs* ?

Angus hocha simplement la tête. Alasdair fit glisser ses doigts le long du manche admirablement travaillé. Une inscription avait été minutieusement sculptée entre les entrelacs vikings formant le motif principal : *An onoir, a' mhisneach, an gaol agus a' phròis.*

— L'honneur, le courage, l'amour et la fierté, récita-t-il.

Le jeune guerrier leva enfin les yeux vers son chef dont il accrocha le regard. Angus réfléchit un court instant avant de s'approcher de son fils, sur les épaules duquel il posa ses larges paumes calleuses.

— Les quatre choses que tu ne devras jamais perdre de vue, Alasdair. Souviens-toi de cela toute ta vie et puisse celle-ci être longue, mon fils. Je te le souhaite du plus profond de mon cœur de père, lui dit-il, visiblement ému.

Après une accolade spontanée et pleine de gratitude à son père, Alasdair rangea avec précaution les précieux poignards en les enveloppant de nouveau dans le linge. Angus MacKinnon l'observa faire.

— Va maintenant ! Je ne voudrais pas te retenir plus longtemps loin de la plage et de tes amis en pareille journée. Toutefois, veillez à ne pas vous tuer avec les dernières lubies de Connor. Mon neveu semble avoir le diable au corps ! ajouta le chef, en riant.

Après un rapide détour par sa chambre, Alasdair prit le chemin de la plage où seul Urain lui prêta attention lorsqu'il arriva.

— T'en fais une tête ! Un problème avec le chef ? lui demanda-t-il, en venant à sa rencontre.

Alasdair eut un mouvement de recul lorsque son meilleur ami s'approcha de lui.

— Ah, oui. Désolé, fit Urain, piteux, en époussetant ses vêtements. On a fait de la lutte pendant ton absence. J'ai perdu de peu face à ce balourd de Magnus, mais j'aurai ma revanche, crois-moi, et très bientôt !

Alasdair lui sourit avant de s'asseoir par terre. Il posa ses avant-bras sur ses genoux repliés. Urain l'imita.

— Pourquoi ton père souhaitait-il te voir ?

Le jeune MacKinnon traça une ligne avec la pointe de son pied dans les cailloux.

— Pour me parler de mon avenir.

Urain ne se contenta pas d'une réponse aussi vague et insista jusqu'à ce que son frère de lait lui raconte son entrevue avec le chef.

— Quand ? l'interrogea-t-il d'une voix blanche quand Alasdair eut fini.

Urain était de toute évidence troublé par son prochain départ.

— À la fin de l'été. Mon père estime que ce sera alors le bon moment. Selon mes frères, j'aurais déjà dû partir.

C'était la vérité, ils en avaient tous les deux parfaitement conscience. En toute honnêteté, ils avaient toujours appréhendé ce moment tout en sachant que leurs chemins se sépareraient un jour. C'était inévitable, peut-être pas pour toujours, mais pendant de nombreuses années tout du moins. Alasdair était le fils d'un chef, et ce privilège s'accompagnait aussi de lourdes responsabilités pour lesquelles une bonne éducation était essentielle.

Urain et lui restèrent de longues minutes, assis épaule contre épaule, sans rien dire. Leur complicité était telle que les mots étaient parfois inutiles pour se comprendre. Ce moment de grâce fut brisé quand Alasdair reçut un objet en pleine poitrine. Après examen, le projectile s'avéra être la chaussure de Connor. Urain et Alasdair échangèrent un regard et sourirent avant de se relever comme un seul homme afin de rendre la monnaie de sa pièce à cet insolent MacGregor.

3

Château de Duart, fin septembre 1376

Il était encore tôt ce matin-là. Le château s'éveillait progressivement, bientôt une furieuse effervescence y bouillonnerait comme à son habitude. À l'extérieur, la brume commençait à peine à se dissiper, mais le capitaine de la garde des MacLean de Duart avait déjà englouti un copieux petit déjeuner, commencé l'entraînement avec ses hommes, et même pris un bain dans l'eau glacée de la mer. À présent, Ruppert réajustait sa ceinture à lanières par-dessus son pourpoint[1] en cuir marron et son plaid. Satisfait, le guerrier MacLean était fin prêt à attaquer cette nouvelle journée.

De leur côté, Alasdair et Duncan avaient embarqué à bord d'un des *birlinns*[2] du chef MacKinnon. Neil, Finlay et une poignée de soldats avaient été chargés d'accompagner les deux garçons pour le voyage qui devait les mener jusqu'à leur nouvelle résidence : le château de Duart. Le fief du clan MacLean était situé au sud-est de l'île de Mull, dans la région du comté d'Argyll.

À l'approche de la côte, Alasdair avait écarquillé les yeux en voyant se dessiner, derrière une épaisse brume, l'ombre d'une grande et imposante bâtisse. Au fur et à mesure de la percée

1. Vêtement masculin en usage du XIIIe au XVIIe en Europe et qui recouvrait le torse jusqu'au-dessous de la ceinture.

2. Bateau médiéval propulsé par des rames et une voile carrée sur un mât.

des rayons de soleil, celle-ci s'était détachée, irréelle, entre la mer et les reliefs dans son dos. L'apprenti guerrier s'était alors tourné vers son cousin, une lueur d'excitation dans le regard. À leurs âges, peu de choses pouvaient rivaliser avec l'attrait de la nouveauté.

Ruppert se chargea lui-même d'accueillir chaleureusement les hôtes des MacLean.

— Neil MacKinnon ! Finlay, mon brave ! Comment allez-vous ? les salua Ruppert de sa voix chaude et grave. Soyez tous les bienvenus au château de Duart, allié du clan MacKinnon.

Le *tànaiste* d'Angus salua chaleureusement le guerrier MacLean. L'homme n'était pas beaucoup plus âgé que lui. Neil n'avait que onze ans de moins que Ruppert, contre quinze de plus que son jeune frère.

— Ruppert ! Nous vous remercions pour votre hospitalité ! déclara Neil.

Ce dernier regarda par-dessus l'épaule du capitaine. Il semblait chercher quelqu'un.

— Où est ton chef ? Le mien m'a chargé d'un message à son intention.

— Il a été prévenu de votre arrivée. Il ne devrait plus tarder. Mais entrez ! Toi et tes compagnons allez pouvoir vous restaurer dans la grande salle, répondit Ruppert en leur enjoignant d'un geste de la main d'avancer.

Après avoir échangé quelques paroles avec les représentants MacKinnon, Ruppert se tourna vers Alasdair et Duncan. Il réprima un sourire devant les deux visages redevenus un brin trop solennels.

Le chef MacLean pénétra dans la cour pour accueillir à son tour les nouveaux arrivants. Alasdair le reconnut à sa longue chevelure brune retombant en une cascade ondulée sur de larges épaules. Lachlan MacLean était presque aussi grand que son oncle Ruppert, mais il se dégageait de sa personne toute l'autorité d'un laird. Lachlan posa sur Alasdair ses yeux d'un bleu intense avant de reporter son attention sur les guerriers MacKinnon.

Après les présentations et formules de politesse d'usage, Neil et Finlay suivirent le chef MacLean dans son cabinet privé afin de discuter politique, tandis que les autres furent escortés jusque dans la salle principale pour s'y restaurer. Ruppert resta seul avec ses deux recrues. C'était lui qui se chargerait de les aider à se familiariser avec leur nouvel environnement.

Alasdair emboîta le pas à son oncle jusqu'au terrain d'entraînement, où une poignée d'hommes faisaient déjà étalage de leur savoir-faire dans le maniement de l'épée. Ruppert ne fut pas étonné de constater la lueur d'intérêt dans le regard des enfants. Son neveu, en particulier, semblait hypnotisé par le spectacle de ces guerriers faisant honneur aux leçons chèrement apprises auprès de leur capitaine.

Ruppert se pencha en avant et plaça son visage entre celui de Duncan et d'Alasdair.

— Vous voyez ces hommes ? leur chuchota-t-il.

Les deux cousins hochèrent vigoureusement la tête sans quitter des yeux l'affrontement à l'issue encore incertaine.

— Si vous travaillez dur, que vous suivez mon enseignement sans jamais vous plaindre, tout en faisant preuve d'ambition, mais aussi de force de caractère, eh bien, je vous promets d'arriver à faire de vous d'authentiques Highlanders, tout comme eux.

Sur ces paroles, Alasdair tourna son regard vers lui pour le dévisager avec insistance, sa question en suspens. Le MacLean hocha simplement la tête. Oui, c'était possible. Un sourire énigmatique sur les lèvres, il ajouta :

— Peut-être même les meilleurs. Qui sait ?

— Je veux apprendre à me servir de celle-là ! déclara Duncan, en pointant son index, d'un air fasciné, en direction d'un des soldats, lequel brandissait une très lourde épée.

Ruppert retint un ricanement.

— Une claymore ! Celle-là se tient à deux mains. Mon grand, tu vas devoir beaucoup travailler pour la manier correctement. Il te faudra acquérir la force de Robbie Boyd pour être le meilleur et le plus agile avec ! lança-t-il sur le ton de la plaisanterie.

Duncan ouvrit des yeux ronds comme des soucoupes à la

mention du célèbre Robert Boyd, celui qui avait été surnommé « l'homme le plus fort » du pays, un farouche partisan de l'Écosse libre aux côtés de William Wallace, son ami d'enfance.

— Et toi, cher neveu, qui voudrais-tu être ?

— Un bon guerrier et un homme dont mon chef de clan pourra être fier.

La réponse fut donnée sans aucune hésitation.

Ruppert hocha imperceptiblement la tête puis invita les deux garçons à le suivre afin de continuer la visite des lieux.

4

Château de Duart, automne 1379

Après une journée éreintante, semblable à toutes les précédentes depuis son arrivée au château de Duart, trois ans plus tôt, Alasdair, treize ans désormais, soupira en pénétrant dans la pièce qu'il partageait avec son cousin et deux autres garçons, des MacLean. Il grimaça en entendant un vrombissement. Duncan avait toujours ronflé horriblement fort, mais la fatigue aidant, cela relevait à présent de l'insupportable. Contrairement à lui, leurs camarades de chambre semblaient s'y être habitués, car ils dormaient déjà profondément, mais en silence, eux.

Le soir, les longues conversations avec son oncle, au cours desquelles ce dernier lui contait les incroyables exploits de Finn Mac Cumhaill, le tenaient en haleine. Il y avait aussi les histoires issues de la propre enfance de Ruppert et destinées à faire revivre (même un tant soit peu) le souvenir de la défunte mère d'Alasdair. Tout cela contribuait à tenir le jeune homme éveillé souvent très tard après le souper, en dépit de l'épuisement.

Mais, depuis un mois, Duncan et lui n'avaient eu de cesse de transporter des tonnes de tourbe, empilées dans des brouettes en bois quelque peu bancales, jusque dans les réserves du bâtiment afin de les stocker pour l'hiver, car tels étaient les ordres de Ruppert. Une basse besogne qui déplaisait à Alasdair, si bien que deux jours plus tôt, exténué et frustré, le jeune homme avait laissé tomber son chargement par terre pour exprimer son mécontentement à son oncle.

— Je n'ai pas fait route jusqu'à Duart pour accomplir ce genre de tâches, mon oncle !

— Ah non ? avait répondu Ruppert, en arquant un sourcil surpris, ses bras croisés sur son torse puissant.

Même Duncan avait paru stupéfié par le ton véhément de son cousin.

— Vous nous aviez promis de faire de nous des guerriers, des Highlanders ; or, nous n'avons pas tenu une épée depuis des semaines ! Transporter des kilos de tourbe ne fera pas de nous les meilleurs combattants d'Écosse !

Le visage du capitaine MacLean était demeuré impassible, laissant planer le doute sur ce qu'il pensait des griefs du fils MacKinnon.

— En effet, peut-être que porter tout ce poids ne te fera pas devenir Finn Mac Cumhaill, mais il t'apportera les capacités nécessaires pour y parvenir, avait-il fini par dire. J'ai dit à ton cousin, le jour de son arrivée ici, il y a trois ans, que pour manier la claymore il devait acquérir suffisamment de force. Il en va de même pour toi, cher neveu. Un bon guerrier, ce n'est pas simplement un homme tenant une épée et l'agitant autour de lui pour repousser un assaillant. C'est avant tout un individu entraîné, possédant la puissance et l'aisance nécessaire pour combattre avec. Mais pas seulement. Il lui faut également réfléchir avec sa tête pour savoir quand et comment l'utiliser. Et j'ai bien l'intention de vous enseigner tout cela à tous les deux.

À la suite des explications de Ruppert, Alasdair s'était senti piteux. Son malaise s'était d'autant plus accentué qu'à leur retour au château, une servante leur avait appris à Duncan et lui que le capitaine avait demandé qu'on leur mette de côté de quoi manger, comme les garçons avaient manqué le dîner en raison de leur retard. Les cousins avaient échangé un regard lourd de sens avant d'engloutir leur repas en silence. Le lendemain, Alasdair s'était levé bien avant l'aube après une nuit compliquée.

Il avait attendu son oncle non loin du terrain d'entraînement pour lui présenter des excuses que Ruppert avait acceptées.

Alasdair s'allongea enfin dans son lit avec un soupir. Là, il glissa une main sous son oreiller pour en sortir une petite statuette habilement sculptée dans un morceau d'if. Il s'agissait du bois dont s'était servi Urain pour confectionner son propre arc. Gilleonan le lui avait ramené d'un de ses nombreux déplacements pour le laird. Gilleonan MacKinnon était le régisseur de Dunakin depuis des années, Alasdair n'avait jamais connu que lui à ce poste. Il était également l'oncle par alliance d'Urain et, à ce titre, il éprouvait une affection toute particulière pour le garçon. L'homme, aux tempes grisonnantes et au sourire jovial, avait épousé en secondes noces la sœur aînée de Mórag. Sa femme ayant succombé à une forte fièvre peu de temps après leurs noces, il était demeuré sans enfant. Puis un jour, alors qu'il revenait d'un voyage effectué pour le compte d'Angus, il s'était présenté devant les portes du château avec une femme et un nourrisson. Gilleonan leur avait expliqué que Mórag, sa belle-sœur, était veuve et mère d'un enfant d'à peine quelques jours. Après la naissance du troisième fils du laird MacKinnon, Mórag s'était occupée du bébé. Elle l'avait langé, bercé, aimé et lui avait donné le sein quand sa mère peinait à se remettre d'un accouchement difficile.

Soudain assaillie par un profond sentiment de nostalgie, Alasdair fit tourner l'objet dans sa main tout en l'observant sous les rayons de lune filtrant par l'unique fenêtre de la pièce. Ce faisant, il se remémora le jour où son frère de lait le lui avait offert. C'était lors de son dernier retour au sein du clan, l'été dernier. Urain avait été si fier de lui montrer l'arc qu'il avait lui-même fabriqué.

— C'est de l'if ! Le meilleur bois qu'on puisse trouver pour faire un arc ! affirma Urain, en bandant la corde. Il est souple et robuste à la fois !

— Un peu comme toi, plaisanta Alasdair, à la vue d'un Urain si excité.

Celui-ci s'amusait à imiter les positions des archers qu'il avait bien observés durant les derniers jeux des Highlands.

— Finlay a dit que si je réussissais à bien m'en servir, je pourrais vous accompagner aux Jeux l'an prochain. Tu crois que je pourrai y participer quand vous vous lancerez ? On y serait tous ensemble, comme avant !

Finlay avait visiblement omis de lui préciser qu'il leur faudrait encore plusieurs années avant d'atteindre un niveau suffisant pour espérer pouvoir concourir à ces Jeux, quelle que soit la discipline. Nonobstant cela, Urain débordait d'enthousiasme, à tel point qu'il ne parut pas remarquer l'hilarité difficilement contenue de son frère de lait.

— Attends ! lança soudain Alasdair, voyant qu'Urain s'apprêtait à décocher sa première flèche.

Le fils MacKinnon quitta sa place au pied de l'arbre et s'avança vers son ami, qui le dévisagea perplexe.

— Tu devrais plus écarter tes jambes, lui expliqua-t-il en lui tapant légèrement le pied. Et il faudrait que tu décontractes un peu tes épaules, comme ça, c'est parfait. Détends-toi et souffle un bon coup pour les relâcher, elles sont trop hautes. Là, voilà !

Urain sembla hésiter puis, après avoir lancé un rapide regard à Alasdair, il osa lui demander :

— Tu... Ça t'ennuierait de me montrer la position adéquate ? Je voudrais vraiment apprendre à être aussi méritant au tir que vous tous.

Le fils MacKinnon haussa les épaules, surpris de la gêne évidente de son ami.

— Bien sûr que non ! Mais tu verras, Urain, tu as l'air tellement passionné par ce que tu fais que tu arriveras à nous battre à plate couture dans quelques semaines ! avait-il ajouté, en riant.

Alasdair se plaça ensuite derrière lui, l'enveloppant de ses bras pour lui montrer comment tenir l'arc. D'une légère pression sur ses épaules, il l'invita à relâcher toute sa tension. Puis, il glissa une jambe entre celles de son ami pour que celui-ci se positionne correctement. Enfin, il mit ses mains sur celles, devenues subitement tremblantes, d'Urain.

— Tu as froid ? s'étonna Alasdair, conscient de la douceur du climat.

— Non... oui... un peu, murmura Urain. Et maintenant ?

Alasdair se pencha, lui qui avait considérablement grandi et dépassait son frère de lait d'une bonne tête, pour lui chuchoter à l'oreille :

— Tu ouvres bien tes yeux et tu focalises ton attention sur le but à atteindre. Ensuite, tu expires très doucement et tu décoches ta flèche !

Bon élève, Urain vida ses poumons pour se concentrer sur son objectif, à savoir, un sac rempli de paille au bout d'une pique plantée dans le sol, avec en son centre une cible peinte en rouge. Puis, comme s'il s'agissait d'une mission de la plus haute importance, il prit son temps pour viser avant de tirer.

Ses efforts combinés aux précieux conseils d'Alasdair furent payants, car le carreau atteignit sa cible. Des cris d'allégresse retentirent dans la paisible lande entourant le château de Dunakin pour fêter cette performance.

— J'ai réussi ! exulta Urain.

— Tu l'as eu en plein dans le mille ! Et à une sacrée belle distance ! Je suis fier de toi, Urain ! ajouta Alasdair, gagné lui aussi par l'euphorie.

Tout à leur joie, les deux garçons s'étreignirent chaleureusement, bien conscients qu'ils vivaient là leur dernier après-midi ensemble avant le départ imminent d'Alasdair pour le château de Duart.

Lorsque le calme revint, Urain abandonna son arc au pied d'un arbre afin de fouiller dans son sporran[1].

— C'est pour toi, dit-il en tendant son présent à Alasdair.

Ce dernier s'empara de la petite figurine en bois sculpté avec précaution.

— C'est toi qui as fait ça ?

La figurine représentait un soldat tenant son épée contre lui, pointe vers le sol. Son concepteur n'avait pas rechigné devant la tâche, la quantité de détails rendait le tout impressionnant. Le

1. Un *sporran* est une sacoche en peau qui s'accroche à la ceinture.

travail qui avait été réalisé était remarquable surtout compte tenu de l'âge d'Urain, déjà doué de ses mains pour ses treize ans.

— Finlay m'a enseigné sa technique pour tailler correctement le bois.

— C'est magnifique ! L'élève surpassera bientôt le maître.

— J'en serais étonné, mais merci.

Urain accueillit les félicitations de son ami avec bonheur et modestie.

En le retournant, Alasdair lut la citation qui y était gravée : « Nihil potest resisterer ad fortis cor », *qu'il traduisit du latin :*

— « Rien ne résiste à un cœur vaillant ».

— J'ai trouvé que l'inscription était appropriée, se justifia timidement Urain. Je te souhaite de devenir celui que tu ambitionnes d'être, Alasdair. Et puis, je me suis dit que, comme ça, tu penserais à moi... à nous tous, je veux dire, se reprit-il, rouge de confusion. Que tu ne nous oublieras pas quand tu seras au loin.

Le fils MacKinnon lui rendit son sourire. L'émotion qui lui nouait la gorge, tandis qu'il prenait Urain dans ses bras, l'empêchait de remercier correctement son ami. Puis, s'écartant légèrement, il parvint à lui dire :

— Je n'ai pas besoin d'un objet pour penser à vous tous. Pour toi moins que pour tout autre, Urain. Mais je garderai précieusement ton cadeau, je t'en fais la promesse.

Alasdair rangea ensuite l'inestimable présent dans sa poche. Urain essuya discrètement une larme qui pointait au coin de son œil.

Peu de temps après, les deux amis furent rejoints par Duncan et Magnus. Ce qui leur permit d'effacer la tristesse des prochains adieux sur leurs visages.

Alasdair contempla une dernière fois sa statuette de bois avant de la remettre sous son oreiller, là où personne ne la trouverait et ne poserait de question.

Comme souvent depuis qu'il était arrivé au château de Duart, le jeune homme se laissa aller à son chagrin. Même en sachant qu'il avait été envoyé auprès de Ruppert pour son bien, demeurer loin des siens depuis tant d'années était un poids très lourd pour de si jeunes épaules. Alors, à l'abri des regards et des jugements, Alasdair pleura en silence jusqu'à ce que sa fatigue ait enfin raison des ronflements sonores de Duncan. Le jeune MacKinnon sombra dans un profond sommeil sur une dernière image : celle d'Urain, debout sur la grève et agitant la main à s'en faire mal au bras.

5

Avril 1382, deux semaines avant Beltane[1]

Mórag pénétra dans la chaumière qu'elle partageait avec Urain ; un privilège que lui avait octroyé le chef MacKinnon peu de temps après le troisième anniversaire d'Alasdair.

Elle déposa une pile de linges propres sur le coffre de la petite chambre, seulement séparée du reste de la maison par un grand rideau, et s'apprêtait à repartir afin d'accomplir ses tâches journalières lorsqu'elle entendit des sanglots dans son dos. Mórag en lâcha brusquement le panier qu'elle portait, revint sur ses pas, et contourna le lit pour s'approcher de l'espace vide entre celui-ci et le mur. Elle y découvrit Urain, repliée en boule sur elle-même et pleurant à chaudes larmes. Aussitôt prise de panique, elle s'agenouilla près d'elle en la saisissant par les épaules :

— Urain ! Dis-moi ce qui ne va pas ? Quelqu'un t'a trouvée ici et t'a fait du mal ?

En l'absence de réponse, Mórag sentit monter en elle un irrépressible sentiment de peur qui la fit secouer Urain un peu plus afin d'obtenir une réaction.

1. Troisième grande fête religieuse de l'année celtique. Elle symbolise la fin de la saison « sombre » au profit de la saison « claire », en opposition avec la fête de Samhuinn. Elle est célébrée le 1er mai.

— Parle-moi, je t'en supplie ! Je ne pourrai pas t'aider si tu ne me racontes pas ce qu'il se passe.

Urain se libéra brusquement de la poigne de sa mère. Le visage ravagé par les larmes qui continuaient à couler à flots, elle lui cria en se relevant d'un bond :

— Il ne faut pas que tu me touches, maman !

— Mais... mais pourquoi ? bégaya Mórag, interdite.

— Ce que j'ai..., c'est peut-être contagieux. Je ne voudrais pas...

Les larmes d'Urain redoublèrent, la forçant à s'interrompre.

— Ce que tu as ? Tu es donc bien malade ? Mais de quoi s'agit...

La jeune fille en pleurs dévoila finalement ses mains rouges.

— D'où vient tout ce sang ? demanda Mórag, qui craignit de comprendre.

Urain réprima difficilement une nouvelle crise de larmes pour répondre à sa mère :

— De moi, maman ! Je vais mourir, je le sais ! Quand on perd autant de sang, c'est que l'on va mourir, n'est-ce pas ?

Voilà seize ans que Mórag appréhendait ce moment. *Seize années d'angoisse !*

Le désespoir qui perçait dans la voix de l'adolescente déclencha un profond sentiment de culpabilité chez sa mère. Évidemment, cette dernière était aussi incroyablement soulagée de savoir que la vie de sa fille n'était pas en danger. Néanmoins, elle songea qu'elle aurait mieux fait de l'avertir de ce qui l'attendrait le jour où elle deviendrait totalement une femme.

L'ancienne nourrice avait d'ailleurs pensé devoir affronter cette épreuve bien plus tôt, mais la constitution menue d'Urain avait probablement retardé le phénomène. *Grâce à Dieu... Maintenant,* pensa-t-elle, *il faudra qu'Urain apprenne à survivre avec ce fardeau.*

— Non, tu n'es pas mourante, ma pauvre chérie. Oh ! je suis tellement désolée, Urain, de ne pas t'en avoir parlé avant. Tu... tu es aujourd'hui capable de donner la vie à ton tour. Tu es désormais une femme, ma fille.

Urain ouvrit de grands yeux tandis qu'elle tentait d'assimiler les paroles de sa mère. Ainsi, elle n'était pas condamnée à périr à court terme dans d'atroces souffrances. Ce sang qui s'écoulait d'entre ses cuisses, comme sa poitrine qui l'empêchait désormais de se baigner en mer avec ses amis, faisait partie intégrante des changements que subissait son corps depuis quelques années.

Après avoir aidé Urain à se débarrasser de ses vêtements souillés, Mórag demanda que l'on apporte, depuis les cuisines du château, de quoi lui préparer un bain.

— J'ai redouté ce moment depuis ta naissance, avoua-t-elle en ôtant le bandage permettant de comprimer les seins d'Urain. Quoi qu'il en soit, nous y sommes. Tu es une femme. Plus que jamais, nous allons devoir redoubler de prudence pour éviter que notre secret ne soit révélé.

Mórag désigna le baquet à sa fille qui paraissait s'être figée.

— Tu devras passer moins de temps avec Connor et les autres. Personne ne doit soupçonner quoi que ce soit, tu m'entends ? Absolument personne, il en va de notre sécurité à toutes les deux. De mon côté, je ferai le nécessaire, ne t'inquiète pas.

Là-dessus, elle prit sa fille par les épaules et l'obligea à entrer dans le baquet. Urain avait les yeux bouffis et le teint rougi d'avoir trop pleuré. La pauvre enfant, encore toute tremblante, entra dans l'eau fumante sans dire un mot, le regard dans le vague. Sa mère commençait déjà à lui frotter vigoureusement le haut des cuisses avec un pain de savon parfumé à la bruyère.

— Personne ne te fera du mal. J'y veillerai jusqu'à mon dernier souffle, répétait Mórag en la lavant.

Comme à son habitude depuis trois ans, Alasdair, désormais âgé de seize ans, revenait sur les terres de son clan pour quelques semaines.

Le jeune homme traversa la grande salle d'un pas souple et grimpa l'escalier pour aller saluer son père, mais se figea en constatant qu'Angus était déjà en pleine conversation avec Finnon.

— La trêve avec les Anglais ne durera pas éternellement. Robert ne paye pas ses dettes envers ces arrogants Anglais, et les Douglas sont toujours aussi sanguins et querelleurs, affirma Finnon.

— J'espère que MacDonald ne nous entraînera pas dans toutes ces histoires, étant donné que sa seconde épouse est la fille de Robert. D'autant que les Anglais ont besoin d'argent pour cette guerre interminable qu'ils mènent contre les Français, répondit Angus.

— Comme vous le savez, père, je ne suis pas un partisan de la politique de MacDonald. Je pense qu'il faudrait étendre notre influence en établissant des alliances nous aussi. Ainsi nous aurions plus de poids dans les décisions prises.

Alasdair observait son demi-frère, le buste penché en avant vers le chef, lui parlant sur le ton de la conspiration. Il n'aurait su l'expliquer, mais un détail dans la posture de Finnon, son attitude, sa voix, le dérangeait. Bah ! Il se pouvait également que cela soit dû au trop grand écart d'âges entre les deux frères. Alasdair et Finnon n'avaient jamais été proches. Pour autant, Neil était le plus vieux des deux, et cela n'avait jamais empêché le jeune MacKinnon d'apprécier la compagnie de son aîné lorsque celui-ci consentait à lui accorder un peu de son temps. Heureusement pour lui, Urain, Duncan, Connor et Magnus avaient été les frères sur lesquels il avait toujours pu compter.

Angus et Finnon poursuivirent leur discussion sans remarquer sa présence. Les subtilités liées à la politique échappaient encore à Alasdair, toutefois il avait parfaitement compris que les deux hommes parlaient du roi Robert II et de sa fille Margaret Stuart qui était aussi l'épouse de John MacDonald, le seigneur des îles dont la plupart demeuraient sous son autorité, contrairement à l'île de Skye placée sous celle des Comtes de Ross, d'anciens Mormaer[1].

Les deux hommes s'interrompirent en constatant qu'ils n'étaient plus seuls. Angus tourna la tête et une étincelle de fierté brilla dans son regard quand il reconnut son plus jeune fils.

— Père ! s'exclama ce dernier en l'étreignant.

1. Ancien titre de souverain régional.

Angus se recula légèrement afin d'admirer son garçon qui ne cessait de changer d'année en année. Alasdair dépassait maintenant son père par la taille, mais pas encore par la force. La musculature de son corps svelte s'étoffait en raison de ses entraînements quotidiens mais, en dépit de son physique de guerrier, son visage conservait cet aspect lisse et juvénile lié à ses seize ans. Angus tapota avec fermeté les épaules d'Alasdair comme pour juger des changements qui s'étaient opérés chez son fils depuis leur dernière entrevue.

— Mon fils. Bienvenue chez toi !

Sur ces mots, Angus relâcha Alasdair, dont le regard se déporta jusqu'à son demi-frère qu'il salua.

— Finnon et moi discutions de la situation politique en Écosse, reprit Angus. Mais ne nous embarrassons pas d'histoires et de querelles qui ne nous concernent pas, ici, sur notre bien aimée île de Skye !

— Oui, père.

— Tu dois avoir de nombreuses anecdotes à nous raconter, Alasdair. Enfin, si j'en crois ce que m'écrit ton oncle dans sa correspondance.

Un sourire en coin se dessina sur les lèvres du jeune homme.

— Loué soit le Seigneur, déclara Finnon. Le guerrier prometteur est de retour parmi les siens.

— Merci, fit simplement Alasdair.

— Mais prends garde, petit frère, après tout ce temps passé à Duart, de ne pas devenir plus MacLean que MacKinnon.

Le rictus de Finnon, pas plus que l'expression de son visage, ne plurent à Alasdair qui s'était raidi.

— Mon honneur et mon sang serviront mon clan, celui de notre père, rétorqua Alasdair, dorénavant sur la défensive.

Finnon, dont les cheveux étaient aussi noirs que du basalte, esquissa un sourire moqueur tandis que ses yeux sombres détaillaient avec attention son puîné.

— J'espère que tu n'y as vu aucune offense, petit frère. Je te taquinais tout simplement.

Puis, après avoir asséné une tape sur l'épaule d'Alasdair, il ajouta :

— Maintenant, si vous voulez bien m'excuser. Je dois y aller.

Angus regarda son fils cadet s'éloigner en laissant échapper un soupir qu'Alasdair ignora comment interpréter.

— Les prochains jeux des Highlands se tiendront à Dunrobin après les célébrations de Beltane, l'en informa son père. J'ai pensé qu'étant donné toutes les louanges que j'entends sur ton compte, tu pourrais y concourir dans les disciplines de ton choix. Je compte y envoyer Connor et Magnus. Je pense que Duncan voudra également y participer.

Lisant l'hésitation dans les yeux de son fils, Angus poursuivit, d'un ton rassurant :

— Juste quelques épreuves. Dans sa correspondance, ton oncle m'affirme que tu es un élève appliqué et très doué. En tant que père, je suis évidemment fier et, en tant que ton laird, j'ai hâte de pouvoir en juger par moi-même.

— Je ferai ce que tu me commandes.

Le chef MacKinnon masqua son sourire d'un doigt glissé sur les lèvres avant d'entraîner Alasdair à l'intérieur de son cabinet.

— C'est une suggestion, ou plutôt un souhait, fils. Mais, j'accepte ta réponse, dit-il en refermant la porte. Je suppose que maintenant que tu es rentré, tu as du monde à voir et une foule d'admiratrices à contenter.

Angus adressa un clin d'œil complice à Alasdair qui se mit à rougir légèrement.

— J'ai encore quelques affaires en cours. Nous nous reparlerons au banquet de ce soir si tu le veux bien.

— Je vous laisse, père. J'aimerais saluer Urain, je suppose qu'il est avec Gilleonan ?

Le visage d'Angus s'était soudain rembruni à l'évocation d'Urain, ou plutôt en songeant à sa mère qui avait été la nourrice de son propre fils. Il décida de le mettre lui-même au courant de la situation.

— Une dernière chose, fils. Tu dois savoir que la santé de Mórag s'est dégradée durant l'année écoulée. Elle a été contrainte de déléguer à d'autres domestiques une partie de ses responsabilités. Urain l'assiste comme il le peut. Le pauvre garçon est surchargé, entre son travail auprès de Gilleonan et l'aide qu'il apporte à sa mère. Il est plus frêle que jamais ! J'ai abandonné l'idée d'en faire un guerrier. Il servira le clan comme régisseur quand Gilleonan ne pourra plus assurer cette mission.

Si Alasdair fut ébranlé par ces mauvaises nouvelles, il tâcha de n'en rien montrer à son père. Angus approuva son attitude. Il était toujours bon pour un homme, de surcroît un homme appelé à diriger des soldats, de ne rien révéler de ses émotions.

Alasdair quitta le cabinet de son père après un dernier hochement de tête.

Il ne parvint à retrouver la trace d'Urain qu'au moment du banquet servi dans la grande salle du château de Dunakin. Il put alors constater que son père lui avait dit vrai en parlant de la condition physique de son frère de lait. En prime, Urain présentait de lourds cernes sous les yeux.

Quel était déjà le mot qu'Angus avait employé pour le décrire ? « Frêle. » Oui, c'était juste.

Cet examen prolongé fit naître de bien étranges pensées chez Alasdair. Urain lui apparaissait sous un autre jour. Lui, qui avait toujours encouragé son ami à s'entraîner dans l'espoir de pouvoir se battre à son côté plus tard, était forcé de reconnaître que cela n'arriverait jamais. Urain n'avait pas sa place sur un champ de bataille. Il semblait si… fragile ! C'était étrange que cela ne lui saute aux yeux que maintenant. Était-ce à cause de sa conversation avec son père ? Ou parce que cela faisait de longs mois qu'il n'avait pas revu son ami ? Il l'ignorait. Mais ce soir, alors qu'Urain était entouré par tous ces Highlanders, il avait l'air aussi vulnérable qu'une…

Alasdair chassa très vite cette idée grotesque. Même si Urain n'avait pas porté les cheveux à mi-épaules comme tous les garçons et des chausses, il était impossible qu'il puisse être quelqu'un d'autre. Et plus important encore, il restait son frère de lait, la personne qui le connaissait le mieux sur Terre et en qui il avait une confiance aveugle. Il lui aurait confié sa vie, comme il était prêt à sacrifier la sienne pour lui.

— Tiens, le voilà ! s'exclama Connor, afin de couvrir le brouhaha des conversations et le tintement de la vaisselle autour d'eux.

Le MacGregor attira l'attention d'Urain à grand renfort de gesticulations du bras. Sa tentative fut couronnée de succès quand Urain leur adressa un signe pour leur signifier qu'il les avait également repérés. Durant une fraction de seconde, Alasdair crut voir son ami hésiter à les rejoindre avant que ses lèvres ne s'incurvent légèrement pour leur offrir un sourire. Un sourire qui, certes, n'avait pas atteint ses yeux, mais était la preuve qu'il était heureux de ces retrouvailles.

Désormais au complet, la petite bande, qui n'était plus composée d'enfants mais de jeunes hommes, reprit ses bonnes vieilles habitudes.

— Alors, vous avez fait des progrès à ce que l'on raconte, déclara Magnus en fourrant un énorme morceau de mouton dans sa bouche déjà pleine.

— Les nouvelles vont vite à ce que je vois, répondit Duncan, en tendant le bras pour se resservir une tranche de pain.

Connor s'essuya les lèvres avec sa manche, avant de lancer une des répliques dont il avait le secret :

— Tu comprends, nous étions tellement désespérés de faire de vous de braves et forts guerriers que nous surveillions tous les messages en provenance de Duart faisant mention de votre progression ! Quelqu'un veut du vin ?

Alasdair secoua la tête. De temps en temps, il lançait de brèves œillades du côté d'Urain qui n'était guère prolixe ce soir.

— J'ai appris pour ta mère, chuchota-t-il en se penchant vers son voisin de table. Je suis vraiment désolé de ce qui vous arrive.

Urain ne le regardait pas. On aurait pu le croire concentré par le maigre contenu de son assiette.

— Mon père se fait du souci pour vous, surtout pour toi, ajouta Alasdair.

Le silence prolongé d'Urain commençait à perturber Alasdair

qui tressaillit comme si on l'avait pincé lorsque son frère de lait lâcha soudainement son couteau. Son geste brusque ne passa pas inaperçu, les autres autour cessèrent presque instantanément leur conversation.

— Qu'est-ce qui te prend ? l'interrogea directement Connor.

Urain l'ignora et prit le chemin de la sortie. Alasdair enjamba à son tour le banc sur lequel ils étaient assis pour le suivre. Il n'avait jamais vu son meilleur ami dans cet état et se demanda quelle mouche avait bien pu le piquer !

— Urain, attends !

Ce dernier stoppa net après avoir passé la double porte de la grande salle.

— Je vais bien, ne t'inquiète pas, Alasdair. Je... j'ai juste besoin d'être seul. Je suis fatigué, et ça n'a pas été facile ces derniers temps.

— Je suis désolé de ne pas avoir été là.

— Ce n'est pas ta faute. Et puis, tu viens à peine de revenir à Dunakin. Ne te préoccupe pas de moi et profite de ces moments passés parmi les tiens

Alasdair tendit la main pour toucher son ami qui recula afin d'éviter le contact. Ce comportement inattendu le déstabilisa une fois de plus. Il ne comprenait pas l'attitude d'Urain. Il se reprit toutefois rapidement et ajouta :

— Si je peux faire quoi que ce soit pour toi ou ta mère, dis-le-moi.

Urain opina du chef. Ses yeux se posaient partout sauf sur Alasdair.

— Tout rentrera bientôt dans l'ordre et nous pourrons tous continuer à jouer notre rôle au sein du clan.

Urain s'éclipsa sans laisser le temps à Alasdair de lui demander ce qu'il entendait par là.

Le cœur d'Urain cognait si fort dans sa poitrine qu'elle craignit, un instant, qu'il n'en jaillisse au beau milieu du banquet de Beltane. C'était ainsi à chaque retour d'Alasdair. Ses apparitions déclenchaient systématiquement une tempête de sentiments contradictoires en elle : l'impatience, la joie, l'appréhension... le dépit. Mais ce soir, il y avait eu une différence notable : la culpabilité. Devoir dissimuler aux yeux des personnes qu'elle aimait qui elle était vraiment était devenu un fardeau trop lourd à porter pour elle. Urain en était arrivée au point qu'elle ne supporterait plus très longtemps d'assumer cette supercherie. Elle avait l'impression de devenir folle. Elle était femme mais devait perpétuellement se dire homme, si bien qu'elle s'était construite avec cette double personnalité qui à présent la faisait douter de qui elle était réellement. Depuis sa plus tendre enfance, elle n'avait jamais vraiment pu être elle-même. Plus tard, à l'adolescence, elle avait dû bander sa poitrine qui aurait pu trahir son secret, porter des vêtements de plus en plus larges qui la faisaient paraître toujours plus maigre.

Si elle appréciait plus que tout la liberté que lui avait conférée le fait d'avoir été élevée comme un garçon, elle regrettait désormais de ne pouvoir se sentir féminine et belle comme l'étaient les autres filles du village.

En vérité, le problème s'était véritablement posé lorsque Urain avait eu treize ans. C'était à cette période qu'elle avait tenté d'infléchir la décision de sa mère ; or Mórag s'était montrée inflexible, arguant qu'il était de toute façon trop tard pour revenir en arrière. Urain et elle auraient été chassées par le chef. Leur supercherie ainsi révélée aux yeux du monde entier aurait fait d'elle des parias.

Et puis, il y avait Alasdair...

L'unique constante dans toute sa vie avait été son amour pour lui. Naturellement, elle aimait aussi Mórag de tout son cœur ; une mère extrêmement protectrice qu'elle avait parfois haïe de l'avoir obligée à se travestir en garçon. Mais, Urain voyait en Alasdair le compagnon de toute une vie. Il était son passé, son présent et (elle était incapable de concevoir le contraire) son avenir. Alasdair était celui auprès duquel elle avait fait ses premiers pas et avec qui elle souhaitait poursuivre le chemin jusqu'au bout, jusqu'à ce que leurs pieds ne puissent plus les porter, jusqu'à ce que leurs âmes s'envolent vers les cieux pour se lier dans l'éternité.

Au fil des années, la profonde affection qu'Urain éprouvait pour son frère de lait s'était muée en quelque chose de plus intense, brûlant, dévastateur. Les changements physiques opérés sur le corps d'Alasdair à force d'entraînements acharnés avaient précipité les choses, l'amenant à le considérer sous un autre jour. D'une année à l'autre, la jeune femme avait l'impression de redécouvrir celui avec qui elle avait grandi et tout partagé. Chacun de ses retours la bouleversait, parce que Alasdair restait lui-même tout en devenant un autre, un homme qu'elle désirait à présent plus que tout autre chose. Elle-même s'était métamorphosée, même si Mórag et elle utilisaient tous les subterfuges à leur disposition pour le cacher.

Petit à petit, une émotion déjà trouble avait évolué en un sentiment plus distinct, plus puissant, et elle était tombée amoureuse d'Alasdair MacKinnon. Un homme qu'elle ne pourrait jamais avoir puisqu'il la considérait lui-même comme l'un de ses semblables. Elle aurait pourtant rêvé qu'il découvre de lui-même son vilain secret, qu'il la découvre elle. Et quand bien même l'impensable se produirait un jour, il était le fils d'un chef, et son mariage devrait servir le clan sur le plan politique. Quel avenir y aurait-il pour lui auprès de la bâtarde d'une gouvernante ?

Si Urain avait pu bénéficier d'une bonne éducation, elle ne le devait qu'à la bonté du père d'Alasdair. De même que, sans le soutien de Gilleonan, qui était le seul à connaître la vérité en dehors de sa mère et elle, elle n'aurait jamais su lire ni écrire et encore moins pu révéler un don certain pour l'algèbre. Dans son malheur, elle admit qu'elle avait de la chance.

Elle se sentit ingrate, en colère contre elle, la société, l'injustice. Elle était surtout profondément lasse de se battre contre l'évidence.

Urain s'arrêta devant sa chaumière. Elle avait fui le château et Alasdair, pourtant elle ne parvenait pas à trouver la volonté d'ouvrir la porte afin d'entrer chez elle. À la place, elle appuya sa tête contre le bois rugueux et ferma les paupières. Il fallait qu'elle mette de l'ordre dans ses pensées avant d'affronter sa mère. Si jamais Mórag soupçonnait ses sentiments pour le plus jeune fils du chef, elle n'hésiterait pas à l'envoyer au loin. Pourquoi pas dans un couvent ? De toute façon, l'avenir auquel elle la destinait ne comportait ni mari ni enfant. Comment en aurait-il pu être autrement tant qu'elle portait des braies à la place d'un jupon ? Mórag lui avait même récemment défendu de continuer à voir Connor. Urain en avait été effarée. Sa mère avait une telle peur de voir se reproduire la tragédie qui lui avait coûté sa vie et son honneur qu'elle en avait perdu tout discernement.

La jeune femme tourna enfin la tête et laissa son regard dériver le long de la lande. Ensuite, ce fut au tour de ses poumons de se remplir d'air frais. La brise nocturne lui caressait agréablement la peau. Elle aurait voulu dénouer son catogan pour que le vent s'infiltre dans ses cheveux. Son cœur se remit à battre à une vitesse normale à mesure qu'elle se détendait. Soudain, elle se fit la réflexion qu'elle pourrait fuir et tout recommencer ailleurs. Un endroit où elle serait libre d'être une femme. Un lieu où personne ne la jugerait pour ce qu'avait fait sa mère. Mais alors qu'elle envisageait pour la première fois ce départ comme une possibilité, elle entendit une horrible quinte de toux en provenance de l'intérieur de la chaumière.

6

Alasdair se jeta au sol dans une roulade acrobatique afin d'éviter le coup d'épée de Connor.

— Joli réflexe, mon cousin ! le félicita le MacGregor.

— Tu as gagné en rapidité, lui fit observer le fils MacKinnon en se redressant.

— Merci de l'avoir remarqué.

Connor et lui reprirent leur échauffement. À vrai dire, il ne s'agissait pas d'un réel entraînement au combat, mais plus d'un petit jeu dont les garçons avaient pris l'habitude à chacun de leur retour. Il n'y avait pas qu'Alasdair et Duncan qui étaient revenus au bercail, même si eux ne l'étaient que pour quelques semaines. Le MacGregor était rentré des Lowlands[1] le mois précédent. Un endroit où il avait été envoyé, deux ans plus tôt, par son oncle afin d'étudier. Angus considérait qu'un guerrier sans instruction n'était qu'un bras armé de plus à envoyer sur le champ de bataille, quand un homme à la tête pleine était susceptible de vous aider à remporter la guerre.

Vivre parmi les Lowlanders avait permis à Connor de mieux les connaître et surtout d'appréhender la façon dont ils voyaient la population des îles et des Highlands en général. Là où le fils MacGregor avait toujours entendu parler de ces gens du sud comme de pleutres maniérés, l'étudiant curieux avait découvert une manière différente de penser et de parler et, plus important

1. Les Lowlands désignent les basses-terres d'Écosse qui n'appartiennent pas aux Highlands.

encore, une fine observation lui avait enseigné comment se comporter avec eux, comment négocier, loin du « œil pour œil, dent pour dent » en vigueur chez les Highlanders pour qui la loi du talion prévalait sur celle du roi. Les efforts de Connor lui avaient ensuite permis de mettre en application son savoir à la cour. Cela n'avait pas été une mince affaire dans cet entre-soi peuplé de vipères plus promptes à se mordre entre elles qu'à défendre la couronne contre un ennemi venu de l'extérieur. Néanmoins, il y avait consciencieusement appris l'art des faux-semblants et de la manipulation.

Sans cesser son affrontement avec son cousin, Connor lui fit le récit de ses exploits auprès des nobles, surtout avec leurs femmes.

— Ah ! Lady Edwina... tu aurais dû voir ça, Alasdair. Une femme exceptionnelle, vraiment !

Comme ce dernier ne semblait pas mesurer le charme et la beauté de la dame en question, Connor crut bon d'ajouter :

— Même toi tu ne serais pas resté insensible. Je te le promets.

Il reçut un simple « mpff » pour toute réponse.

— Dis donc, mais c'est que tu es de plus en plus loquace, mon cousin. Particulièrement ce matin.

Alasdair se retenait de sourire afin de ne pas donner davantage de grain à moudre à Connor qui se moquait souvent de lui à propos de ce qu'il appelait son manque d'intérêt pour la gent féminine. Seulement, là où Duncan n'aurait pas manqué d'interroger Connor sur le physique de la fameuse Lady Edwina, la taille de ses seins, la largeur de sa croupe, la douceur de ses lèvres, Alasdair ne voyait qu'une distraction, certes agréable, mais inutile, un moyen de se laisser déconcentrer. Évidemment, à l'instar de ses cousins, il aimait les femmes, mais pas au point d'en devenir obsédé. Jamais une seule ne s'interposerait entre son devoir et lui, ou n'occuperait ses pensées au point d'en oublier le but à atteindre. Et puis, le fils MacKinnon avait bien d'autres soucis en tête en ce moment, à commencer par Urain dont l'humeur ombrageuse et changeante l'inquiétait.

— As-tu vu Urain, ce matin ? interrogea-t-il Connor, lequel tenta une feinte de côté qu'Alasdair n'eut aucun mal à contrer.

— Non. As-tu vu la fille de Padraig ? Sacré morceau ! s'exclama le MacGregor, un sourire rêveur sur le visage, tout en parant une nouvelle attaque de son adversaire.

— Lady Edwina serait-elle déjà devenue un lointain souvenir ?

C'était au tour d'Alasdair de se moquer des affections fluctuantes de son cousin.

— Elles sont très différentes. Mona compense avec des arguments très convaincants ce qu'il lui manque en raffinement par rapport à Lady Edwina.

Effectivement, songea Alasdair. Toute la grâce du monde ne pouvait rivaliser avec un généreux décolleté, à plus forte raison si la propriétaire dudit décolleté s'amusait à vous le coller sous le nez au moment de vous resservir en vin. Le fils MacKinnon n'était peut-être pas aussi prolixe que son cousin, mais il n'en était pas moins observateur.

Il ricana en se penchant pour éviter la lame de Connor qui exécutait un arc de cercle pour passer juste au-dessus sa tête.

— Le jour où tu prendras une épouse, je ne saurai que trop te conseiller de cacher tous les *dirks*[1] en votre possession, sinon tu risquerais bien de finir avec l'un d'eux planté entre les omoplates, mon cousin.

— Excellent conseil, très pertinent, sauf que ça n'arrivera jamais !

— Quoi ? Le meurtre ou le mariage ?

— Les deux ! s'esclaffa le MacGregor. Pour en revenir à Urain, notre ami est plus glissant qu'une anguille ces jours-ci. On dirait un Anglais prêt à prendre la fuite à tout moment. Il trouve toujours une excuse pour se cloîtrer dans le cabinet de son oncle. Je songe sérieusement à l'en déloger à grands coups de pied au cul !

— C'est à cause de sa mère. Mórag est malade, gravement malade. Je le tiens de mon père.

1. Le *dirk* est un poignard écossais, porté par les Highlanders à la ceinture.

Le visage de Connor s'était assombri à l'évocation de l'état de santé de l'ancienne nourrice d'Alasdair.

— Je suis au courant. Et toi, comment prends-tu la nouvelle ?

Connor savait toute l'affection qu'éprouvait Alasdair pour sa vieille nourrice.

— Mórag est comme une mère pour moi. Tout cela m'attriste énormément, mais pas autant qu'Urain.

— As-tu pu lui parler ?

— J'essaie d'avoir un moment, seul, avec lui depuis mon retour.

— Hum. Il te fuit toi aussi. C'est incompréhensible. Il a constamment été présent pour nous lorsque ça n'allait pas, enfin surtout pour vous, parce que je vais toujours très bien, et il nous refuse la pareille quand c'est à notre tour de l'aider.

La capacité de Connor à éluder ses propres difficultés aurait amusé Alasdair si le sujet de sa famille n'était pas si complexe, voire douloureux. Un problème qui s'était aggravé à mesure que la démence du chef Gregor MacGregor augmentait. Et loin de le raisonner, Malcolm, l'oncle paternel de Connor et despote notoire, se chargeait de creuser le fossé entre ses neveux et son frère à qui il espérait succéder. Alasdair n'osait imaginer le sort de son cousin si Angus n'avait pas fait en sorte que le fils de sa sœur grandisse à Dunakin sous sa protection, auprès de son propre fils.

— Bien, trêve de bavardage. Passons aux choses sérieuses, mon cousin !

Alasdair lança un bref coup d'œil par-dessus son épaule. Il avait entendu des gloussements un peu avant que Connor ne se mette à fanfaronner.

— Les rangs de tes admiratrices ont gonflé, constata Alasdair en se calant sur le rythme de son adversaire.

Les lèvres du MacGregor se soulevèrent sur un coin lorsqu'il regarda à son tour la petite foule de spectatrices qui s'étaient amassées autour de l'aire d'entraînement.

— La faute à mon charme légendaire, que veux-tu ! Quoique je ne sois pas certain d'être le seul à blâmer aujourd'hui.

Alasdair ignorait si le clin d'œil décoché par Connor était destiné à lui ou aux femmes dans son dos. Il arqua un sourcil dubitatif en songeant que si Connor et quelques autres soldats, dont Duncan, étaient du genre à se délecter de la présence d'un public féminin lors de leurs entraînements, ce n'était pas son genre. La détermination d'Alasdair à devenir le meilleur ne nécessitait pas ce type d'encouragements. Sa motivation et son désir de se montrer digne de la confiance que son père et son oncle plaçaient en lui suffisaient à ne pas lui faire relâcher ses efforts, même les jours où la mélancolie ne manquait pas de le rattraper.

Toutefois, puisque Connor s'était mis en tête d'épater la galerie avec ses prouesses techniques, Alasdair allait l'y aider. Très vite, leur combat n'eut plus rien d'une petite séance de décrassage. La vigueur et l'agilité accompagnaient chacun de leur geste, la précision et la rapidité guidaient leurs déplacements. Le fer se croisa à de nombreuses reprises dans un boucan assourdissant, recouvrant les soupirs d'admiration des unes et les applaudissements des autres. Leur public s'étoffait à mesure que les garçons s'en donnaient à cœur joie dans leurs échanges. Parfois, l'un d'eux souriait quand il savait l'autre en difficulté, mais les situations s'inversaient au gré des tactiques utilisées.

À la fin, ils étaient tous les deux en sueur et à bout de souffle, mais heureux.

Urain traversa la cour d'un pas rapide, du moins autant que le lui permettait la foule à l'extérieur. On aurait pu croire qu'il s'agissait d'un attroupement de donzelles énamourées devant les exploits d'un Connor ou d'un Alasdair au sommet de leur forme sur le terrain d'entraînement mais, non, la raison d'une telle agitation était toute autre. En l'espace de quelques heures, Dunakin s'était transformé en une fourmilière étouffante, et plus précisément depuis qu'un courrier était arrivé la veille au soir en provenance du château de Finlaggan, la forteresse du seigneur des îles à Islay.

En avisant le visage affolé d'une servante, qui ne devait être guère plus âgée qu'elle, Urain se dit que la folie avait gagné tout le monde jusqu'au plus petit domestique. Dans sa hâte à regagner les cuisines avec son panier rempli de linges propres sous le bras, la malheureuse avait fait tomber la moitié de son chargement sur le sol poussiéreux.

Urain eut pitié d'elle.

Elle-même avait été mise à contribution par Gilleonan qui l'avait envoyée au village avec une liste de courses et d'instructions à suivre « à la lettre » avait-il précisé. La jeune femme avait croisé le chemin de son oncle alors que ce dernier quittait le cabinet du chef où s'était tenue une réunion d'urgence. La pauvre avait tant bien que mal réussi à cacher sa déception (elle devait tellement à Gilleonan qu'elle aurait préféré mourir que de lui faire défaut), car elle avait espéré disposer d'un peu de temps libre pour se rendre dans son havre de paix.

« Sa plage secrète », c'était le nom qu'elle lui attribuait, était un endroit qu'elle avait déniché lors d'une de ses excursions destinées à échapper au contrôle de sa mère. Celle-ci était à l'abri des regards et possédait une qualité non négligeable : elle n'était accessible que depuis une grotte dans laquelle personne aux alentours n'osait s'aventurer en raison des légendes circulant à son sujet.

Urain atteignit les écuries où elle ne décela aucune trace d'Alec, l'homme que Gilleonan avait chargé de l'accompagner. En l'attendant, elle commença à seller son cheval. De sa position, elle pouvait toujours entendre les conversations qui allaient bon train au sujet de l'arrivée du seigneur des îles. Chacun se permettait d'émettre son hypothèse. Comme tout le monde, elle s'interrogeait également sur le véritable motif ayant poussé John MacDonald à entreprendre un tel voyage, une simple visite de courtoisie de chef à chef, comme le laissait supposer la rumeur, était peu probable. Bien sûr, elle s'était abstenue de satisfaire sa curiosité en posant directement la question au père d'Alasdair, elle était téméraire (sa mère le lui reprochait suffisamment comme cela) mais pas stupide.

Tout en s'attelant autour de sa monture, Urain sentit un mouvement dans son dos. Elle ne se retourna pas, pensant logiquement qu'il s'agissait d'un des palefreniers de retour de sa pause. Simon la dépassa après l'avoir saluée d'un doigt posé sur le rebord de son béret. Rassurée, elle reprit ses manipulations. Elle avait presque fini, et Alec n'avait toujours pas daigné apparaître. Tant pis, elle partirait sans lui. Sa journée s'annonçait suffisamment chargée sans qu'elle prenne du retard à cause d'un irresponsable. Elle le laisserait se débrouiller avec Gilleonan. De toute façon, elle n'avait pas besoin qu'on l'aide. Urain avait assez vu son oncle gérer ce genre de situations pour s'en occuper seule. D'un autre côté, elle savait qu'il avait exigé la présence d'un guerrier à ses côtés pour la protéger. Eh bien, elle se chargerait de cela aussi ! Contrairement aux filles de son âge, elle n'avait jamais rechigné devant une bonne bagarre. Tout comme Connor, Alasdair et les autres, elle avait eu son lot de bleus, de contusions et de coquards.

Elle effleura la lame qu'elle avait glissée contre ses côtes entre sa chemise et son pourpoint. Une arme certes moins impressionnante qu'une claymore, mais dont elle n'hésiterait pas à se servir si besoin était.

Une voix, qu'elle aurait reconnue même au milieu du vacarme, la fit sursauter.

Alasdair ! Elle ne l'avait même pas entendu approcher à la différence de Simon.

— Mon cousin avait raison, tu es aussi insaisissable qu'un pleutre d'Anglais sur le champ de bataille !

Elle exécuta une volte-face qui fit renâcler le cheval et prit soin d'ôter la main tremblante qu'elle avait plaquée sur son cœur encore victime de palpitations.

— Et toi, tu es aussi silencieux qu'une ombre !

— Il faut croire que les leçons de mon oncle portent leurs fruits.

— Tu es sans doute moins bouché que Connor. La comparaison avec les Anglais est de lui, je parie.

Urain se sentit fondre à la vue du charmant sourire en coin

d'Alasdair. Elle aurait voulu y être insensible, ne pas remarquer certains détails comme la largeur de ses épaules, cette petite bosse sur son nez qu'il devait sûrement à un combat, ou encore la façon dont se creusait sa fossette au menton lorsqu'il riait comme maintenant.

— Tu pars ? lui demanda-t-il en désignant le cheval qui commençait à s'agiter.

Elle acquiesça avant de réajuster ses sacoches.

— Il faut bien garnir les réserves du château avant l'arrivée de nos hôtes.

— Finlay a emmené les hommes à la chasse afin de remplir le garde-manger.

— Oui, mais ce ne sera pas suffisant. Outre des vivres et du vin en grande quantité, il va aussi nous falloir recruter du personnel afin d'accueillir MacDonald et sa suite. Gilleonan ne voulait pas confier cette mission à n'importe qui.

Alasdair pinça ses lèvres en baissant la tête. Lorsqu'il la releva, Urain croisa son regard, intense et pénétrant, et cela fut suffisant pour provoquer chez elle une incommodante bouffée de chaleur.

— Personne ne pourrait faire cela à ta place ?

— J'ai bien peur que non, répondit-elle en grimpant en selle. Et puis, c'est le signe que mon oncle m'accorde sa confiance !

— Je t'accompagne.

Elle crut être sur le point d'avaler sa langue.

— Tu quoi ?

Alasdair lui lança un regard étrange.

— Je viens avec toi. Puisque c'est le seul moyen de passer un peu de temps ensemble avant mon départ, je me sacrifie.

Cette simple mention suffit à assombrir l'humeur d'Urain. Elle observa ensuite du coin de l'œil Alasdair qui scellait sa monture. Le fils MacKinnon avait refusé l'aide de Simon et, bien qu'il soit très rapide, elle rouspéta sur le retard que cela lui faisait prendre.

Plus tard, alors qu'il chevauchait à son côté, Alasdair se moqua de son comportement.

— La venue de John MacDonald te rend aussi nerveux que mes frères, on dirait !

— Ce n'est pas ça. Bien sûr que j'ai envie que tout se passe bien, il en va de l'honneur des MacKinnon.

— Je sais. J'ai rencontré Alec en chemin, il m'a parlé de...

Urain tira sur les rênes du cheval pour l'obliger à s'immobiliser. Elle fixait Alasdair comme s'il lui était poussé une seconde tête.

— Tu as croisé Alec ?

Le sourire penaud de son frère de lait valait tous les aveux du monde, et elle ignorait si elle devait en être flattée ou en colère.

— Je lui ai dit que j'irai avec toi, admit Alasdair. C'est la raison pour laquelle il ne s'est pas présenté aux écuries.

— Tu comptais me le dire quand ? J'ai attendu longtemps !

— Je le fais maintenant. Où est le problème, Urain ? Est-ce si grave que je veuille partager un moment avec mon meilleur ami ? On ne s'est presque pas vus depuis mon retour.

Il avait raison, inutile de le nier. Alasdair n'avait rien fait pour cela, elle en revanche...

Urain détourna les yeux pour les orienter sur le paysage. Le soleil était dissimulé derrière d'épais nuages qui donnaient à la mer une couleur argentée remarquable. Quant aux reliefs alentour, ils semblaient irréels, comme des géants issus d'un songe.

— Je suis désolée. Je... j'avais beaucoup de travail.

— Pardonne-moi d'être si absent.

La sincérité d'Alasdair l'ébranla. En une phrase, il venait de lui faire comprendre qu'elle n'était pas la seule à souffrir de l'éloignement. Elle avait conscience qu'elle n'était pas non plus l'unique personne à lui manquer lorsqu'il était au château de Duart. Néanmoins, elle ne doutait plus d'être dans ses pensées, comme il occupait chacune des siennes.

Ils se sourirent mutuellement avant de mettre leurs montures au trot.

— Sais-tu pourquoi le seigneur des îles a demandé l'hospitalité à ton père ?

Alasdair poussa un soupir en se redressant sur sa selle.

— J'imagine qu'il va lui proposer de nouer une alliance.

— De quel genre ?

— À mon avis, MacDonald envisage d'étendre son influence sur Skye au profit des comtes de Ross. Comme il ne peut pas le faire avec les MacLeod, avec qui il est régulièrement en guerre, il essaie auprès des MacKinnon, et un mariage serait le meilleur moyen.

Aussitôt ce mot prononcé, Urain se raidit. Alasdair le remarqua et arqua un sourcil amusé en lui lançant un regard de biais.

— Cela t'étonne ?

— Oui… non. C'est la manière la plus fréquente après tout. Neil ?

Elle attendit la confirmation d'Alasdair la boule au ventre.

— Être le *tànaiste* d'un chef de clan n'a pas que des avantages.

Le soulagement d'Urain fut si grand qu'elle craignit qu'il ne se lise sur son visage.

— Tu parles comme si se marier était une malédiction, plaisanta-t-elle, en riant et le cœur battant.

Alasdair ricana à son tour.

— Je suis sûr que pour beaucoup ça ne l'est pas, mais pour d'autres…

— Attention, tu vas finir par être aussi cynique que Connor ! le mit-elle en garde.

— Pour mon cousin, c'est différent. Il a une vision biaisée du mariage. Sa famille est… c'est compliqué, résuma le fils MacKinnon.

— Et toi ?

— Quoi moi ?

— Quel genre de femme voudrais-tu épouser ? À ce qu'on dit, la fille aînée de MacDonald et de sa seconde femme est une vraie beauté.

Alasdair haussa les épaules. Urain redoutait ses prochaines paroles.

— Je l'ignore. J'espère simplement qu'elle sera une bonne mère pour nos enfants. Je ne suis pas très exigeant, tant qu'elle ne me détourne pas de mes obligations envers le clan.

— Une bonne mère et une douce épouse aux cuisses accueillantes, c'est cela ? fit Urain, avec un peu trop d'amertume dans la voix.

— Exactement.

Ils continuèrent leur chemin en silence. Le village n'était plus qu'à quelques lieues. Soudain prise d'une violente impulsion, Urain reprit la parole afin d'en avoir le cœur net.

— Et quelqu'un avec qui discuter, rire, pleurer ? Une personne qui partagerait tes peines comme les moments de joie. Un être auquel tu n'aurais pas peur de révéler tes faiblesses et qui, à force d'intimité, te connaîtrait mieux que toi-même. Tout cela ne t'intéresse donc pas ? demanda-t-elle, incrédule.

Un sourire espiègle naquit sur le visage habituellement trop sérieux d'Alasdair avant qu'il ne déclare :

— Pourquoi aurais-je besoin d'une épouse pour ça quand je t'ai, toi ? On fait la course ? Un shilling pour le plus rapide !

Un immense sourire aux lèvres, le MacKinnon s'élança au galop pour gagner le village en premier.

En l'espace d'une matinée, Urain avait perdu un shilling et, à plusieurs reprises, ses moyens. Les mots d'Alasdair l'avaient poursuivie longtemps après qu'il les avait prononcés ; par exemple, pendant qu'elle négociait avec les marchands ou qu'elle interrogeait une villageoise sur ses compétences de femme de chambre. Dans ses divagations, où Alasdair occupait le rôle principal, elle s'était même permis d'imaginer leur vie dans un lendemain hypothétique.

La confession du jeune homme avait allumé une chandelle qu'elle croyait avoir soufflée des années plus tôt, et cela l'avait profondément bouleversée, sans mentionner l'effet de la présence de l'intéressé auprès d'elle. Alasdair l'avait suivie telle une sentinelle discrète à travers les échoppes, probablement persuadé qu'elle maîtrisait la situation. À la vérité, Urain n'était plus maîtresse de rien dès lors qu'il se tenait à proximité d'elle, pas même les élans de son cœur naïf. Le jeune guerrier n'avait aucunement conscience d'avoir déclenché une tempête en elle. Celle-ci l'avait fauchée tandis qu'elle se lamentait sur les terres de la résignation pour la recracher complètement désorientée le long des rivages de l'espoir.

« Pourquoi aurais-je besoin d'une épouse pour ça quand je t'ai, toi ? »

Si c'était là réellement ce qu'il pensait de leur relation, peut-être que tout n'était pas perdu. Peut-être que le parfum âcre de l'impossible recelait une touche de possible. Peut-être que le miracle de la vérité pouvait rendre accessible l'inatteignable. Peut-être que...

Urain avait pris sa décision, elle dévoilerait son secret à Alasdair en même temps qu'elle lui ouvrirait son cœur.

L'après-midi était bien entamé lorsqu'ils poussèrent les portes de l'écurie.

Galoper au grand air leur avait fait le plus grand bien. Le vent qui avait fouetté le visage d'Urain avait également rougi ses joues, et la vitesse prise durant leur course avait ébouriffé ses cheveux, dont plusieurs mèches folles s'échappaient désormais de son catogan. La poitrine d'Alasdair le picota d'une manière désagréable tandis qu'il récupérait les rênes de leurs deux montures pour les remettre à Willy, un des palefreniers.

— Je te remercie d'être venu avec moi, fit Urain en époussetant la poussière sur son pourpoint. Je suppose qu'avec l'arrivée des MacDonald, nous n'aurons pas l'occasion de le refaire de sitôt.

Alasdair haussa les épaules tout en surveillant Willy qui avait des difficultés à calmer un des chevaux.

— Pas forcément. Par chance, si la fille MacDonald fait le déplacement, ce ne sera pas pour moi. Il me reste quelques années de liberté avant que mon père songe à me marier.

L'attention du fils MacKinnon fut soudain attirée par un mouvement derrière Urain. Il ne lui fallut que quelques secondes pour appréhender la situation. Il tendit le bras afin d'attraper celui d'Urain qu'il attira brusquement à lui avant de pivoter pour prendre sa place, et ainsi le protéger du coup de sabot qu'il reçut dans les reins. Urain et lui furent projetés au sol où ils atterrirent sans aucun ménagement. Heureusement, Willy parvint à reprendre assez d'ascendant sur l'animal pour l'éloigner du duo à terre.

— Quelqu'un est blessé ? s'enquit Simon qui était de retour, alerté par les cris.

Dans un état second, Alasdair ne l'entendit pas. En outre, il aurait été bien en peine de lui répondre. Naturellement, le violent élancement dans le bas de son dos lui promettait une belle ecchymose, le cheval pesant son poids, mais ce n'était pas ce qui le perturbait le plus. Allongé sur Urain, le bassin entre ses cuisses ouvertes, son torse contre la poitrine frémissante de son meilleur ami, ce qu'il ressentait était tout sauf normal. Son corps n'aurait jamais dû réagir comme il le faisait et pourtant...

— Al... Alasdair ? Ça va ?

Même la voix d'Urain lui sembla étrange.

Il leva la tête et plongea son regard dans celui d'Urain qui le dévisageait de ses grands yeux bruns. Les lèvres du MacKinnon étaient sèches, sa bouche pâteuse, sa gorge était irritée comme si on y avait charrié du verre pilé. Il ne s'expliquait pas ce qui lui arrivait, pas plus que cette perte de contrôle sur lui-même. Son sexe devint dur et palpitant. En réponse, les hanches d'Urain se soulevèrent légèrement. Son ami hoqueta sans comprendre. Il gémit en toute conscience. Ce fut suffisant pour qu'il trouve la force de se redresser.

— Je... je n'ai rien, finit-il par répondre. Et toi ?

— Moi ? Tu m'as protégée en recevant le sabot du cheval à ma place ! Laisse-moi regar...

— Non ! rugit-il en s'écartant vivement, les mains devant lui en guise de barrière, tandis qu'Urain se relevait à son tour. Si tu te sens bien, je peux m'en aller. Rup... mon père doit m'attendre... une réunion... MacDonald. Je dois partir. Pardonne-moi.

Alasdair avait pris la fuite sans un regard en arrière. Urain l'observa marcher d'un pas rapide et nerveux à travers la cour.

On aurait pu croire qu'il avait croisé le chemin du diable en personne !

Simon revint, tout penaud, s'excuser auprès d'elle pour l'incident dont il s'estimait responsable, quand bien même plusieurs guêpes présentes autour des stalles en étaient les coupables.

— Ce n'était pas ta faute. Le cheval a eu peur voilà tout.

— Et Alasdair ? Vous croyez qu'il va en parler à son père ? J'ai laissé Willy seul un petit moment. Je sais que je n'aurais pas dû, il est nouveau, mais...

— N'aie aucune crainte. Alasdair ne ferait jamais une chose pareille, le rassura-t-elle. Je le connais très bien, et c'est un homme bon.

Simon parut soulagé et s'en retourna à ses tâches.

Sur le chemin, Urain repensa à la chute ainsi qu'à sa propre peur quand l'impact du sabot contre le dos d'Alasdair avait résonné. Le poids de son corps musclé sur le sien au moment où ils étaient tombés sur la paille lui avait momentanément coupé le souffle. Son premier réflexe avait ensuite été d'enrouler les bras autour du buste d'Alasdair et de resserrer les cuisses autour de sa taille. Il avait gémi sous la douleur. Une douleur qu'elle avait étrangement ressentie, comme si le rapprochement des corps avait également eu le même effet sur leurs âmes. Elle ne voulait pas qu'il soit blessé, voire pire, à cause d'elle. Et quand il s'était redressé, le regard qu'il avait porté sur elle l'avait chamboulée. Jamais encore il ne l'avait dévisagée avec autant d'intensité. Bien sûr, il avait voulu vérifier son état, mais durant un instant fugace elle avait espéré qu'il ait deviné la forme ronde de ses seins sous son pourpoint, ses formes féminines sous la couche de vêtements masculins. Cela aurait été un moyen comme un autre pour lui de découvrir la vérité. Une vérité qu'elle ne désirait plus lui cacher. Oui, bientôt Alasdair saurait tout ce qu'il y avait à savoir sur son compte, elle s'en fit la promesse.

7

Alasdair traversa le terrain d'entraînement, désert à cette heure de l'après-midi, pour gagner l'armurerie du château où il savait qu'il trouverait Magnus en compagnie de son père et certainement de son plus jeune frère, Colin. Il avait un service à demander à son ami que ni Duncan, absent depuis plusieurs jours, ni Connor, trop curieux, ne pourraient lui rendre.

— Ah, Alasdair ! s'exclama le capitaine de la garde en l'apercevant. Que nous vaut cet honneur ? Je te croyais en charmante compagnie.

Finlay partit dans un grand éclat de rire contagieux. Son fils tenta de dissimuler son profond amusement derrière son poing mais, comme les autres hommes présents ne se donnèrent pas cette peine, Magnus abandonna rapidement.

Alasdair expira bruyamment en lâchant un chapelet de jurons qui lui aurait valu un bon frottage d'oreilles de la part de son ancienne nourrice.

— MacDonald a repris la mer. Tout le monde va pouvoir recouvrer ses esprits, maugréa-t-il.

— Tout le monde ? Je croyais que les intentions de la petite MacDonald te flattaient. Si j'en crois mon expérience, elle sera encore plus belle que sa sœur aînée ! Moi qui pensais que Neil s'en sortait finalement très bien, je dois avouer que je t'envie. N'est-ce pas, messieurs ? se moqua gentiment Finlay.

Alasdair ignora leurs mauvaises blagues au sujet de la petite dernière du seigneur des îles qui s'était entichée de lui durant leur séjour à Dunakin. Le fils MacKinnon avait dû user de stratagèmes pour ne pas l'avoir constamment dans ses pattes, elle et son horripilant chiot qui s'était soulagé plus d'une fois sur ses bottes. Tout cela parce que Alasdair avait eu le malheur de ramener l'animal après l'avoir sauvé d'une mort certaine lors d'une de ses balades à travers la lande. Une promenade à laquelle s'étaient jointes Lady Elizabeth, la fiancée de Neil, et sa sœur, Lady Eilidh. L'apparente sensibilité du guerrier avait ému la fillette, quand plus d'un aurait abandonné l'avorton de la portée. Ce qu'elle ignorait était qu'Alasdair avait eu pour projet d'abréger les souffrances de l'animal, maigre à faire peur, après l'avoir décoincé d'entre les rochers, pas de le ramener au château. À leur retour, John MacDonald, puissant seigneur des îles et chef de guerre parmi les plus féroces, n'avait pu résister au dernier caprice de sa plus jeune fille. Lady Eilidh avait donc été autorisée à garder la petite bête chétive et à pourchasser Alasdair jusqu'à la fin de son séjour à Dunakin.

« Au revoir, monseigneur. Vous êtes plein de miséricorde », lui avait-elle dit, les yeux brillants au moment du départ. Un compliment auquel Alasdair avait répondu par un de ses « mpff » habituels et un adieu prononcé avec soulagement.

Il fallait avouer qu'il était encore moins bavard ces dernières semaines qu'à l'accoutumée. Il était encore perturbé par la scène des écuries. Le problème était qu'une émotion qu'il avait éprouvée en sentant le corps d'Urain contre le sien le maintenait éveillé une partie de la nuit. En vérité, il n'en dormait quasiment plus, et ses insomnies récurrentes risquaient à terme de le rendre fou. Aussi, le MacKinnon devait en avoir le cœur net.

— De la lutte ? répéta Magnus après qu'Alasdair lui ait formulé sa requête.

Le jeune homme avait entraîné son ami loin des ricanements des autres, qui étaient autant soulagés que lui par le départ des MacDonald. À n'en pas douter, il y aurait une fête, ce soir, pour fêter la nouvelle.

— Oui. J'aimerais tester une nouvelle prise que je compte utiliser lors des Jeux, répondit-il dans un mensonge.

Magnus l'étudiait comme s'il lui était poussé des cornes sur la tête. Il est vrai que sa demande pouvait être jugée étrange.

— Très bien.

Le fils de Finlay se mit en position. Alasdair et lui se tournèrent autour pendant un instant avant que Magnus ne tente un croche-pied afin de déstabiliser son adversaire.

— Tu vas t'inscrire à l'épreuve de lutte ? l'interrogea Magnus tandis qu'il effectuait une seconde tentative qui échoua.

— Je l'envisage. Attention au choc !

La seconde suivante, ce fut Magnus, surpris par la vélocité de son adversaire, qui mordit la poussière. Alasdair retomba sur lui afin de se retrouver dans la même position qu'avec Urain.

Et rien.

Il ne ressentait rien à part une grande confusion teintée de honte.

Le fils MacKinnon se releva le premier, puis il tendit la main à Magnus, toujours à terre, pour l'aider à en faire de même.

— Quelle rapidité ! s'exclama le guerrier aux cheveux roux. Satisfait ?

— Non... oui. Je te remercie, Magnus.

Satisfait, Alasdair ne l'était pas du tout...

Peu après, il s'éloigna du château sans autre but précis que celui de prendre le large et se vider l'esprit. L'échec de sa récente expérience l'avait rendu de méchante humeur, et il avait besoin d'explications puisque celles qui se présentaient à lui ne lui convenaient pas. Selon lui, il devait forcément y avoir une raison à sa réaction au contact d'Urain. On disait parfois que le feu de l'action était capable de provoquer toutes sortes de réponses de la part du corps. On avait déjà vu des hommes gravement blessés continuer à combattre pour l'honneur de leur clan, ou des femmes réussir à tuer des soldats deux fois plus grands qu'elles pour défendre leur foyer contre le pillage. Dans ces écuries, il avait eu affreusement peur pour Urain, c'était la raison pour laquelle il n'avait pas hésité à offrir son dos au sabot du cheval pour lui éviter d'être blessé. Quoi de plus normal, Urain était comme un frère pour lui. Ce qu'il y avait eu ensuite n'était dû qu'à la confusion et la panique. Ce ne pouvait être autre chose. D'ailleurs, l'Église elle-même réprouvait cette « autre chose », c'était mal, immoral et pourtant… Alasdair n'aurait pas pu haïr Urain même s'il le voulait. Il l'aimait comme un membre à part entière de sa famille, mais ça… ? Cette espèce de désir qui avait violemment enflammé ses reins. Il n'avait pas été préparé à ça.

Sans s'en rendre compte, il s'était rapproché de la chaumière d'Urain.

La mignonne petite habitation était entourée par la lande d'un côté et la mer de l'autre. Tout en demeurant à l'écart de l'agitation du château, elle bénéficiait de la proximité des murs protecteurs de Dunakin, en cas d'attaque du clan par un ennemi, un événement pouvant se produire à tout moment dans les Highlands et notamment dans les îles. Sa situation en hauteur offrait une vue époustouflante sur la baie en cette belle journée de juin, les genêts s'étalaient en un magnifique lit aux draps jaunes.

Alors qu'il songeait à rebrousser chemin, il aperçut Urain qui en sortait. Celui-ci cria quelque chose à l'intention de sa mère, restée à l'intérieur, avant de fermer la porte derrière lui. Ses mots furent emportés par le vent. Les mèches brunes qui s'échappaient de son catogan claquaient contre son visage à chaque bourrasque. Alasdair le regarda se diriger vers la plage en contrebas et, après une brève hésitation, bifurqua de sa route pour suivre son ami.

Urain s'aventura bientôt dans la grotte dite « aux fées ». On racontait que les hommes qui y pénétraient n'en ressortaient jamais et que si, par la grâce de Dieu, ils y parvenaient, ils en revenaient changés à jamais. Alasdair n'avait jamais cru à ces histoires. Les Highlands et les îles regorgeaient de ce type de légendes par centaines. Enfant, il en était friand, fasciné par les descriptions de Mórag. Adulte, il en souriait tout au plus. Par conséquent, il n'hésita pas une seconde à se faufiler entre les rochers, parfois coupants, qui bordaient le bas de la falaise.

De plus en plus intrigué par le comportement d'Urain, Alasdair continua à marcher sans bruit afin de ne pas être repéré. Son ami lui cachait quelque chose, il en était à présent persuadé.

Arrivé à un passage étroit, il glissa sur une pierre et se blessa la main contre la paroi dans sa tentative d'éviter la chute. La blessure saignait, et il n'avait rien pour l'arrêter. Il arracha un morceau de sa chemise en lin pour stopper l'écoulement de sang à l'intérieur de sa paume. Seulement après avoir correctement enroulé le bout de tissu, il poursuivit sa traversée de la caverne. Urain était déjà loin, il espérait retrouver sa trace une fois parvenu à la sortie.

Un faisceau lumineux lui indiqua bientôt qu'il en était proche. Alasdair s'aperçut qu'elle débouchait sur une petite plage dont elle constituait également le seul accès, bien à l'abri des regards. Le fils MacKinnon, qui avait passé pratiquement toute son enfance à gambader dans la baie aux alentours de Dunakin, s'étonna d'avoir ignoré l'existence d'un tel site jusque-là. Il en vint à se demander comment Urain en avait lui-même fait la découverte. Peut-être que son meilleur ami avait déjà amené une jeune demoiselle, un jour, en cet endroit paisible et que... Étrangement, cette idée chagrina Alasdair. Elle symbolisait à elle seule la distance qui s'était installée entre Urain et lui depuis qu'il était parti en apprentissage chez les MacLean. De fait, le MacKinnon ignorait ce qui occupait Urain pendant qu'il se trouvait au loin, à s'entraîner férocement avec Duncan, sous les ordres de Ruppert MacLean. En outre, lui-même n'avait-il pas succombé là-bas au charme d'une très jolie donzelle, et cette même donzelle ne lui avait-elle pas permis de découvrir les plaisirs existants entre une femme et un homme ? Un événement qu'il avait tu auprès d'Urain. Il n'avait donc pas le droit d'en vouloir à son ami pour ses secrets.

Les yeux d'Alasdair se réhabituaient à la lumière. La plaie qu'il avait à la main ne saignait plus, il la mit en visière afin d'y voir plus clair. Urain n'était nulle part. En revanche, le jeune guerrier crut être victime d'une hallucination en apercevant la fabuleuse créature.

Une selkie ?

Comme dans les contes de son ancienne nourrice.

Elle était à demi assise sur un rocher et... entièrement nue. Les yeux avides du MacKinnon glissèrent le long du dos de la sublime apparition.

Était-elle seulement réelle ?

Il espérait bien que oui !

Alasdair retint son souffle en l'observant se diriger vers les eaux d'une démarche lascive. Allait-il assister à sa mystérieuse transformation comme dans les légendes ?

De ses magnifiques cheveux aussi noirs que la peau d'un phoque et retombant sur des épaules à la courbe gracieuse (ne disait-on pas que les selkies se changeaient en cet animal pour plonger en mer ?), en passant par la cambrure de ses reins, l'arrondi de ses fesses fermes et rebondies et la vision de ses jambes fuselées, tout était réuni pour faire succomber un humble mortel tel que lui. En l'admirant, Alasdair ressentit un énorme poids s'abattre sur sa poitrine. Il ne savait plus s'il était encore debout sur ses jambes ou si celles-ci l'avaient lâché. Quoi qu'il en soit, l'apparition de la selkie l'avait mis à genoux. Elles avaient embrasé ses sens comme jamais auparavant. Le jeune MacKinnon n'était plus que désir et passion pour elle. À cet instant, il aurait tout donné pour la tenir dans ses bras et la sentir fondre contre lui.

Il la vit s'immerger progressivement dans l'eau. Le mouvement de balancier de ses hanches était d'un érotisme sans pareil. Puis, sans plus attendre, elle plongea complètement, lui faisant ainsi regretter de ne pas avoir pu contempler son visage.

Alasdair était sur le point de devenir fou !

Lorsqu'elle remonta vers la surface, le guerrier ne put détacher ses yeux du galbe d'un sein rond qu'il brûlait de tenir au creux de sa paume. Son regard dériva ensuite vers le délicat bouton de rose, humide, pointant à cause de la brise fraîche le caressant. Dans son fantasme, c'était sa bouche à lui qui avait provoqué cette réaction tandis que ses lèvres se refermaient dessus et que ses dents le titillaient.

L'imagination du MacKinnon devint si fertile que c'en fut

presque douloureux. Ses mains parcouraient avidement le ventre plat et ferme de la selkie avant de s'aventurer sur tout son corps. Elles en retraçaient la moindre courbe, le moindre relief. Puis ce fut au tour de sa langue, brûlante et impatiente, de goûter la saveur de la peau claire de la selkie, mais pas trop vite, il avait envie de prendre son temps malgré la violence de son désir. Seulement ensuite, il s'attaquerait à ses replis les plus intimes qu'il savourerait comme le met le plus délicat qui soit.

Une bouffée de chaleur fit grimper la température corporelle d'Alasdair. Il eut la sensation d'approcher de la combustion spontanée, ou bien des portes du paradis ?

La divine créature dut se sentir observée, car elle tourna la tête en direction de l'endroit où s'était dissimulé Alasdair. Lequel était désormais plus proche du purgatoire que d'un quelconque paradis.

Le rêve érotique s'était transformé en cauchemar.

Par le sang du Christ ! C'est impossible !

Il lui fallut quelques secondes pour superposer les deux images qu'il avait à l'esprit. Celle d'un être cher, d'une part, et, de l'autre, celle d'une superbe créature dont il était tombé irrémédiablement sous le charme.

Le visage d'Alasdair était soudain devenu très pâle, exsangue. Le sol sous ses pieds se mit à tanguer dangereusement, entraînant sa chute dans sa volonté de déguerpir. Il réussit toutefois à fuir la petite plage secrète sans trahir sa présence.

Il traversa la grotte ventre à terre, comme si Lucifer sur son char et tous ses démons le traquaient ! Il courut à en perdre haleine afin de mettre le plus de distance possible entre cet endroit maudit et lui. Le son de ses pas résonnait contre les parois humides, mais il ne les entendait pas à cause du capharnaüm qui sévissait dans sa tête. C'était simple, il était incapable de réfléchir à ce qu'il avait découvert, incapable de croire ce que ses yeux lui avaient montré. Pour le moment, il préférait blâmer les fées de lui avoir joué un sale tour, sinon cela aurait été reconnaître l'impensable : que la personne qu'il aimait le plus au monde l'avait trahi.

Ce ne fut qu'une fois qu'il atteignit l'extérieur qu'il s'agenouilla entre deux rochers pour reprendre son souffle. Le choc avait été si violent qu'il en rendit le contenu de son estomac. Le fils MacKinnon demeura ensuite de longues minutes ainsi, le regard vide, se soutenant à un gros rocher pour ne pas tomber puisque ses jambes refusaient de le supporter une seconde de plus.

Il était anéanti par le sentiment d'avoir été dupé.

« Comment ? Pourquoi ? »

Comment était-ce possible ? Pourquoi ne lui avait-il... n'avait-elle rien dit ? Urain était une fille... une femme, bon sang !

Il grimaça, car l'air qu'il respirait lui brûlait les poumons. Sa poitrine comprimée par de violentes émotions le faisait souffrir horriblement. Le goût amer de la duplicité s'insinuait comme du poison dans sa bouche alors qu'il murmurait le prénom d'Urain. Cependant, la simple pensée qu'elle puisse à tout moment surgir de cette grotte lui conféra suffisamment de force pour se relever et partir.

Après un rapide séchage, Urain enfila ses vêtements de garçon avec regret. Il lui fallait retourner au château pour le souper au risque d'éveiller les soupçons de sa mère. La jeune fille soupira en rassemblant ses cheveux pour les emprisonner dans un catogan, comme elle était elle-même prisonnière de son rôle de garçon.

C'est fini, j'en ai assez de mentir !

Urain avait prévu d'aller trouver Alasdair pour lui parler.

Dans l'eau, sans braies, sans bandage, elle avait ressenti une telle liberté qu'elle s'était convaincue que désobéir à l'interdiction de sa mère était la seule chose à faire afin de ne plus souffrir en silence. Alasdair l'aimait, certes pas comme elle l'aurait souhaité, mais elle était certaine qu'une fois la surprise envolée, il la comprendrait et la soutiendrait.

Elle enroula le tissu autour de ses seins. Pendant des années, Urain avait exécré cette tâche effectuée par Mórag, car cette dernière serrait si fort les linges qu'ils lui laissaient des traces sous les aisselles et au niveau des omoplates, jusqu'à la faire saigner parfois.

Chassant cette image, Urain sourit en songeant à la fascination qu'Alasdair et elle vouaient, enfants, au mythe de la selkie. Ne disait-on pas que ces créatures étaient capables de changer de forme pour évoluer dans le monde marin ? Eh bien, son propre corps poursuivait sa transformation pour devenir celui d'une femme, que cela plaise ou non à sa mère, et elle refusait de le cacher plus longtemps. Urain n'avait pas l'intention de passer le reste de son existence à maudire les hommes et leur prétendue barbarie. D'ailleurs, il était assez ironique que sa mère contraigne sa fille unique à s'habiller et se comporter comme ceux qu'elle honnissait par-dessus tout ; d'autant que dans la peau d'un garçon, Urain courait bien plus le risque de se faire tuer au cours du raid d'un clan ennemi que dans celle d'une femme. C'était absurde !

Elle en était là de ses ruminations lorsqu'elle ferma le dernier bouton de sa chemise.

Les dernières vérifications effectuées, elle quitta la plage de galets pour regagner Dunakin.

Plus tard, elle chercha en vain Alasdair dans la grande salle au moment du dîner. De toute évidence, il avait disparu depuis sa petite séance de lutte avec Magnus et, d'après Connor, il avait également manqué leur entraînement quotidien, ce qui ne lui ressemblait guère. Déçue, Urain ne s'attarda pas une fois son repas terminé, et ce fut seule qu'elle rentra à sa chaumière.

À l'extérieur, comme à son habitude, elle prit le temps de contempler le paysage baigné par la magnifique couleur du crépuscule. En dépit de tous les sacrifices auxquels elle devait consentir, elle se répéta qu'elle avait de la chance de vivre en paix au milieu d'un pareil décor. *Le plus bel endroit sur terre !* songea-t-elle, en rabattant derrière son oreille une mèche rebelle venue lui barrer la vue à cause du vent.

Urain s'immobilisa net. Elle aperçut Alasdair quitter sa maison. Il paraissait tellement concentré qu'il ne la remarqua à aucun moment. Elle l'observa, il semblait agité, sa main droite ne cessait de fourrager dans sa chevelure claire, ce qui était un signe de nervosité chez lui. En outre, il portait un bandage à celle de gauche. S'était-il blessé ? Était-ce pour être soigné par sa mère qu'il s'était déplacé jusque chez elles ? Non, ce devait être plus grave à en juger par l'attitude et la démarche d'Alasdair. Il donnait l'impression d'avoir été contrarié.

Vraiment contrarié.

La jeune femme attendit qu'il se soit suffisamment éloigné pour continuer sa route et pousser la porte de la chaumière. Là, elle découvrit sa mère assise sur un tabouret près de la cheminée en pierre. Elle lui tournait le dos, mais ses épaules affaissées trahissaient son humeur.

— Qu'y a-t-il, maman ?

Mórag passa une main sur son visage et pivota légèrement pour faire face à sa fille.

— Rien. Je vais bien.

Urain hésita à lui poser la question qui lui brûlait les lèvres :

— Je... j'ai vu Alasdair sortir d'ici. J'ai supposé que tu lui avais raconté pour ta maladie. Je... je sais qu'il se fait du souci pour toi. Il t'aime beaucoup.

Le regard de la nourrice se voila d'un mélange de tristesse et de regret, et le sourire qu'elle adressa à Urain n'atteignit pas ses yeux.

— Il est effectivement venu me parler. T'a-t-il dit quelque chose en sortant ?

— Non. Il ne m'a même pas vue. Il... il avait l'air ailleurs. Je ne sais pas, je l'ai senti en colère. Mais je dois me tromper.

Décidant qu'il était inutile d'interpréter l'étrange comportement d'Alasdair, Urain entreprit de faire la lecture à sa mère. Mórag, en tant que femme, n'avait pas reçu l'instruction à laquelle le statut de garçon d'Urain lui avait donné droit. Il s'agissait là d'une des nombreuses raisons qui avaient poussé la nourrice à mentir sur la véritable identité de son unique enfant.

8

Quelques semaines plus tard

De retour du château de Dunrobin, fief du clan Sutherland, les MacKinnon parlaient tous de la très prometteuse carrière de guerrier qui s'offrait à Alasdair. Bien que n'ayant pas remporté d'épreuve lors des derniers jeux des Highlands, le jeune guerrier avait réussi à se faire remarquer en s'illustrant dans des disciplines telles que la lutte ou bien encore le tir à l'arc. Son oncle Ruppert, également présent, n'avait pu contenir sa joie de voir son brillant élève à l'œuvre. Il était également fier de Duncan qui n'avait pas démérité, lui non plus.

Comme au bon vieux temps, Connor, Magnus, Duncan et Alasdair étaient assis sur la petite plage de galets en contrebas du château de Dunakin. Les quatre hommes échangeaient leurs impressions sur les performances de chacun.

— Je vais devoir redoubler d'efforts à l'entraînement pour ne pas me laisser distancer par les jeunes loups ! commenta Connor.

Après lui avoir adressé un coup d'œil peu amène, Duncan lança une poignée de petits cailloux dans sa direction.

— Toujours en train de te faire passer pour le vieux sage de la bande, alors que tu n'es qu'un vaurien de MacGregor !

— Hey ! J'ai horreur d'en avoir dans les cheveux ! rouspéta-t-il, en époussetant énergiquement les gros grains.

— Monsieur le chouchou de ces dames... mais gare à toi,

Connor ! Après la démonstration d'Alasdair, il se pourrait bien qu'il te vole la première place auprès des filles ! plaisanta Magnus.

Le principal intéressé, absorbé dans ses pensées, ne les écoutait pas.

— C'est vrai que notre Alasdair que voici n'est pas qu'un joli minois. Notre chef en était fier ! surenchérit Duncan, en levant son poing, hilare.

Inconscient d'être le centre de la discussion, Alasdair laissait ses camarades discourir sur lui comme s'il n'était pas présent. Et c'était probablement le cas, son esprit étant tourné vers d'autres préoccupations, ou plutôt une personne en particulier.

— ... n'est-ce pas, Alasdair ?

Ce dernier fut brutalement happé par le fil de la conversation autour de lui. Tournant la tête vers Connor, il arqua un sourcil parfaitement dessiné comme pour lui signifier qu'il avait toute son attention. Une mimique qui eut le don d'exaspérer le MacGregor.

— Tu n'as pas entendu un traître mot de ce que je viens de dire, n'est-ce pas ? marmonna Connor.

Le fils d'Angus ne put réprimer un sourire moqueur devant le regard agacé que lui lançait son cousin, lequel ne se priva pas de lui reprocher son manque de concentration.

— Tu ressemblais à une jeune pucelle en train de penser à son bel amant. À quoi rêvais-tu ?

— Je pensais surtout à la prochaine fessée que j'allais t'infliger à l'entraînement, devant ces dames, rétorqua Alasdair, soudain plus léger.

— Ta réputation pourrait en pâtir, Connor ! renchérit Magnus.

Les quatre jeunes guerriers partirent dans un concert de rires gras et de plaisanteries grivoises. Puis, reprenant plus sérieusement, Duncan fit l'éloge de Ruppert MacLean, l'homme à qui Alasdair et lui devaient leur technique irréprochable.

— Et toi, Alasdair ? Quel genre d'homme voudrais-tu devenir ? l'interrogea Magnus, avec curiosité.

Le fils MacKinnon se redressa en adoptant la pose des conteurs d'histoire. Il entreprit ensuite de raconter à ses amis les exploits de Finn Mac Cumhaill, le légendaire guerrier de la mythologie celtique irlandaise, qu'il tenait de son oncle Ruppert. Toute l'assemblée, composée uniquement de jeunes Highlanders ayant soif de reconnaissance et pétris de rêve de gloire, fut captivée.

À la fin, Connor cala son dos contre un rocher avant de croiser les bras sur son torse et ses chevilles entre elles, adoptant une position nonchalante. Il déclara, d'un ton narquois :

— Fichtre ! Voilà un grand héros que ce Mac Cumhaill !

— Pour sûr que ça l'est ! renchérit Magnus en passant sur son visage sa large main recouverte de poils drus et roux.

— En tout cas, je ne te connaissais pas cette qualité, mon cousin, déclara le MacGregor. Si tu renonces à exercer tes talents de guerrier, tu pourrais envisager le métier de barde. Je suis certain que tu ne manquerais pas d'offres. Et, par ma foi ! Serais-tu devenu aussi ambitieux que ces charognards de Campbell ? ajouta-t-il en frappant bruyamment la main sur son genou.

Magnus leva les yeux au ciel.

— Allez ! Nous voilà repartis sur l'éternel refrain de « ces ambitieux bâtards de Campbell contre les MacGregor » !

Connor se redressa vivement et tapa son index sur sa poitrine, l'air désormais furieux.

— Oui ! Parfaitement ! Ce ne sont que des chiens ambitieux, avides des richesses des autres ! *« 'S Rioghal Mo Dhream »*, royale est ma race ! rugit Connor. Nous, les MacGregor, descendons des MacAlpin. Nous avons du sang de roi ! Nous n'avons rien à prouver, contrairement à ces... ces...

— ... Ces charognards de Campbell, conclut pour lui une voix dans son dos.

Alasdair se tendit aussitôt. Depuis ce fameux après-midi, à la grotte, il avait évité, autant que cela lui était possible, Urain. La revoir, même après plusieurs semaines, notamment grâce au répit qu'il devait aux Jeux, lui fit l'effet d'un coup de poignard en pleine poitrine. Néanmoins, le jeune homme s'efforça de cacher son trouble, aussi profond était-il.

— Où t'étais passé ? lança Connor, après avoir recouvré son calme.

— J'avais du travail en retard pour Gilleonan mais, toi, tu ne sais pas ce que c'est, hein, Connor ?

Ce dernier ferma les yeux et offrit son beau visage aux rayons du soleil.

— Si, bien sûr ! Je travaille dur tout le temps, ça ne se voit pas ? Dommage, mon pauvre Urain, que tu n'aies pas pu te rendre compte de mes nombreux talents, lors des Jeux !

Magnus secoua la tête en souriant face à l'attitude toujours plus désinvolte de Connor qui, bien que vantard, était en réalité un très bon guerrier ; tout aussi prometteur que son cousin, à vrai dire.

— Tu as peut-être brillé comme un joli caillou, Connor, mais ce sont des prouesses d'Alasdair dont tout le monde parle au château, à l'heure qu'il est, répliqua Urain, en s'installant à côté de l'intéressé.

Le mouvement de recul d'Alasdair n'échappa pas au MacGregor qui l'observa se déplacer de côté, d'un air perplexe. Le haussement de sourcil de Connor inquiéta Alasdair. Il ne manquerait plus que son cousin se mette à poser des questions gênantes auxquelles il n'avait pas l'intention de répondre. Il était d'ailleurs étonnant qu'un homme aussi attentif aux détails que Connor n'ait jamais rien remarqué à propos d'Urain. Lui-même se demandait comment il avait pu se laisser berner aussi longtemps, maintenant que l'évidence le frappait alors qu'il osait enfin poser les yeux sur elle. Au moins la découverte du secret d'Urain avait-elle eu le mérite d'expliquer la réaction suspecte de son corps dans les écuries.

— Je n'ai encore rien fait qui mérite que l'on chante mes louanges. Connor n'a rien à craindre de moi.

Celui-ci éclata alors d'un rire sonore.

— Le modeste ! le railla-t-il. Bien ! Rien que pour faire mentir Urain, je vais retourner de ce pas au château accomplir ma tâche !

Le MacGregor s'éloigna en compagnie de Magnus et de Duncan, qui avaient également décidé de rentrer. Alasdair et

Urain finirent en tête à tête sur la plage. La tension entre eux était palpable.

— Tu tiens les histoires des exploits de Finn Mac Cumhaill de ton oncle Ruppert ? lui demanda-t-elle.

Alasdair, qui avait une folle envie de prendre ses jambes à son cou, se fit violence pour desceller ses lèvres crispées.

— En effet.

C'était mieux que rien. Urain fronça les sourcils.

— Tu n'en parlais pas avant. Je veux dire, j'ai toujours su que tu aspirais à être un bon guerrier pour ton père, pour le clan, mais j'étais loin d'imaginer que tu rêvais d'une telle gloire. Penses-tu !

— Les gens changent en vieillissant. Et toi, n'as-tu rien à me dire, Urain ? Je pourrais tout entendre, tu le sais ?

Alasdair avait vu une opportunité d'amener Urain à se confier à travers ce qu'elle venait de lui dire. Ce qu'il savait désormais à propos de cette mascarade qui l'avait contrainte à se travestir en garçon, il le tenait de Mórag, victime d'un viol ; or, il désirait qu'Urain croie suffisamment en lui pour lui en parler elle-même.

Durant un bref instant, elle parut hésiter. Son sourire vacilla, son regard devint fuyant, comme si elle débattait intérieurement de la marche à suivre. Puis, son visage reprit une expression neutre, et Alasdair sut qu'il resterait sur sa faim.

— Non, je suis toujours moi, Urain, ton meilleur ami qui sera heureux de se mesurer à toi au tir à l'arc à chacun de tes retours ! répondit-elle avec un entrain surjoué.

— J'en doute. Le temps a passé, nous ne nous connaissons plus aussi bien qu'autrefois, si tant est que nous ayons déjà été proches.

Alasdair se leva avec l'intention évidente de partir. Elle le retint en posant une main sur son bras. Ce simple contact lui fit contracter les mâchoires.

— Je ne comprends pas. J'ai entièrement confiance en toi, Alasdair. Je sais que tu arriveras à atteindre le but que tu t'es fixé. Tu en as d'ailleurs les capacités. Je crois en toi, j'y ai toujours cru. Et je peux te dire que tu te trompes. Tu me connais mieux que quiconque. Nous sommes ensemble depuis le berceau. Je t'aime… comme mon frère, ajouta-t-elle précipitamment, le feu aux joues.

Apparemment, ses paroles blessantes avaient heurté Urain. *Tant mieux !* songea-t-il. Il aurait été injuste qu'il soit le seul à souffrir de ses mensonges. Il lui avait laissé une chance de lui parler, elle ne l'avait pas saisie. Qu'elles aillent au diable, elle et sa mère, pour leur duplicité !

Château de Duart

Les récents événements avaient rejailli sur le caractère d'Alasdair qui était devenu très irritable. Le jeune homme, pourtant mesuré et d'humeur égale, était aussi plus agressif dans sa façon de combattre. Cela n'avait pas échappé à Ruppert MacLean.

Après un entraînement, ce dernier prit la décision de retenir son élève, afin d'avoir une explication avec lui.

— J'aimerais que tu me dises ce qui a provoqué un tel changement dans ton attitude, Alasdair. Tu me sembles différent, ta manière de te battre n'est plus la même. Ta technique est bonne, mais je sens qu'il y a autre chose derrière. Des problèmes chez ton père ?

Alasdair était conscient que Ruppert ne se contenterait pas de simples dénégations.

— Non, je cherche simplement à m'améliorer, mon oncle. C'est ce que mon chef de clan et les miens attendent de moi.

— Mais toi, que souhaites-tu au fond de toi ?

Le jeune guerrier resta de longues secondes sans prononcer le moindre mot, tout en fixant de manière franche celui qu'il considérait comme son mentor.

— Je veux être le meilleur.

— Ça, je l'avais déjà compris. Et tu le deviendras, nul n'est besoin d'être si sévère envers toi-même, Alasdair. Mais je sens qu'il y a autre chose qui t'occupe l'esprit. Je me trompe ?

Ruppert le connaissait bien, trop peut-être, et s'approchait d'un peu trop près de la vérité.

Alasdair secoua la tête. Il lui répugnait de mentir à son oncle mais, d'un autre côté, dévoiler le secret d'un autre ne lui appartenait pas. Dans un cas comme dans l'autre, la situation mettait sa conscience à rude épreuve.

Le terrain d'entraînement était pratiquement désert, seule une poignée de soldats échangeait quelques passes d'armes, mais sans grande conviction, un peu plus loin.

— Écoute, Alasdair. J'ai été témoin de toute l'affection que te porte Angus. Il ne veut rien de plus que tout ce à quoi aspirent les pères : un fils en bonne santé et sachant manier l'épée. Nul ne te demande ce que tu n'es pas capable d'offrir, mon garçon. Ne te mets pas plus de pression que tu ne pourrais supporter.

— Ce n'est pas cela, mon oncle, l'arrêta Alasdair qui ne désirait pas mêler son père à tout ceci.

— Dans ce cas, explique-moi ! Tu es plein de colère depuis que tu es revenu. Tu ne parles plus aux autres, ou uniquement lors des entraînements. Puis, quand tu te bats, tu le fais avec une telle hargne qu'on croirait que ton seul désir est de passer par le fil de ton épée le clan tout entier ! Qu'est-ce qui t'a mis dans un état pareil ?

Le visage d'Alasdair se ferma complètement. Il devint hermétique à toute tentative de son oncle de vouloir en savoir plus. Ruppert s'en aperçut.

— Bien, capitula-t-il. Cela ne regarde que toi. Cependant, tâche de mettre de côté tes sentiments. Tu ne dois pas laisser tes humeurs affecter ta façon de combattre, cela pourrait se retourner contre toi le moment venu. Je te pensais capable de maîtriser cet aspect des choses, je me trompais peut-être...

Sur ces quelques paroles, Ruppert tourna les talons et s'éloigna en direction du château. Alasdair regretta presque aussitôt son attitude. Il avait déçu son oncle et il ne se reconnaissait plus par la même occasion ; malgré tout, rien ni personne ne le ferait parler de ce qui s'était produit sur cette plage, cet été-là, à Dunakin.

9

Fin février 1383

Urain était seule au monde désormais. Sa mère, qu'elle aimait plus que sa vie, l'avait quittée après de longs et interminables mois à se battre contre le mal qui la rongeait et ravageait ses poumons. La jeune femme avait encore des difficultés à admettre qu'elle ne la reverrait plus, du moins jusqu'à ce qu'elle aussi la rejoigne dans cet autre monde : ce paradis que Mórag ne cessait d'évoquer vers la toute fin.

Urain se signa avant de se redresser. L'orage ne tarderait pas à éclater, car voilà plusieurs jours que le mauvais temps sévissait dans les Hébrides Intérieures, retardant de plusieurs jours l'arrivée d'Alasdair. Malgré la tension lors de leur dernier échange, elle ne doutait pas de sa venue. *Oui, il viendrait !* Il le ferait parce qu'il était son meilleur ami, et aussi, parce qu'il était tout ce qui lui restait de cher en ce monde. Bien sûr, il y avait également tous les autres : à commencer par Connor, Magnus, Duncan et son oncle Gilleonan. Mais dans ce moment de profond chagrin, son cœur n'aspirait qu'à retrouver celui pour lequel il battait, et ce, de plus en plus fort.

— Oh… Alasdair ! cria-t-elle. J'ai tant besoin de toi !

Son cri mourut dans un sanglot. Le bruit du tonnerre et les hurlements du vent recouvrirent celui de ses pleurs.

Qu'allait-elle devenir sans sa mère ?

Sans son amour ni la présence d'Alasdair à ses côtés, elle

se sentait en perdition. Sa souffrance et son désarroi lui vrillèrent les entrailles au point qu'elle en perdit l'équilibre. Urain se retrouva avec les genoux profondément enfoncés dans la boue. Le ciel était presque aussi sombre que durant la nuit, et le paysage de la lande aussi sinistre que le motif qui l'avait amenée en ces lieux.

Peut-être qu'aucun avenir meilleur ne m'attend. Peut-être que le ciel m'envoie un signe pour en finir...

Son plaid glissa de ses épaules et, sans réellement réfléchir à ce qu'elle faisait, elle dénoua le lacet retenant ses cheveux. Son visage ravagé par les larmes et la pluie n'affichait aucune émotion, elle n'était plus qu'une ombre à la recherche d'obscurité. Sous la force du vent, ses mèches de jais lui fouettèrent violemment la face. Son regard était vide, perdu dans un autre monde : celui qu'elle se surprit à appeler de ses vœux, afin qu'il la délivre de tous ses tourments. À cet instant, Urain ne se sentit plus le courage de continuer à vivre comme elle l'avait fait depuis toutes ces années. Non, à la place elle aspirait à connaître la paix.

La tête commença à lui tourner, une sensation de chaud et de froid mêlés s'empara bientôt d'elle, jusqu'à ce qu'elle s'abandonne dans une torpeur bienvenue.

Peut-être serai-je exaucée pour une fois ?

Mais avant de sombrer complètement, elle crut le voir : son ange gardien.

Alasdair était enfin arrivé à bon port. Cela lui avait pris du temps et lui avait même valu une ou deux belles frayeurs en mer, mais Duncan et lui avaient réussi.

Les occupants du petit *birlinn* avaient effectué un voyage mouvementé. Une météo très venteuse et orageuse n'était pas propice à une sortie en mer, mais un message urgent en provenance de Dunakin avait poussé les garçons à revenir sur les terres de leur clan en toute hâte. L'état de Mórag s'était détérioré. La gravité de la situation avait amené les deux jeunes hommes à se décider promptement au sujet de leur départ. Au cours de la traversée, Alasdair n'avait cessé de ruminer sa dernière conversation avec son ancienne nourrice. Malheureusement, le temps n'était plus aux regrets, mais bien aux adieux.

Le jeune MacKinnon était également sur le point de revoir Urain après plusieurs semaines de séparation. Une personne à laquelle il avait tenté de ne plus penser, en vain ! L'image de la jeune femme était celle qui l'éveillait chaque matin, tout comme elle était celle qui l'accompagnait avant de s'endormir. Elle allait même jusqu'à hanter certains de ses songes. Après six mois, il savait qu'il ne parviendrait pas à faire face à son ancien meilleur ami sans en éprouver une certaine colère, voire de la rancœur. Tout ce temps, il s'était également efforcé de ne pas se remémorer la scène sur la plage, car cela ne manquait pas de lui retourner l'estomac. Dire qu'il avait été prêt à tomber à genoux devant ce qu'il avait cru être une superbe selkie. Quel bougre idiot !

Parfois quand le ressentiment se faisait moins virulent, Alasdair se répétait en son for intérieur qu'Urain souffrait assurément autant que lui, si ce n'était davantage, de la situation et, de ce fait, il lui incombait de garder son calme avec elle. En outre, il allait devoir faire bien plus que cela compte tenu des circonstances. Il lui faudrait se tenir auprès de la femme à l'origine de son tourment et lui témoigner son soutien.

Aussitôt après avoir mis un pied à terre, Alasdair grimpa à toute vitesse les marches taillées dans la roche qui menaient au château. Parvenu jusqu'au sommet, il fut surpris de voir son père venu en personne les accueillir, Duncan et lui. Le mauvais temps les avait retardés, aussi craignit-il qu'on lui annonce la nouvelle tant redoutée.

Nul besoin de parole entre le père et le fils. Le cœur d'Alasdair se serra quand il comprit. Le visage empreint de gravité d'Angus parlait de lui-même. Son fils remarqua que la perte de Mórag l'affectait aussi, en tout cas bien plus qu'il ne l'aurait imaginé. La tristesse semblait avoir eu raison du chef des MacKinnon ; ses épaules étaient voûtées et ses cheveux étaient désormais totalement blancs. Quant à son regard noisette, dont avait hérité Alasdair, il laissait transparaître une immense lassitude. Pour la première fois, le jeune homme prit conscience que son propre père était vieillissant. Le héros invincible de son enfance s'en était allé.

Comme à son habitude, Angus salua chaleureusement son dernier né.

— Je suis heureux de te savoir en un seul morceau, fils. Avec ce temps, j'avais pensé que tu repousserais ta venue de quelques jours.

— Il était de notre devoir d'être là, père. Surtout moi. Urain est mon ami et Mórag était ma nourrice. Il ne pouvait en être autrement.

Alasdair s'interrompit un instant avant d'ajouter :

— Je suppose que j'arrive trop tard.

— J'en ai bien peur, mon garçon.

Ce dernier murmura une prière pour l'âme de la défunte. Puis, il prit la direction du château en compagnie de son père. Duncan, qui s'occupait d'amarrer le bateau, les rejoindrait plus tard.

— J'aurais aimé venir plus tôt.

— Je sais, fils. C'est normal que tu sois triste, tu étais très attaché à ton ancienne nourrice.

— Elle était bien plus que cela, en réalité. Elle a été comme une mère pour moi.

— Je sais, fils. Je sais... Je serai là en cas de besoin.

Angus lui pressa l'épaule. Alasdair inspira profondément en serrant les mâchoires.

— Merci, père.

Avant que leur chemin ne se sépare, le chef prit soin d'avertir Alasdair des changements récemment survenus à Dunakin :

— Dans le cas où tu chercherais tes frères, sache que Finnon a quitté l'île de Skye pour Iona. Tu ne trouveras que Neil au château.

— Je l'ignorais. Depuis quand ?

— Plusieurs semaines, répondit simplement Angus.

Le jeune guerrier tenta de se représenter la réaction de son aîné à l'annonce de sa nomination en tant qu'abbé sur l'île d'Iona. Il doutait qu'elle ait été acceptée avec joie. Finnon tenait, selon lui, plus du politicien que du prélat, quoique les deux fonctions soient souvent liées. Quel sacrifice cela avait dû être, pour un homme aimant autant le pouvoir, de se retrouver isolé sur un petit bout de terre, coupé de tous de surcroît ! Le site en lui-même était magnifique, l'abbaye d'Iona avait été construite sur l'île du même nom, près de la côte ouest de la belle Mull, en lieu et place des ruines de celle de Columba, sur ordre du fils du célèbre Somerled, seigneur des îles, plus d'un siècle auparavant.

Mais, il oublia bien vite les états d'âme de son demi-frère pour se concentrer sur un problème hautement plus important à ses yeux...

Alasdair marmonna une série d'imprécations en se couvrant la tête de son plaid aux couleurs vives, un mélange de rouge, de vert et de bleu.

La lande avait été rendue boueuse par le mauvais temps. Après de longues et pénibles minutes de marche dans des conditions peu favorables, il vit se dessiner au loin le lieu qui l'intéressait. Il lui fallut quelques minutes supplémentaires pour l'atteindre et remarquer la présence d'une autre personne agenouillée devant la croix surplombant la tombe de Mórag ; c'était justement celle qu'il cherchait tout en craignant de la revoir ; un paradoxe qui accentuait son sentiment de malaise.

Urain avait détaché ses cheveux. Ces derniers virevoltaient librement au gré des bourrasques, ce qui lui conférait un charme nouveau. Alasdair se surprit à s'attarder sur ce type de détail en pareilles circonstances. Prolongeant son examen, la panique le submergea quand il découvrit qu'elle ne portait que sa chemise en lin pour la protéger de la tempête, son plaid gisant plus loin sur le sol trempé. Avait-elle totalement perdu l'esprit ? Ou bien voulait-elle mourir, elle aussi, à demeurer ainsi dans le froid et sous la pluie, si peu vêtue ?

Quand elle s'écroula telle une poupée de chiffon, il se précipita sur elle et la souleva de terre comme si elle ne pesait guère plus lourd qu'un fétu de paille. L'inquiétude avait décuplé sa force.

Foutrebleu ! Que lui était-il passé par la tête ?

Alasdair continua à grommeler des injures en transportant Urain jusque dans sa chaumière et en l'installant sur son lit. Son cœur s'affola lorsqu'il lui toucha le front et constata qu'elle était déjà brûlante. Que faire ? Il n'avait jamais eu à soigner quelqu'un atteint d'une forte fièvre. Il envisagea, pendant un court instant, de courir au château pour y quérir de l'aide, mais le souvenir du terrible secret d'Urain lui revint brutalement en mémoire. Personne ne devait savoir, même pas leurs plus proches amis. Le jeune guerrier devait se rendre à l'évidence, Urain avait besoin que l'on s'occupe d'elle et il lui faudrait être à la hauteur, parce qu'il le devait à sa défunte mère et parce qu'il ne pouvait se résoudre à la perdre. Il lui en voulait, c'était un fait, mais il n'était pas prêt, pour autant, à la voir complètement disparaître de sa vie.

Prenant son courage à deux mains, il décida de lui ôter ses vêtements mouillés, parce qu'il fallait bien commencer quelque part. Toute en s'activant, il se mit à déglutir péniblement. Ses doigts tremblaient tandis qu'il s'attaquait aux boutons de la chemise qu'il défit un à un. Bien que sachant, depuis ce fameux jour sur cette plage, ce qu'il allait trouver en dessous, il ne put contenir un mouvement de recul. La femme, étendue inerte sur la couche, ignorait tout de son désarroi à la vue d'une simple et inoffensive poitrine bandée.

Alasdair ferma brièvement les paupières et inspira profondément. Il n'avait pas le droit de faillir, Urain avait besoin de lui.

Reprenant là où il s'était arrêté, il réussit à la débarrasser de son vêtement. Il réitéra la manœuvre avec ses chausses et ses bottes jusqu'à ce qu'elle se retrouve entièrement nue devant lui, toujours inconsciente. Il la borda ensuite sous les couvertures avant de se rendre dans la petite pièce attenante, celle faisant office de cuisine, afin de récupérer un morceau de tissu qu'il humidifia dans un broc rempli d'eau et posé sur la table. De retour auprès d'Urain, il le lui passa sur son front avec précaution, tout en priant pour qu'elle s'en sorte. Dans l'immédiat, c'était tout ce qu'il pouvait faire, mais une chose était certaine, il la sauverait, sans ça, son cœur n'y résisterait probablement pas.

Urain s'éveilla, la tête encore lourde et les membres engourdis. Que lui était-il arrivé pour qu'elle se sente aussi mal, aussi moulue ?

Elle se redressa et put constater qu'elle se trouvait dans un lit, mais pas le sien. La vaste chambre, témoin de son réveil, n'était pas la sienne. Son regard fut ensuite attiré par l'âtre de la cheminée dans lequel brûlait un feu, ou plutôt par celui qui se tenait devant, accroupi, en train d'entretenir les flammes et la chaleur qu'elles diffusaient. Le cœur d'Urain manqua un battement lorsque celui qu'elle observait se tourna vers elle.

— Bienvenue parmi nous, fit Alasdair, de sa voix grave.

Le premier réflexe d'Urain fut de vérifier ses vêtements, car, après tout, elle s'était réveillée dans un lit qui n'était pas le sien et en présence d'un homme, même s'il ne s'agissait pas de n'importe lequel. Durant une fraction de seconde, elle douta. Fort heureusement, elle portait une de ses chemises et ses culottes de garçon. Elle avait même effleuré son bandage autour de sa poitrine par-dessus le tissu. Son secret était sauf ! Elle laissa échapper un soupir de soulagement.

« Bienvenue parmi nous », avait dit Alasdair qui la dévisageait d'ailleurs avec attention. Mais pourquoi ? Elle n'avait pas quitté Skye.

Puis, soudain, le souvenir de ce moment, devant la tombe de sa mère, s'imposa à elle : celui où elle avait souhaité partir pour un autre monde, accablée et effrayée par un avenir solitaire.

Urain plaqua une main sur sa bouche pour contenir un cri.

— Que m'est-il arrivé ?

Alasdair abandonna sa place devant la cheminée et s'avança vers le lit.

— Tu es tombée gravement malade. Nous avons tous craint

pour ta vie, Urain. La fièvre ne t'a pas quittée pendant presque une semaine et, au moment où nous désespérions de te voir ainsi, tu es miraculeusement revenue parmi nous.

— Seigneur Dieu... ! souffla-t-elle.

— Comment te sens-tu, ce matin ?

— Plutôt bien. Enfin, je crois, dit-elle en rabattant les couvertures sur le côté.

Alasdair posa une main sur la sienne pour l'empêcher d'aller plus loin. Une main qu'il s'empressa de retirer. Elle fronça les sourcils.

— Tu es peut-être réveillée, mais tu n'es pas sortie d'affaire pour autant. La guérisseuse de mon père a été claire : il te faudra garder le lit pendant plusieurs jours encore.

— Plusieurs jours ? J'entends déjà Connor me traiter de fainéant !

Un faible sourire se dessina sur les lèvres d'Alasdair, qu'Urain trouva terriblement attirantes à cet instant. Elle s'en voulut de penser à de telles choses devant la gravité de la situation. N'avait-elle pas échappé de peu à la mort ? Une fin qu'elle avait inconsciemment recherchée après la perte de sa mère.

— Que tu le croies ou non, Connor est sinistrement silencieux depuis que tu es tombée malade.

— C'est donc toi qui m'as retrouvée ?

Alasdair acquiesça.

— Gisant dans la boue. Tu étais devant la tombe de ta mère. Je... je suis désolé de ne pas avoir été là à temps, Urain.

Cette dernière haussa les épaules. Une énorme boule s'était formée dans sa gorge, l'empêchant dans l'immédiat de s'exprimer.

— Ta présence n'aurait rien changé à l'issue. Tu n'as pas à t'en vouloir.

— Peut-être, mais j'aurais aimé être près de vous deux quand elle a rendu son dernier souffle.

Nerveux, Alasdair glissa une main dans ses cheveux. Urain nota qu'il les avait coupés. Les boucles claires retombaient désormais sur sa nuque. Il avait également gagné en musculature.

Jusqu'où s'arrêterait-il dans sa transformation de guerrier ? À dix-sept ans, Alasdair était devenu un très beau jeune homme.

Que pouvait-elle espérer ? Elle devait se résoudre à l'inéluctable : Alasdair ne serait jamais à elle.

Urain ne put retenir le soupir de dépit que lui avait inspiré ce constat.

— Tu aurais pu mourir toi aussi, si on ne t'avait pas soignée. Tu as eu beaucoup de chance, Urain, ajouta Alasdair.

— Peut-être aurait-il mieux valu que tu n'interviennes pas.

Il eut l'air choqué par sa réflexion.

— Tu ne devrais pas dire de telles choses. Nous avons tous craint pour ta vie.

Il avait raison. Urain se sentit soudain très sotte. Se laisser mourir était la solution des lâches, or elle s'était toujours montrée forte. Elle releva le menton et planta son regard dans celui d'Alasdair. Elle aurait voulu être franche avec lui, lever le voile sur toutes les zones d'ombre autour de sa véritable identité, seulement les mots demeuraient bloqués derrière la barrière de ses lèvres sèches.

— Je crois que… j'ai eu peur. Maintenant qu'elle n'est plus là, les choses ne seront plus jamais comme avant. Je ne sais pas quoi faire, Alasdair. J'ignore ce qu'il adviendra de moi et ça me terrifie. La solitude n'est pas un problème, c'est plutôt de me dire que la seule personne pour qui je comptais vraiment n'est plus de ce monde.

Une larme roula sur sa joue et, contre toute attente, Alasdair l'enlaça. Ainsi blottie contre lui, entre ses bras forts, elle pleura tout son soûl.

Avec son pouce, il essuya les larmes sur une de ses joues.

— C'est faux, lui chuchota-t-il. Tu comptes également pour beaucoup de personnes, Urain. Tu ne seras jamais seule. Dunakin est ton foyer, mon père ne permettrait pas que l'on te chasse. Tu es ici chez toi, et il en sera toujours ainsi.

Les paroles du jeune guerrier la touchèrent en plein cœur, même s'il n'avait pas prononcé les mots qu'elle aurait par-dessus tout désiré entendre. Si elle cherchait le moment propice afin de passer aux aveux, elle songea que c'était probablement le bon. Ils étaient seuls, au calme, et Alasdair paraissait disposé à l'écouter.

Urain releva la tête en même temps qu'il baissait la sienne. Puis, une lueur étrange traversa furtivement les prunelles d'Alasdair. Il eut alors un geste auquel elle ne s'attendait pas, car son regard avait lentement glissé sur ses lèvres, qu'elle entrouvrit sous l'effet de surprise.

Urain crut rêver !

Si elle s'était trouvée dans une autre situation, elle aurait pu croire qu'il s'apprêtait à l'embrasser ; or, c'était impossible. Pour Alasdair, elle était un garçon, son frère de lait, le gamin avec lequel il avait réalisé un nombre incalculable de bêtises. Sa fièvre lui jouait des tours en superposant ses fantasmes à la réalité, c'était la seule explication plausible. Comme pour le lui prouver, il se leva brusquement, ou plutôt il bondit pour s'éloigner du lit. Il avait agi avec une telle rapidité qu'elle en fut tout étourdie. À présent, il fixait la porte comme s'il se trouvait en enfer et qu'elle constituait sa seule planche de salut.

Urain ne comprenait plus rien.

— J'ai… je vais te laisser. Tu dois encore avoir besoin de te reposer, bredouilla-t-il en reculant.

Elle tendit instinctivement le bras dans la direction d'Alasdair. Sa jambe percuta le tabouret quand il voulut l'éviter.

— Je me sens déjà beaucoup mieux. Reste. J'aimerais te…

— J'ai des affaires importantes à régler avant mon retour à Dun… Duart, la coupa-t-il. Maintenant que tu es réveillée, je n'ai plus de raison de retarder mon départ. En plus, tu as sans doute faim. Je vais t'envoyer Mona avec ton petit déjeuner.

Elle sentit la panique la gagner en voyant Alasdair se diriger vers la porte. Animée par un sentiment d'urgence, elle se leva brusquement, trop pour son corps convalescent. Prise de vertige, elle manqua de chuter vers l'avant et l'aurait fait si celui dont elle avait tenté d'empêcher la fuite ne l'avait pas retenue. Ce dernier l'attrapa par la taille avant de la soulever de terre pour la déposer, avec la plus grande délicatesse, sur le lit. Il avait l'air furieux à cause de la nouvelle frayeur qu'elle venait de lui infliger.

Urain se frotta le visage en revenant progressivement à elle après ce fâcheux incident. Une vague nauséeuse lui rappela sa condition de malade pas encore tout à fait remise lorsqu'elle tenta de se redresser.

— Bon sang ! As-tu perdu la raison ?

Le sang d'Urain bourdonnait à ses tempes, lui faisant regretter sa témérité maintenant que celle-ci lui avait déclenché une horrible migaine.

— Veux-tu que je t'apporte un peu d'eau ? reprit-il plus doucement.

— Non, je te remercie.

— Très bien. Maintenant, puis-je te laisser seule, sans craindre que tu ne retentes une nouvelle ânerie ?

Alasdair la grondait comme sa mère l'aurait fait si elle avait été là. Cette comparaison la fit sourire. Un sourire qui se transforma en grimace tant la douleur à l'intérieur de son crâne était violente.

— Je te demande pardon, Alasdair. Tu dois avoir bien mieux à faire de ton temps. D'ailleurs, je n'étais pas sûre que tu viendrais avec la tempête.

Elle lui lança un regard de biais. Fâché, il ne semblait plus vraiment l'être. En revanche, il était épuisé, et les cernes sous ses yeux étaient là pour le prouver. Urain était à la fois navrée et réjouie, car c'était la preuve que, en dépit de leur éloignement, elle était importante pour lui.

— Duncan et moi avons quitté Mull dès que le messager nous a avertis. J'aimais Mórag, j'aurais voulu le lui dire une dernière fois.

Elle savait qu'il était sincère, Alasdair avait toujours eu en horreur le mensonge. C'était une des raisons pour laquelle elle avait si peur de lui révéler les siens. Et à partir d'aujourd'hui se posait le problème de ternir la mémoire de sa mère en dévoilant la vérité. Elle était dans une impasse. À son chagrin se mêlait un sentiment d'injustice. N'aurait-elle jamais le choix ? Urain se détourna d'Alasdair. Ses larmes menaçaient de ruisseler sur son visage pour ne plus jamais s'arrêter de couler.

Ce qu'elles firent quand Alasdair quitta la pièce peu après avoir témoigné de son affection pour sa nourrice.

Un peu plus tard, alors qu'elle prenait enfin le temps d'observer son environnement, Urain prit conscience qu'elle avait dormi dans la chambre d'Alasdair, dans son lit, dans ses draps. Une bulle de joie remonta jusque dans son cœur avant d'éclater presque aussitôt. Cela ne voulait rien dire, rien signifier. Elle se jugea horriblement puérile de trouver du réconfort dans cette simple idée. Pire ! D'éprouver un tel sentiment, alors qu'elle pleurait la perte encore récente de sa mère. La culpabilité s'abattit sur elle, sans pitié, et l'attitude de plus en plus distante d'Alasdair acheva de la déprimer.

Comme il l'avait promis, ce dernier avait envoyé Mona s'occuper d'elle. La jeune femme avait pris un poste au château grâce à Padraig, le cuisinier qui était aussi son père. Pour la première fois, Urain détailla, d'un œil appréciateur et à la fois envieux, la plantureuse brune qui était en train de déposer son plateau sur son lit, enfin celui d'Alasdair. Il fallait reconnaître à la fille du maître cuistot un certain charme, avec ses épaisses boucles noires, ses grands yeux marron et sa bouche aux lèvres pulpeuses qu'accentuait sa moue boudeuse. À cela, s'ajoutaient des formes voluptueuses que même sa robe en laine marron grossièrement coupée ne parvenait pas à dissimuler.

Mórag avait eu l'habitude de dire que les hommes étaient si imbéciles qu'une jolie paire de seins et de fesses suffisaient à les faire se comporter comme de parfaits idiots. Pour appuyer son propos, l'ancienne nourrice n'hésitait pas à recourir à la Bible en citant le cas d'Adam. En l'écoutant, Urain s'était plus d'une fois abstenue de lui indiquer qu'Eve avait autant perdu que le premier homme dans cette histoire. Mais mieux valait ne pas contredire sa mère sur le sujet.

Urain s'interrogea sur ce qu'Alasdair pensait de la fille du maître cuistot. Lui était-il arrivé de s'imaginer avec elle ? De l'embrasser ou de reproduire avec elle toutes ces choses qu'elle savait possibles entre un homme et une femme. Cette idée suffit à lui briser le cœur, et elle la chassa aussi vite, regrettant de s'être permis de telles divagations.

La servante s'activait autour d'elle, ce qui lui donna tout le loisir de l'étudier dans les moindres détails. Quand Mona se pencha pour ramasser un linge tombé au sol, Urain put comparer la croupe rebondie sous ses yeux avec sa propre silhouette, si fine et si éloignée des canons de beauté prisés par ces messieurs. Était-ce donc ce qu'il fallait pour séduire un homme ? Urain douta de sa capacité à attirer l'attention d'Alasdair avec les moyens en sa possession, même en troquant ses vieilles culottes en cuir contre une jolie robe de brocart.

Reprenant le fil de la réalité, elle passa une main dans ses cheveux noués en catogan comme à leur habitude.

— Merci, Mona. J'espère ne pas t'avoir donné trop de travail en plus du reste.

Celle-ci lui sourit malicieusement avant de vérifier le feu dans la cheminée.

— C'est trois fois rien, tu sais ! répondit-elle en esquissant un geste qui exprimait sa pensée.

En avisant le plateau que Mona avait déposé sur la couverture, Urain s'aperçut qu'elle mourait littéralement de faim et mordit à pleines dents dans une galette d'avoine recouverte de confiture de mûre.

Dieu que c'est bon !

Elle en ferma les paupières afin de savourer le goût.

— Tu nous as fait peur, reprit Mona. Nous avons tous cru que tu ne parviendrais pas à combattre la maladie, tous sauf Alasdair. Il était incroyablement têtu et répétait à qui voulait l'entendre que tu étais un battant et que tu gagnerais contre cette mauvaise fièvre !

Ces révélations mirent à mal le nouvel appétit d'Urain, qui s'était figée dans l'attente de la suite.

— C'est vrai ? dit-elle, en essuyant ses lèvres avec le revers de sa manche.

D'un signe de tête, elle encouragea son interlocutrice à poursuivre ses confidences.

— Oui, pour sûr que ça l'est ! C'est lui qui t'a trouvé tout mal en point sous le déluge. Il t'a transporté jusqu'au château, et là, il a eu un comportement assez étrange, en exigeant d'être le seul à s'occuper de toi. Il ne voulait personne d'autre que lui à ton côté. Il a quand même permis à la guérisseuse de t'approcher. Elle t'a ensuite préparé des décoctions à base de plantes pour aider à faire baisser la fièvre. Mais il a fallu attendre plusieurs jours pour que cela fonctionne. Pendant tout ce temps, il est resté à ton chevet. Il t'a veillé constamment, ne te quittant que quelques heures pour prendre un bain ou essayer de dormir un peu à son tour. Je crois qu'il a eu très peur de te perdre, comme nous tous, mais lui, plus encore. Alasdair s'est assuré que tu ne manques de rien, il s'est lui-même occupé de faire ta toilette. Même Connor était très inquiet, il fallait le voir, le pauvre bougre ! Il n'a presque pas dit un mot depuis une semaine. Et, le concernant, celui-là, c'est un sacré exploit ! Ce sont de bons amis que tu as là, mon tout beau.

Urain, dont la migraine n'était pas encore guérie, tenta d'assimiler toutes ces informations, méditant sur la portée de chacun de ces événements. Soudain, elle eut envie de renvoyer le peu de nourriture qu'elle avait ingérée. Son visage s'était statufié en une expression horrifiée.

Mona ne remarqua rien de son trouble, occupée qu'elle était à mettre un peu d'ordre dans la pièce.

— Heureusement, tout est terminé, soupira la servante. Alasdair et Duncan vont retourner au château de Duart. Et bientôt, tu seras assez en forme pour reprendre ta place auprès de ton oncle, hein !

— Que... quand ? Quand partent-ils ?

Mona fit mine de réfléchir avant de répondre :

— J'ai entendu le laird demander que l'on fasse préparer un *birlinn* pour Duncan et son fils. J'imagine qu'ils vont prendre la mer aujourd'hui même, maintenant que tu vas mieux. En tout cas, moi, je suis soulagée de te voir remis sur pied ! Ça aurait été dommage de perdre un garçon aussi mignon que toi, déclara-t-elle en lui adressant un clin d'œil coquin avant de refermer la porte derrière elle.

La pauvre Urain, elle, ne pouvait réfléchir à rien d'autre qu'à cette phrase prononcée par Mona : « Alasdair a veillé à ce que tu ne manques de rien, il s'est lui-même occupé de faire ta toilette. »

Cela ne signifiait qu'une seule et unique chose :

Oh ! mon Dieu... Il sait !

Trop tard !

Elle était arrivée trop tard sur la grève et regardait, impuissante, l'embarcation s'éloigner de la côte.

Le départ d'Alasdair fut un véritable crève-cœur. Il avait embarqué à bord du *birlinn* sans savoir qu'elle avait eu l'intention de tout lui raconter à son sujet. Maintenant, elle était convaincue qu'il la détestait, et la seule pensée qu'elle aurait à affronter de longs mois sans lui la plongea dans un abîme de désespoir. La souffrance de cette énième séparation, rendue insupportable par les circonstances actuelles, la plia en deux sur le sable.

Alasdair contempla une dernière fois le château de sa famille, lequel rapetissait à mesure que le *birlinn* progressait sur les flots. Chez le jeune guerrier, le soulagement le disputait à la tristesse. Quitter Urain, fuir sa chambre, Dunakin et même sa merveilleuse île de Skye ne lui avait jamais paru si vital.

Tudieu ! Il avait été à un cheveu de l'embrasser après son malaise ! Comment aurait-il justifié son geste auprès d'Urain sans revenir sur la parole donnée à sa mère ? Sa relation déjà ambiguë avec son meilleur ami s'était transformée en un inextricable sac de nœuds !

Le fils MacKinnon avait commis l'erreur de s'approcher trop près d'elle. Son odeur de bruyère, la douceur de ses cheveux, ses lèvres appétissantes et, surtout, le souvenir de son corps nu avait failli avoir raison de lui. La fragilité apparente d'Urain l'avait aussi ému. Elle l'avait peut-être trahi avec son abject subterfuge, mais ce qui la touchait le touchait également. Il avait beau le combattre de toutes ses forces, il ressentait quelque chose pour elle, un sentiment qui le dépassait par son intensité et sur lequel il n'était pas encore prêt à mettre un nom, ni même ne le souhaitait. Alors, pour l'extraire de sa tête, il avait décidé de prendre la mer le plus rapidement possible. Naturellement, il n'était pas fier de sa lâcheté, mais que faire ? La contempler à demi allongée sur son lit, tout en sachant ce qui se dissimulait sous sa couche de vêtements, c'était plus que ce qu'il était capable de supporter. Il n'était qu'un homme après tout. Si encore l'image de la selkie sur la plage ne revenait pas régulièrement le hanter. Mais refréner cette envie qu'il avait de la prendre et d'assouvir ce besoin qu'il avait d'elle en était arrivé à le ronger de l'intérieur. Le problème était que la délicieuse créature et son frère de lait ne faisaient qu'un. Et il avait été à deux doigts de la perdre en raison d'une forte fièvre.

Comme ma mère...

Un souvenir du moment où il avait ramené Urain au château lui revint subitement en mémoire. Il l'avait d'emblée transportée jusqu'à sa chambre, car il ne la voulait nulle part ailleurs. Il aurait pu s'occuper d'elle n'importe où, mais c'était ici, dans cette pièce, qu'il l'avait conduite, comme si cela signifiait quelque chose pour lui.

Urain en était venue à l'obséder, c'était mal, et il le savait. Comment pouvait-il nourrir du désir pour un être qu'il considérait comme un frère depuis sa plus tendre enfance ? À sa mort, Alasdair en était certain, il brûlerait en enfer pour cela ! Malgré tout il serait toujours disposé à sacrifier sa vie pour elle, car dans son malheur, il restait incapable de renier l'amour qu'il avait toujours éprouvé pour Urain.

10

Décembre 1385

Déambulant dans les couloirs du château, Urain ne regardait pas son chemin, trop absorbée qu'elle était par ses pensées les plus secrètes. À la vérité, celles-ci étaient toutes portées vers un seul homme : le guerrier qui avait volé son cœur et son âme. Malheureusement pour elle, voilà près de deux années qu'Alasdair n'était pas revenu parmi les siens, hormis lors d'un court séjour, à l'occasion du mariage de son frère aîné, Neil, avec Elizabeth MacDonald. Une alliance politique, voulue et orchestrée par le seigneur des îles, en personne, afin d'assurer la paix dans les Hébrides. Deux années également qu'elle entendait parler de sa vie dans les Lowlands, où son père l'avait envoyé étudier comme Connor avant lui. Naturellement, elle ne doutait pas qu'il ait également fait une entrée remarquée à la cour du roi Robert par la suite. Comment résister au charme brut d'un Highlander possédant des atouts physiques tel que les siens ? Elle se consolait en songeant que toutes ces femmes bien nées se pavanant sous le nez d'Alasdair ne le connaissaient pas aussi bien qu'elle. Une fois qu'ils se seraient parlé à cœur ouvert, leurs rapports redeviendraient comme avant. Enfin, pas tout à fait, puisque depuis l'épisode de la forte fièvre qui avait failli lui coûter la vie, Alasdair savait qui elle était vraiment. Une femme qui l'aimait encore plus profondément qu'autrefois car, au lieu d'atténuer son amour, la séparation n'avait fait que l'accroître.

Toujours murée dans ses réflexions, elle percuta la masse solide du corps d'un beau spécimen de sa connaissance. Connor lui évita la chute en lui attrapant le bras, in extremis.

— Alors, on ne regarde pas où on va ?

Le MacGregor la relâcha sans se départir de son éternel sourire coquin au coin des lèvres. De nouveau stable sur ses pieds, Urain se baissa afin de ramasser les documents tombés au sol lors de sa rencontre musclée avec son ami.

— Pardonne-moi, j'ai manqué de vigilance.

— C'est pour ton oncle, tout ça ? demanda Connor en s'accroupissant pour l'aider.

— Mmm.

Urain n'était très bavarde, son ami sembla ignorer sa morosité et poursuivit d'un ton badin :

— Gilleonan devrait avoir honte de te laisser porter tous ces livres de compte, sans t'obliger à faire un minimum d'exercices avec nous !

Elle s'apprêtait à lui répliquer qu'il aurait fallu qu'elle ait le temps de les rejoindre au terrain d'entraînement pour cela, quand elle aperçut une feuille, en particulier, entre les mains du MacGregor. Il y eut un instant de flottement au cours duquel elle se demanda comment elle avait bien pu égarer ce morceau de papier entre les documents destinés au régisseur de Dunakin.

Foutre !

Quelle idiote négligente elle était !

Et si Connor avait eu le temps de jeter un œil au croquis ? Ou pire ! De reconnaître le visage reproduit par sa main. Pour la première fois, elle ne fut pas mécontente de ne pas être une artiste douée.

Ses craintes s'envolèrent quand Connor lui tendit la feuille sans émettre de commentaire. Le guerrier se releva. Par cette belle journée ensoleillée d'hiver, la vue était magnifique depuis cette partie du château. Il observa l'étendue bleue de la mer par la petite fenêtre rectangulaire.

Urain termina de rassembler tous ses papiers dans son porte-documents en cuir.

— Angus a reçu un message, ce matin, annonça nonchalamment le MacGregor.

Elle se figea. Un détail dans l'intonation de Connor avait placé ses sens en alerte.

— Encore des plaintes de Finnon depuis sa retraite spirituelle à l'abbaye ? railla-t-elle.

— Non. C'est l'enfant prodigue. Duncan et lui seront bientôt de retour. Le chef les attend d'un jour à l'autre.

La joie, le soulagement, mais aussi la peur et la colère la submergèrent dans un flot d'émotions contradictoires. Pour autant, sa voix était neutre lorsqu'elle déclara être heureuse pour le chef.

— Je pense que son fils et lui auront beaucoup de choses à se raconter.

Bien sûr, elle était loin d'éprouver cette sérénité affichée. Au contraire, la nouvelle avait provoqué chez elle une tempête intérieure, qui menaçait de la faire chavirer à tout instant. Voilà de longs mois qu'elle guettait l'horizon depuis sa petite chaumière, se languissant de ces retrouvailles.

Au moins, cela expliquait pourquoi elle avait entendu deux servantes chuchoter le prénom d'Alasdair, ce matin.

L'image de leur dernier tête-à-tête s'imposa à elle. Il avait été sur le point de l'embrasser. À l'époque, elle avait jugé la chose improbable, parce qu'elle ignorait qu'il avait déjà découvert son secret. Mais, à la lumière de ce qu'elle savait aujourd'hui, elle en était convaincue : il avait été attiré par elle. Il avait fixé ses lèvres, il avait eu envie de poser sa bouche sur la sienne. Il pourrait le nier avec toute la force du déni. Elle n'avait pas fantasmé ce moment. Il s'était bel et bien produit !

« Le chef les attend d'un jour à l'autre. »

Alasdair serait bientôt là.

Les jambes d'Urain vacillèrent légèrement. Par chance, Connor avait la tête tournée en direction du paysage. Son visage avait déjà retrouvé des couleurs lorsqu'il reporta son attention sur elle.

— Et, toi, ça ne te fait pas plaisir de revoir mes cousins ? Tu es toujours très bizarre quand on aborde le sujet.

Le regard inquisiteur du MacGregor la mit mal à l'aise. À plusieurs reprises, elle avait craint qu'il ne découvre son subterfuge. Par moments, surtout lorsqu'il la fixait de cette manière, elle se demandait s'il soupçonnait quelque chose ou bien si Alasdair le lui avait révélé ?

Non, impossible.

Elle se racla la gorge en plaquant les livres de compte sur sa poitrine bandée,

— Si, évidemment. Deux ans, c'est long, fit-elle, amère, avant de se reprendre et d'ajouter. Enfin, surtout pour Angus.

Connor esquissa une grimace.

— Tu te trompes. Angus et Alasdair se sont vus lors des Jeux et de la visite forcée du chef au roi Robert. J'y étais également. C'est toi, Urain, qui n'as pas revu mes cousins depuis deux ans.

Cette dernière, piquée au vif par ce douloureux rappel, prit congé du MacGregor un peu plus brusquement qu'elle ne l'aurait souhaité. Il venait de lui rappeler que ce n'était pas les siens qu'Alasdair avait cherché à éviter en restant loin de Dunakin, mais elle.

Alasdair était enfin de retour chez lui. Il avait retrouvé son foyer ainsi que ses proches.

À présent, alors qu'il était installé à la table d'honneur, il faisait rebondir un garçonnet, pas encore âgé de deux ans, sur ses genoux. La petite tête aux boucles brunes de l'enfant allait de gauche à droite pendant que l'homme le chatouillait copieusement. Le guerrier avait fait la connaissance de son neveu, prénommé Fergus, à peine quelques jours plus tôt. Il avait d'emblée trouvé une ressemblance entre le père et le fils, ce qui avait eu pour mérite de faire taire les quelques rumeurs sur la rapidité avec laquelle la mère était tombée enceinte à la suite de son union avec l'héritier MacKinnon. Il était vrai qu'il pouvait arriver qu'une jeune épousée ne soit plus vierge le soir de ses noces et que, par la suite, un enfant naisse « prématuré » afin de justifier le peu de temps écoulé entre le mariage de ses parents et son entrée dans le monde. En l'occurrence, personne ne se serait permis la moindre réflexion, si cela s'était révélé exact, étant donné l'identité de la dame en question. Car le *tànaiste* d'Angus s'était uni à Elizabeth MacDonald, fille de l'actuel seigneur des îles et de sa seconde femme, elle-même fille du souverain Robert II d'Écosse. De son côté, Mary, la sœur aînée, avait pris pour mari, des années plus tôt, Lachlan MacLean de Duart, le laird chez qui Alasdair avait accompli ses années d'apprentissage. Tout ceci démontrait, une fois de plus, la volonté de John MacDonald de conclure des alliances politiques avec ses voisins par le mariage.

Soudain, les pensées d'Alasdair dérivèrent sur ce que serait sa vie future. Aurait-il des enfants ? Si oui, seraient-ils aussi adorables que la petite chose qu'il tenait dans ses bras ? Et surtout, qui serait celle qui les porterait ? L'aimerait-il comme son père avait aimé sa mère ? À ce moment précis, il n'osa tourner la tête en direction de la femme dont le regard risquait de lui transpercer le dos à cette heure.

Une minuscule main se posa sur sa joue. Fergus observait son oncle avec attention, car ce dernier s'était brusquement arrêté de le chatouiller.

— Fergus, *mo chridhe*, fit-il en soulevant l'enfant. Va avec ta nourrice. Il est temps pour toi d'aller te coucher.

Comme il fallait s'en douter, le petit manifesta son désaccord par des gesticulations et des pleurs qu'Alasdair sut calmer.

— Sinon, tu seras trop fatigué demain pour que l'on joue ensemble encore une fois, toi et moi, dit-il en adressant un clin d'œil complice à l'enfant.

La nourrice n'eut alors qu'à tendre les bras pour que Fergus s'y jette. Au regard qu'elle coula en direction d'Alasdair, il ne lui aurait pas déplu de border également l'oncle dans son lit.

Les attentions féminines dont il était l'objet, depuis déjà

quelques années, le faisaient sourire tout en le mettant mal à l'aise. Il n'avait aucun mal à se représenter Connor ou Duncan entourés par des cohortes d'admiratrices, mais lui ? L'idée lui paraissait grotesque.

Finlay, qui était assis à côté de lui, quitta la table. Presque aussitôt après, Alasdair sentit une présence auprès de lui et son regard rencontra celui d'Urain. Il la dévisagea froidement.

Les yeux sombres de la jeune femme le défiaient de fuir maintenant qu'elle se trouvait face à lui. Elle était furieuse et lui en voulait très probablement d'avoir cherché à l'éviter depuis son retour. Le faire sans éveiller les soupçons de Connor lui avait réclamé ruse et habileté.

Il esquissa un mouvement de recul. Urain pinça les lèvres en lui dédiant un regard furibond. Elle avait deviné ses intentions et paraissait bien décidée à ne pas lui faciliter la tâche. Alasdair en était parfaitement conscient. Il était capable de lire en elle comme dans un livre ouvert et inversement visiblement. Bien que leurs rapports se soient détériorés à un point frisant celui du non-retour, le lien qui les unissait depuis leur tendre enfance demeurait intact.

Hélas, les dégâts engendrés par le mensonge d'Urain étaient irréparables à ses yeux. Cette trahison avait entaché leur relation de manière indélébile et, maintenant, ils en souffraient tous les deux. S'il avait tenu deux ans sans la revoir, c'était avec l'espoir qu'ils finiraient tous les deux par oublier qu'ils avaient un jour été si proches.

— Écoute, Urain, je ne peux pas te parler. J'ai essayé de me convaincre que mon meilleur ami, une des personnes qui comptaient le plus pour moi, que j'aimais comme un frère, n'avait pas pu me mentir toutes ces années.

— Alasdair…

— Non, arrête, la coupa-t-il en levant sa main. Il est trop tard. Tout ce que tu me diras ne pourra effacer la douleur de ce coup de poignard dans le dos que j'ai ressentie quand je t'ai vue sur cette petite plage secrète. Je…

Il s'interrompit, troublé par toutes les émotions qui remontaient à la surface à l'évocation de ce souvenir. Il essayait tant bien que mal de contenir sa colère au milieu d'une salle pleine de convives. Une dispute aurait assurément attiré les regards sur eux. Même dans cet état de rage, il ne pensait qu'à la protéger du jugement des autres. N'avait-il pas également promis à sa mère de continuer à prendre soin d'elle en dépit de ce qu'il savait de leurs manigances ?

Il n'était pas homme à se dédire. Il ne l'avait jamais été et ne le serait jamais.

Urain était restée bloquée sur un mot qu'avait prononcé Alasdair.

« La plage » ?

Sa véritable identité ne lui était donc pas étrangère lorsqu'il s'était occupé d'elle durant sa maladie ? La nouvelle acheva de l'accabler. Même en ayant eu connaissance de ses mensonges, il avait pris soin d'elle, l'avait installée dans son lit pour la veiller jour et nuit…

Cette nouvelle constatation raviva la flamme de l'espoir en elle, merveilleuse et flamboyante ! Peut-être y avait-il une chance que, sous toute cette rancœur, son Highlander nourrisse de tendres sentiments à son égard ? Un regard du côté d'Alasdair gela son optimisme. Son beau visage était de marbre et ses yeux froids comme deux blocs de glace.

Connor fit irruption entre eux. Le MacGregor était un brin éméché.

— Alors, tous les deux ! Vous en faites des têtes. Souriez ! Nous sommes tous réunis et personne ne nous a encore déclaré la guerre.

Connor ricanait comme un imbécile. Urain comprit qu'Alasdair comptait profiter de cette intrusion pour la fuir. Il proposait déjà à son cousin de l'escorter jusqu'à sa couche.

— Pas question ! La soirée ne fait que cam… commencer et j'ai bien l'intention d'en profiter !

L'élocution, d'ordinaire parfaite, du guerrier MacGregor en avait également pris un coup.

— Ne fais pas l'enfant, Connor. C'est à peine si tu tiens debout, le réprimanda Alasdair.

— Puisqu'il te dit qu'il va bien ! riposta Urain.

— Toi, ne te mêle pas de ça !

— Et toi non plus, Alasdair ! Connor est assez grand pour savoir ce qu'il veut.

— Il n'est pas en état de réfléchir au cas où tu ne l'aurais pas remarqué.

— Très bien ! Si tu le raccompagnes, je viens avec toi !

— Inutile, j'y arriverai sans toi. Tu n'auras jamais la force de le porter.

Quel mufle ! Elle l'aurait giflé pour ce coup bas.

Ils étaient tellement occupés à se lancer des piques qu'ils en oublièrent l'homme toujours accroupi entre eux et qui, bien que ivre, ne rata pas une miette de leur joute verbale.

— Sacrebleu, tous les deux ! Si je ne vous connaissais pas, je pourrais croire que vous êtes un vieux couple marié en pleine dispute !

Connor porta son gobelet de *uisge beatha* à ses lèvres charnues, sans se rendre compte que ses paroles avaient jeté un froid. Son allusion sonna le glas de la discussion houleuse entre Urain et Alasdair qui se leva brusquement de table.

— Qu'est-ce que j'ai dit ? réagit Connor, d'une voix rendue pâteuse par tout l'alcool ingéré.

Urain lui ôta sa boisson des mains. Il protesta pour la forme, le gobelet étant pratiquement vide. Elle l'aida ensuite à se hisser à la place laissée vacante par le départ précipité d'Alasdair.

— J'ai dit quelque chose de mal ? insista-t-il en s'affalant sur son épaule.

— Non, c'est moi qui l'ai mis en colère, mais je vais arranger ça.

Connor s'assoupit. Le bruit de la fête ne parut pas le déranger. Son visage aux traits parfaits était serein. Cette nuit, il n'aurait aucun mal à trouver le repos. Urain l'envia. Elle n'avait plus le cœur à fêter quoi que ce soit.

Un mois plus tard

— Qu'est-ce qui t'a fait changer d'avis ? postillonna Magnus, la bouche pleine.

Urain ne lui répondit pas immédiatement, elle était trop concentrée sur la scène qui se déroulait non loin. Mona se dirigeait d'une démarche chaloupée et suggestive à souhait vers Alasdair, installé à la table du chef pour le déjeuner.

— Alors ? répéta son ami.

Elle arracha à contrecœur son regard de l'estrade pour se tourner vers son voisin de banc, lequel engloutissait une nouvelle cuillère de porridge. Connor et Duncan étaient aussi avec eux. Une minute plus tôt, elle avait émis la possibilité de se joindre à eux durant un de leurs entraînements.

— Je pensais que ce serait l'occasion de se retrouver tous les cinq, comme avant. Ça fait longtemps que nous ne l'avons pas fait.

Le solide rouquin essuya ses lèvres avec sa manche, puis acquiesça. Il désigna ensuite le fils du laird d'un geste de menton.

— Si notre ami n'a pas d'autres projets d'ici là.

Son allusion à la cote de popularité d'Alasdair provoqua les rires gras de ses compagnons. Depuis son retour, celui-ci se disputait les faveurs de ces dames et, ce, bien malgré lui, avec le fringuant Connor. Duncan et Magnus n'étaient pas non plus en reste, si bien que les séances d'exercices des jeunes guerriers étaient un véritable événement pour la population féminine, qu'elles soient à marier ou veuves. Lorsque les autres hommes du clan n'y prenaient pas part, ils en profitaient pour observer la nouvelle génération croiser le fer tout en pariant sur le vainqueur. De la bande de garnements de leur enfance, seule Urain n'y participait pas. Alasdair et Gilleonan en connaissaient la raison, tandis que les autres mettaient son manque d'engouement pour le combat sur sa charge de travail auprès du régisseur de Dunakin.

Urain abandonna le soin à ses amis de commenter, à grand renfort d'allusions grivoises, les propos de Magnus. À la place, elle hasarda un coup d'œil en direction d'un certain guerrier aux cheveux clairs et au caractère de cochon. Il était en pleine conversation avec la jolie servante, bien trop entreprenante, et dont il semblait apprécier la compagnie.

Le scélérat !

Elle détourna rapidement les yeux de ce spectacle à vomir. Trop tard. Le serpent de la jalousie s'était déjà enroulé autour de sa poitrine et la lui comprimait.

— Je parierais ma chemise que cette jeune donzelle va finir par arriver à ses fins !

Connor ricanait, inconscient que sa plaisanterie blessait encore un peu plus le cœur meurtri d'Urain. Duncan opina du chef, un mince sourire aux lèvres.

— À la cour du roi Robert, j'ai pu me rendre compte que notre cousin avait un faible pour les jolies brunes.

Son analyse amusa tous ceux présents à table. Tous sauf une, qui se fit un devoir d'en méditer la signification.

— Alors, comme ça, ce sont les brunes, répéta un Connor pensif. Moi, je les aime toutes ! Petite, grande, ronde, mince, jeune ou moins jeune ! Mais, j'ai un faible pour les veuves, parce que, le plus souvent, elles n'exigent rien de plus de toi, car elles sont trop contentes de goûter à un peu de liberté, sans mari.

Des rires gras accueillirent l'information qu'Urain interrompit avec sa question :

— À quoi ressemblait-elle, cette fille ?

Duncan reposa sa cuillère de porridge en se redressant. Il prit un instant pour réfléchir et, alors qu'Urain retenait son souffle, il se mit à la fixer d'une manière étrange. Son examen prolongé la fit se dandiner nerveusement sur le banc.

— Elle avait le regard aussi sombre qu'une nuit sans lune et sans étoiles. Ses longs cheveux noirs lui arrivaient juste au-dessus de la taille. Pour sûr, elle avait un joli visage, mais elle possédait une silhouette bien trop fine pour moi qui aime les formes. Je ne suis pas mon cousin, dit-il en accompagnant sa boutade d'un clin d'œil. Sinon, elle n'était pas très grande, un peu plus petite que toi, tiens ! Et maintenant que je te vois, on aurait pu penser qu'il s'agissait de ta sœur, Urain !

Celle-ci se maîtrisa pour ne pas bondir et crier en direction de l'estrade : « Ah ! Je sais que je te plais, espèce de tête de mule ! ».

Non, il fallait qu'elle se montre patiente et fasse preuve d'intelligence.

Alasdair discutait avec son père et son frère aîné, le petit Fergus était sur ses genoux. L'objet de son attention dut se sentir observé, car il tourna la tête vers elle. Leurs yeux se croisèrent. L'instant ne dura pas plus de quelques secondes, mais cela suffit pour qu'Urain aperçoive une première fissure dans l'armure de son guerrier. Elle en eut la certitude, elle ne lui était définitivement pas indifférente et ce que venait de lui raconter Duncan lui avait redonné espoir.

11

— Ranald est mort et son frère aîné s'agite sur son siège ! s'agaça Neil.

L'ambiance dans la grande salle était pesante. Alasdair n'était pas encore rompu aux intrigues politiciennes, mais il était capable de reconnaître une situation complexe quand elle se présentait. Et naviguer sur les eaux troubles des querelles de succession au sein des clans pouvait s'avérer dangereux.

C'était la première fois que le jeune guerrier assistait à une réunion de cette importance, même si au cours de son apprentissage chez les MacLean, Lachlan en personne lui avait enseigné les rivalités existantes entre les clans peuplant les Hébrides. Alasdair avait rapidement compris que les alliances se faisaient et se défaisaient régulièrement au gré des avantages que chacune des parties pouvait en tirer. C'était ce que son oncle appelait de l'opportunisme politique. En tant que soldat, Ruppert méprisait cette façon de voir les choses.

— Godfrey a toujours été le plus ambitieux des deux, fit le chef MacKinnon, soucieux. Leur père en a parfaitement conscience.

Angus parlait naturellement de John MacDonald, l'actuel seigneur des îles.

— Mais ceux qui ont le plus à craindre de lui sont sans aucun doute les MacLeod, intervint Finlay, le capitaine de la garde.

Neil et Angus acquiescèrent.

— Pourquoi les MacLeod devraient-ils davantage craindre

Godfrey que ses autres frères maintenant que Ranald est mort ? demanda Alasdair.

Le chef MacKinnon soupira en passant la main sur son visage las. Alasdair l'avait observé tout le temps de la réunion. Ses traits étaient plus tirés qu'à l'accoutumée et de lourds cernes creusaient des sillons violets sous ses yeux. Angus paraissait plus âgé que ses cinquante-sept ans. Alasdair le savait usé et contrarié par toutes ces histoires de pouvoir. Il redoutait qu'à terme cela finisse par affecter sa santé.

— Tu sais que Ranald et Godfrey sont tous les deux nés du premier mariage de John MacDonald, avec la fille de Rory MacRuiairi, expliqua Neil. Tous les deux ont, bien entendu, hérité de terres : Ranald, qui était le seigneur de Clanranald et de Glengarry, a également reçu le titre de Haut Stewart des Isles après avoir accepté d'abandonner celui de seigneur des îles, au profit des enfants issus du lit de son père avec la fille du roi Robert II.

Alasdair acquiesça car il se souvenait que son oncle avait mentionné, lors d'une discussion, les deux mariages de John MacDonald, ainsi que sa nombreuse progéniture dont il n'hésitait pas à se servir pour conclure des alliances afin de mener à bien sa politique dans les Hébrides et les Highlands.

— Quant à Godfrey, reprit Neil, il lui a été accordé North Uist sur Skye et, apparemment, cela ne lui suffit pas. C'est un MacRuairi par sa mère et, selon moi, il désire plus que ce qu'il possède déjà.

Le jeune guerrier commençait à rassembler les pièces de ce gigantesque puzzle.

— Vous pensez donc que, maintenant que son frère est mort, Godfrey se sent libre de réclamer l'ensemble de l'héritage des MacRuairi ? Et vous supposez qu'il va vouloir reprendre la péninsule de Sleat aux MacLeod ?

— C'est cela, déclara Neil en échangeant un regard avec son chef.

— Ce qui signifie de nouveaux conflits en perspective,

ajouta Alasdair, qui comprenait mieux les enjeux en cours. Que pouvons-nous faire pour l'éviter ?

— Rien dans l'immédiat, trancha Angus. Tant que Godfrey se tient tranquille, ce ne sont pas nos affaires. De toute façon, il devrait porter le deuil de son frère encore quelque temps, au moins vis-à-vis de leur père. Mais par la suite, s'il s'avère que nous n'étions pas loin de la vérité, il nous faudra veiller à nos intérêts sur les îles de Skye et de Mull, tout en restant à bonne distance de tout cela. Ne nous attirons pas les foudres des MacDonald, car bien assez de sang MacKinnon a coulé par le passé.

Puis, s'adressant à son propre héritier, il ajouta :

— Je crois que ton beau-père aura fort à faire avec ses fils !

Neil esquissa un léger sourire, à l'instar des autres hommes présents.

— Et qu'en pense Buchan ? demanda Alasdair.

Angus prit un air sombre.

— Je crains que le comte soit plus intéressé par la débauche que par les affaires de son épouse, et les nôtres par extension.

Euphémie Ire, comtesse de Ross dont l'héritage englobait la seigneurie de Skye, avait épousé en secondes noces Alexandre Stuart, comte de Buchan, plus connu sous le nom du « Loup de Badenoch ». Il était de notoriété publique que l'homme avait complètement délaissé sa femme, et ce depuis plusieurs années, au profit de sa maîtresse auprès de laquelle il vivait maritalement. Le bruit courait même que la dame était encore enceinte de Stuart qui se souciait peu de heurter son épouse avec l'existence de ses nombreux bâtards.

Les conseillers d'Angus approuvèrent ses propos d'un hochement de tête général. Ils paraissaient consternés. Alasdair, lui, eut une grimace dégoûtée que son père ne manqua pas d'intercepter.

— Tu serais étonné de découvrir le nombre d'hommes qui n'ont que faire des serments qu'ils prêtent, même devant Dieu, fils, souffla-t-il avant d'ajouter : très bien, je ne vous retiens pas plus entre ces murs, messieurs.

Sonnant la fin de la séance, le chef se leva de son siège, ses conseillers l'imitèrent. La pièce se vida progressivement. Avant de partir, Alasdair s'autorisa un dernier coup d'œil en direction de son père qui se tenait face à la fenêtre, immobile, les mains derrière le dos et le regard perdu au loin.

Urain pivota sur sa gauche afin d'esquiver un coup de poing. À une seconde près, elle aurait pu dire adieu à sa dentition ! Il était primordial qu'elle se ressaisisse si elle voulait continuer à sourire sans s'attirer les moqueries.

Pourquoi diable avait-elle accepté d'affronter ce Gordan ?

Le favori de Finnon ne lui laissait aucune ouverture. Au départ, il s'était agi d'un simple exercice et, pourtant, il était maintenant évident qu'il avait décidé de lui faire mordre la poussière. Tant pis, elle lui rendrait coup pour coup, tout en regrettant d'être arrivée en avance au terrain d'entraînement. Connor et les autres ne tarderaient pas à la rejoindre de toute façon.

Elle tâcha de se concentrer sur son duel avec Gordan, mais son esprit était entièrement tourné vers d'autres préoccupations. Le problème était qu'Alasdair n'était pas réapparu depuis le petit déjeuner et, comble de malchance, la plantureuse Mona manquait également à l'appel.

Elle avait beau se raisonner en se répétant que leur absence à tous les deux n'était qu'une pure coïncidence, le mal était fait. Il s'était insinué en elle tel un poison que son imagination trop fertile avait rendu redoutable.

Gordan se montra plus agressif. Urain reproduisit une parade que lui avait apprise Finlay, des années plus tôt, pour le repousser. La manœuvre fonctionna au prix d'un énorme effort pour elle. L'écart en termes de puissance entre le favori de Finnon et elle était considérable. Ce dernier aurait pu la soulever avec son petit doigt, et elle exagérait à peine !

— Pas mal, mon garçon. Mais certainement pas assez pour me vaincre.

Urain le traita mentalement de vantard. Le sourire en coin qu'il affichait la conforta dans ses déductions. L'homme s'estimait supérieur et se permettait ce genre de petites réflexions rabaissantes. Elle eut soudain envie de lui faire ravaler sa condescendance.

Oubliant tout ce que Finlay et Connor lui avaient enseigné sur la nécessité de laisser venir son adversaire pour mieux retourner sa force contre lui, elle se jeta sur Gordan avec toute la hargne que lui avait inspiré son attitude. La jeune guerrière libéra sa frustration et sa colère dans une avalanche de coups qui surprit le favori de Finnon ; lui-même ne tarda pas à riposter avec la même vigueur. Le boucan du fer ne manqua pas d'ameuter une poignée de curieux.

Connor, Duncan et Magnus émergèrent de l'attroupement qui s'était formé autour du terrain d'entraînement. Le MacGregor paraissait hors de lui, mais s'abstint d'intervenir pour ne pas faire de tort à Urain.

Les encouragements de plusieurs servantes recouvrirent les exclamations des autres spectateurs. Parmi elles, Urain reconnut la jolie Mona. Son soulagement fut énorme, mais il lui coûta aussi son attention. Elle avait baissé sa garde et Gordan en profita. Le cri de douleur qu'elle poussa réduisit toute l'assemblée au silence. Une giclée de sang jaillit de l'endroit où la chemise avait été déchirée par la lame. Gordan lui avait sévèrement entaillé le haut du bras gauche. L'attaque était pourtant simple mais, distraite par l'apparition de Mona, elle n'avait pu la parer.

Connor s'élança dans sa direction mais un autre homme, surgi de nulle part, lui coupa la route pour se planter au milieu de l'aire de combat.

Alasdair examina brièvement la blessure d'Urain. Il irradiait la fureur et donnait l'impression d'être prêt à exterminer l'armée anglaise à lui tout seul, ou Gordan en particulier.

— Je vais bien, ce n'est qu'une égratignure, lui chuchota-t-elle.

Il ne l'entendit même pas et pivota vers le principal responsable de son courroux. Le regard qu'il darda sur Gordan aurait pétrifié n'importe qui de sensé, or ce soldat n'était pas connu pour sa prudence.

Alasdair ramassa l'épée d'Urain tombée à terre. Ne déceler aucune trace de désolation sur le visage de l'autre bâtard arrogant acheva de le placer dans un état proche de la folie meurtrière. Ce sale scélérat de Gordan était connu pour sa brutalité, ainsi que pour son goût de molester plus faible que lui, à commencer par les femmes.

Alasdair et lui se dévisagèrent avec animosité.

— Ne devait-il pas s'agir d'un simple entraînement ? demanda le premier.

Son accès de colère avait rendu sa voix encore plus rauque.

— En effet, mais ce jeune homme en a décidé autrement.

Le fils d'Angus eut envie d'effacer le sourire tordu de Gordan.

— Il ne faisait pas attention à ce qu'il faisait, poursuivit le soldat. Une erreur de ce type peut s'avérer fatale sur un champ de bataille.

Alasdair inspira bruyamment. Il se maîtrisait du mieux qu'il pouvait pour éviter d'aboyer sur Gordan, à qui il rêvait de faire ravaler son air supérieur.

— Mais nous ne sommes pas sur un champ de bataille, n'est-ce pas ? Ou bien t'aurait-on frappé trop fort à la tête lors de ton dernier combat, Gordan ?

L'irritation de ce dernier devint visible alors que des ricanements commençaient à s'élever dans l'assistance.

— C'est lui qui s'est jeté sur moi !

— Urain n'est pas un guerrier. Nous le savons tous.

— Alors, cet avorton ferait mieux de ne pas tenir d'épée entre ses mains, persifla Gordon.

Urain n'accepta pas l'insulte et s'avança pour en découdre avec Gordan. Elle fut freinée par la main de Connor sur son épaule qui l'obligea à reculer à contrecœur. Comment aurait-elle pu rendre la monnaie de sa pièce à un soldat surentraîné, quand elle était forcée de maintenir un linge appuyé sur son bras meurtri afin d'arrêter le saignement ? Alasdair la réprimanderait plus tard pour son inconscience. D'abord, il la vengerait.

— Ne sous-estime jamais ton adversaire, Gordan, l'avertit-il. Cela pourrait te causer de fâcheuses déconvenues. Maintenant, si tu souhaites te mesurer à quelqu'un, je suis ton homme !

Cette proposition eut le mérite d'effacer le rictus narquois de la bouche de Gordan. Quant à Alasdair, il arborait une expression féroce sur le visage.

— Serais-tu en train de suggérer un face-à-face ?

Pour toute réponse, Alasdair se plaça en position de combat. Gordan s'autorisa un sourire en avisant l'épée qu'il tenait dans sa main gauche. Le soldat était de ceux qui pensaient qu'être gaucher était un point faible. Il avait la ferme intention de lui prouver le contraire.

La tension grimpa d'un cran quand les lames des deux hommes s'entrechoquèrent dans un bruit métallique assourdissant. Tout le monde put constater que le face-à-face tenait moins d'un exercice que du véritable affrontement. Gordan se battait pour asseoir sa réputation d'excellent guerrier au sein du clan, et quoi de mieux que de le faire en se mesurant à Alasdair, dont le chef vantait à qui voulait l'entendre les talents. Le fils d'Angus alternait les prises main gauche-main droite comme le lui avait enseigné Ruppert, également ambidextre ; une capacité rare et ô combien précieuse pour un guerrier ! Surpris par son aisance, son adversaire perdit en assurance. Alasdair le vit, et il en profita pour déployer une partie de sa technique parfaite et chèrement acquise auprès de son oncle. Gordan fut rapidement acculé contre un mur. Loin de s'avouer vaincu, certainement pas devant une assemblée grandissante, il trouva une ouverture pour s'échapper, mais fit tomber son arme durant sa tentative. Alasdair la ramassa tandis que son adversaire en récupérait une nouvelle, grâce au secours d'un tiers.

Le jeune Highlander avait maintenant une épée dans chaque main et était fin prêt pour une seconde démonstration.

Cette fois, Gordan eut plus de mal à tenir le rythme. L'homme avait l'impression de repousser les frappes de plusieurs assaillants à la fois. C'était comme si Alasdair avait réussi l'exploit de se dédoubler. Il alliait rapidité et précision, mettant à rude épreuve les nerfs de Gordan. Celui-ci se fit surprendre par un coup bien placé dans les côtes. Il en perdit l'équilibre et atterrit sur les genoux dans un nuage de poussière. Loin d'abandonner tant la haine le faisait écumer, il parvint à tenir Alasdair à distance avec la pointe de son épée. Ce dernier ne chercha pas à attaquer et Gordan se releva. Agacé par la foule qui scandait le prénom de son ennemi, il le chargea une nouvelle fois sans aucune clairvoyance. Il fut arrêté par une lame rasant ses jambes. Celle-ci avait même entaillé son pantalon.

— La prochaine fois, ce sera ta chair, le prévint Alasdair.

Gordan poussa un cri de rage.

Alasdair demeurait insaisissable. Il se déplaçait avec l'agilité et la grâce d'un félin, deux choses rendues possible grâce à sa silhouette athlétique. Son combat contre Gordan offrait un beau spectacle à leur public. Pour venger Urain, il prit plaisir à faire durer le supplice de l'homme qui avait cherché à l'humilier. Enfin, dans un dernier croisement de fer, il crocheta le pied de Gordan qui chuta lourdement à terre. Au moment où celui-ci se redressa, le fils MacKinnon l'attendait fermement. Le cou du soldat se retrouva coincé entre ses deux épées. Une coulée rouge apparut au point de contact quand Gordan essaya de se dérober, mais Alasdair n'avait pas l'intention de le laisser s'en tirer ainsi.

— T'avoues-tu vaincu, Gordan ?

Pour toute réponse, l'intéressé cracha sur la botte de son adversaire. Son geste choqua l'assistance qui retint son souffle dans l'attente de la réaction d'Alasdair.

Ce fut l'instant que choisit Angus pour intervenir. Il s'avança en tapant dans ses mains.

— Voilà un magnifique spectacle de la part des hommes de mon clan ! Vous nous faites tous les deux honneur, messieurs. Applaudissons-les !

Les mots du père sonnèrent comme une petite trahison aux oreilles du fils qui savait très bien que ce n'était pas la vérité.

Gordan était dépourvu d'honneur et son refus de reconnaître sa défaite en était la parfaite illustration. Il salua malgré tout son chef avant d'abandonner ses armes aux pieds de Gordan dans un fracas métallique.

Urain ne l'avait pas quitté des yeux de tout le combat et, tandis qu'elle pensait qu'il prendrait la direction du château, elle s'étonna de le voir avancer vers elle d'un pas déterminé. Il avait sa mine des mauvais jours, aussi le suivit-elle sans protester lorsqu'il l'attrapa par le coude afin de l'entraîner jusque dans sa chambre, où il la fit attendre, le temps d'aller chercher le nécessaire pour la soigner. Quand Alasdair revint les mains chargées, elle l'admira avancer de cette démarche souple qui n'appartenait qu'à lui. Elle aurait été capable de le reconnaître de dos à plus de cent pas !

Le cœur dans les yeux et la respiration saccadée, elle le regarda procéder. Il commença par poser la bassine, dans laquelle flottait le linge destiné à nettoyer sa plaie, sur la petite table. Puis, il tira un petit tabouret afin de s'installer face à elle, entre ses jambes. Un brin anxieuse, elle constata qu'il n'avait pas refermé la porte derrière lui.

— Je ne t'ai pas remercié d'avoir pris ma défense tout à l'heure, chuchota-t-elle.

Il ne répondit pas tout de suite. Le guerrier s'était mué en infirmier consciencieux. Urain profita de ce qu'il soit occupé à tordre le morceau de tissu, afin d'en extraire toute l'eau, pour imprimer dans son esprit chaque détail du visage d'Alasdair : la fine cicatrice qu'il arborait au sourcil droit (le souvenir d'un duel contre un MacLean ?), le minuscule grain de beauté près de sa narine gauche, la courbure de sa lèvre supérieure, ses poils de barbe qui commençaient à repousser. Elle remonta jusqu'à ses yeux qu'il avait baissés, mais qu'elle savait d'une magnifique couleur noisette tirant sur le miel quand le soleil était de sortie.

Alasdair releva la tête. Elle eut un mouvement de recul pour éviter que leurs crânes n'entrent en collision.

— Pardon.

— Ta chemise, dit-il. Elle me gêne.

Urain ne comprit pas tout de suite ce qu'il attendait d'elle et, lorsqu'elle crut l'avoir deviné, elle se fourvoya totalement. Alasdair ne se rendit compte du malentendu qu'au moment où elle se leva pour aller fermer la porte. Ensuite, il se figea en la voyant agripper un coin de son vêtement pour le soulever.

Leurs deux visages s'empourprèrent.

— N… non, ne l'ôte surtout pas ! Je te demande juste de la relever. J'ai même une meilleure idée. Fichue pour fichue, je ferais mieux de déchirer la manche. Tu me le permets ?

Elle opina du chef, faute de trouver les mots appropriés.

Alasdair lui avait parlé d'une voix si terriblement douce qu'elle en avait momentanément perdu l'usage de la parole. Être de nouveau seule avec lui dans cette chambre, respirer son odeur musquée, frissonner à chaque effleurement de doigts sur sa peau, déclencha les battements erratiques de son cœur.

En silence, il s'appliqua à nettoyer sa blessure à l'aide du tissu imbibé d'eau chaude. La coupure était profonde, il était impératif de la débarrasser de toutes les saletés afin d'éviter une infection.

— Tu as un toucher doux pour un homme, tenta-t-elle de plaisanter.

— J'essaie de ne pas te faire mal. Comment est-ce ?

— Pas trop mal.

— Tu as eu de la chance que Gordan n'ait pas plus entaillé la chair.

— Ça me fera une belle cicatrice à comparer aux vôtres. Magnus et Connor sont toujours en train de s'en vanter à table.

— Ce n'est pas un jeu, Urain. Tu n'aurais jamais dû combattre contre lui, même pour un simple exercice. Pourquoi Magnus ou mon cousin ne t'en ont pas dissuadée ?

— Laisse-les en dehors de ça. Je suis assez grande pour prendre mes propres décisions.

— En tout cas, si tu étais un tant soit peu clairvoyante, tu aurais su que tu n'avais aucune chance face à Gordan avec une épée, s'échauffa-t-il. Ce type d'arme est bien trop lourd pour toi. Tu es petite et légère. Tu serais beaucoup plus rapide et redoutable avec un *dirk* au corps à…

Alasdair se tut subitement, donnant l'impression d'avoir parlé trop vite.

— Oublie tout ça, se corrigea-t-il. Ta place n'est pas sur un champ de bataille de toute façon. Tu n'as aucune raison de t'entraîner avec un poignard ou une épée.

— Ah oui ? Alors quelle est-elle, cette place ? Vas-y, je t'écoute ! Toi qui me traites comme une petite chose fragile d'un côté et qui, de l'autre, refuses de me voir telle que je suis parce que tu m'as toujours connue dans la peau d'un garçon.

Apparemment pris de court, Alasdair en bafouilla.

— Eh bien, ta… elle est avec celle de toutes les autres, enfin !

— À tenir un foyer, entourée d'une ribambelle de marmots ? Ou encore dans le lit d'un mari, prête à le satisfaire ?

Elle l'entendit déglutir.

— Tu ne comprends pas, Urain. Tu aurais pu être blessée ou pire, bon sang !

— Je suis désolée, Alasdair, dit-elle dans un murmure. Mais tu as raison ! On ne m'y reprendra plus. À l'avenir, je ne m'entraînerai qu'avec toi, osa-t-elle le provoquer.

Le jeune guerrier darda sur elle un œil noir. Il ne goûtait apparemment pas son sous-entendu. Urain soupira avant de lui préciser les circonstances qui l'avaient amenée à accepter de combattre avec Gordan. Elle le savait capable de reprocher à Connor ou Magnus ce qui était arrivé.

— Je me suis présentée en avance au terrain d'entraînement. Connor et les autres n'étaient pas encore là et Gordan m'a proposé de m'échauffer avec lui.

— Un échauffement ? Ce n'est pas ce à quoi j'ai assisté.

— Certes non. Gordan me prenait de haut. Il était d'une telle arrogance que j'ai eu envie de lui prouver que je valais autant que lui.

— Pour la dernière fois, tu n'es pas un soldat, Urain ! Tu n'es même pas un homme, gronda Alasdair. Tu es une... une...

Il ne parvenait même pas à prononcer le mot.

— Une femme ? lui suggéra-t-elle.

Il explosa de colère.

— Oui, par le sang du Christ ! Une femme, Urain ! Voilà ce que tu es ! Une femme !

Elle baissa les yeux en direction des doigts crispés d'Alasdair maltraitant le tissu humide. Elle pouvait encore ressentir la peur qu'il avait éprouvée de la voir affronter cette brute de Gordan. Elle en conçut de la honte. Il se calma, puis replongea le linge dans la bassine en évitant de croiser son regard mouillé.

L'arrivée de Mona mit un terme provisoire à leur tête-à-tête. Comme à son habitude, la servante coula un regard langoureux à l'adresse d'un Alasdair qui ne la voyait même pas, trop obnubilé par la présence d'une autre femme dans la pièce. Et cette dernière avait la faculté exceptionnelle de le faire sortir de ses gonds ! Tout était tellement plus simple à l'époque où il la prenait encore pour un garçon. Il aurait préféré ne jamais savoir. Souvent, il s'était blâmé de l'avoir espionnée sur cette petite plage, ce fameux après-midi.

Heureux sont les ignorants.

Il glissa une main nerveuse dans ses cheveux dénoués, puis remercia Mona de lui avoir apporté le matériel adéquat afin de recoudre la blessure d'Urain. La jolie servante le gratifia d'un sourire éblouissant avant de quitter la pièce. Elle referma la porte derrière elle. Urain réengagea aussitôt la conversation.

— Je ne voulais pas que tu l'apprennes comme ça. J'aurais dû tout te révéler beaucoup plus tôt, mais je ne savais pas comment tu allais réagir. J'avais peur de ta réaction, peur de celle de ma mère aussi. Elle tenait à ce que je garde ce secret, même s'il fallait pour cela que je passe ma vie dans des habits d'homme. Je...

— Je l'ai découvert l'été de nos seize ans. Je t'avais aperçue alors que tu sortais de ta chaumière et je t'ai suivie. Ton comportement m'intriguait et, depuis notre chute dans l'écurie, le jour où je t'ai accompagnée au village avant la visite de MacDonald, quelque chose me perturbait chez toi.

Il ricana, perdu dans ses souvenirs.

— J'ai fait en sorte que tu ne me remarques pas et, ensuite, je t'ai vue sur cette plage. Je t'avais d'abord prise pour une selkie.

Urain eut un sourire triste.

— Comme dans les histoires que ma mère nous racontait quand nous étions petits.

Il acquiesça.

— Pas un instant je me suis douté que mon meilleur ami et cette superbe créature puissent être une seule et même personne.

Alasdair secoua la tête. Il s'était interrompu le temps de se masser les tempes afin de chasser la migraine qui commençait à poindre. Se remémorer le moment où tout avait basculé pour lui, pour eux, lui coûtait énormément. Cela le contraignait à replonger dans une période de sa vie qu'il aurait préféré oublier.

— Je suis une femme, Alasdair. Et cette femme a des...

— En regagnant le château, j'ai aperçu Mórag devant votre chaumière, la coupa-t-il. Je ne pouvais pas croire que vous m'aviez menti, que vous aviez abusé tout le monde : mon père, mes frères, tous les membres du clan. Je suppose que Gilleonan, lui, le savait ?

Urain le lui confirma. Il lâcha un soupir désabusé.

— Je suis allé la voir pour exiger des explications.

Les yeux d'Urain s'embuèrent à l'évocation de sa mère. Il choisit de ne pas s'attarder sur son visage.

— Elle m'a tout raconté : son viol, le bébé innocent qu'elle portait ; la proposition de Gilleonan de vous amener à Dunakin avec lui ; puis sa décision de faire de toi un garçon aux yeux de tous pour que tu puisses échapper au destin qui attendait une femme, selon elle. Je devine que tu as souffert de tout cela. Je sais également que j'étais ton meilleur ami, que je t'aimais comme un frère, plus encore que ceux de mon sang, et que tu m'as caché une chose aussi importante, Urain ! Je peux comprendre les raisons qui ont poussé ta mère à une telle extrémité, mais toi ? Pourquoi m'avoir laissé croire que nous étions si proches, alors que tu ne me faisais pas assez confiance pour me confier ton secret ? Je l'aurais emporté jusque dans la tombe comme je suis prêt à le faire aujourd'hui, en dépit de ta trahison. Je t'aurais protégée, je vous aurais protégées toutes les deux !

Cette fois-ci, Urain ne put contenir ses larmes. Il la regarda pleurer en demeurant stoïque et attendit qu'elle recouvre son calme pour continuer ses soins.

— Il faut que je recouse la plaie. Pourras-tu le supporter ? fit-il d'une voix étonnamment douce, compte tenu de sa tension.

Elle sécha ses joues d'un revers de main et lui fit signe de commencer. Alasdair prépara le fil et l'aiguille. Urain se plaça de profil afin de lui offrir un meilleur angle de son bras blessé.

— Attention, ça va faire mal.

Elle serra les dents lorsque la pointe métallique s'infiltra dans sa chair.

— C'est tolérable ?

— Oui, réussit-elle à articuler.

— Tu devrais boire le verre de whisky qu'a rapporté Mona. C'est celui de mon père, il t'aidera à surmonter la douleur... un peu, lui dit-il.

Le visage d'Urain avait viré à l'écarlate. Sa respiration devint difficile. Il savait son ventre contracté au maximum. Elle tentait de faire preuve de bravoure devant lui. Il salua intérieurement son courage.

Alasdair termina de la recoudre avec soulagement. Non seulement parce qu'il savait qu'elle souffrait le martyre, mais parce que la vision de son épaule nue lui avait fait revivre la scène de la plage.

La douce courbure de son cou délicat, la rondeur d'un sein...

Il se leva brusquement. Son tabouret bascula en arrière et s'écrasa au sol. Urain l'imita avec pour conséquence de réveiller sa douleur. Il l'empêcha de poser la main sur la plaie fraîchement recousue.

— Je dois encore y appliquer un onguent et te faire un

bandage pour protéger le tout. Après ça, il faudra éviter de trop le bouger.

Elle dut comprendre l'utilité de la mise en garde lorsqu'elle tenta d'effectuer des moulinets avec son bras.

— C'est très inconfortable, geignit-elle en grimaçant.

Alasdair esquissa un sourire en levant les yeux au plafond. Elle n'était vraiment qu'une tête de mule !

Puis, elle posa la main sur sa joue qu'elle caressa avec tendresse. Il se crispa mais ne bougea pas. Étonnamment, il ne chercha pas à fuir son contact. Au contraire, il finit par totalement s'abandonner en se blottissant contre sa paume. Leurs regards se croisèrent, un désir ardent et réciproque embrasa leurs prunelles. Il se pencha sur elle afin de rapprocher leurs bouches. Urain aspira son souffle chaud. À partir de ce moment, il fut incapable de formuler une pensée cohérente, tous ses sens étaient rivés sur la femme qu'il tenait plaquée contre lui. Son corps était souple. Urain promena une main sur son dos et le long d'un de ses bras. Il aimait qu'elle retrace la forme de ses muscles par-dessus sa chemise. Il fixa ses lèvres, qu'elle avait très légèrement entrouvertes, et ses paupières étaient lourdes. Il la trouva magnifiquement attirante.

Il allait l'embrasser.

Mais le baiser tant attendu ne se produisit jamais. Alasdair s'était écarté. Il en tremblait et n'osait même plus la regarder tant il avait honte de s'être égaré de la sorte.

— Je suis désolé, Urain.

— Ne fais pas ça, Alasdair.

Il refusa de l'écouter.

— Je dirai à Mona de monter te faire le bandage. Pardonne-moi, je… je dois y aller.

Il ouvrit la porte pendant qu'elle effleurait ses lèvres du bout des doigts.

12

— Magnus, Connor ! Fermez-la ! leur intima Urain, une pointe d'irritation dans la voix.

Elle essayait, avec bien des difficultés, de se concentrer sur sa respiration pour ne pas se laisser distraire par les bavardages incessants dans son dos. Cet endroit tranquille, à la lisière de la forêt, non loin du château, aurait dû lui offrir le calme nécessaire pour l'exercice qu'elle s'était imposé. Hélas, c'était sans compter sur ceux qui l'accompagnaient !

Les visages interloqués des garçons l'auraient fait rire si elle n'était si pas agacée.

Quelques minutes plus tard, Urain regretta de leur avoir demandé de se taire car les deux guerriers, désormais attentifs, l'abreuvaient de conseils : « n'oublie pas de te tenir droit », « veille à la position de tes doigts », « prends garde à l'orientation du vent ».

En réalité, la jeune femme n'avait pas besoin qu'on l'aide à se préparer à un tir. Après dix ans de pratique, elle aurait pu battre n'importe quel archer MacKinnon. L'arc était une arme qui, contrairement à une claymore, ne requérait pas une force de titan pour être maniée, mais de la concentration, de la précision et une bonne condition physique ; car, si on qualifiait Urain-le-garçon de frêle, Urain-la-guerrière n'avait rien de fragile. Elle était menue, certes, mais ferme et musclée sous ses vêtements masculins deux fois trop larges pour elle. Et plus important encore, elle possédait assez de courage et de caractère pour se défendre des attaques. Elle l'avait prouvé en tenant tête à Gordan.

Non, l'agacement d'Urain était à mettre sur le compte d'Alasdair, ou plutôt de son absence. Elle avait espéré qu'il se joindrait à sa séance d'exercice. Malheureusement pour elle, il déployait des trésors d'ingéniosité pour l'éviter. Ce qu'il semblait oublier, c'était son incroyable pugnacité. Elle ne le laisserait pas repartir de Dunakin avant qu'ils n'aient eu une véritable discussion.

Après un dernier regard torve en direction des deux pies bavardes, elle décocha sa flèche. Celle-ci alla directement se ficher à quelques millimètres seulement du centre du sac en toile rempli de sable, lequel était suspendu à une branche d'arbre. Faute de mieux pour cet entraînement improvisé, il faisait office de cible, avec, en son milieu, un petit cercle de couleur noire. Naturellement, elle avait fait exprès de ne pas viser en plein dans le mille. Les garçons, à commencer par Connor, n'auraient pas manqué de lui demander pourquoi elle les avait obligés à l'accompagner. Urain adorait le MacGregor, mais parfois elle aurait voulu le bâillonner pour qu'il cesse de l'asticoter à la moindre occasion !

— Par sainte Bride ! Elle n'est pas passée loin, celle-là. Bravo ! s'exclama Magnus.

— Presque ! fit Connor en s'écartant légèrement du tronc d'arbre contre lequel il était adossé. Je suis ravi de constater que la situation n'est pas désespérée. Il nous reste quelques mois d'ici les Jeux pour faire de toi le meilleur des archers des Hébrides.

Elle ne releva pas le compliment enrobé de sarcasme parce qu'elle avait repéré une silhouette entre les arbres. Celle-ci continua d'avancer jusqu'à révéler la présence d'Alasdair.

Le cœur d'Urain exécuta un entrechat.

— De quoi parles-tu donc, mon cousin ? De qui feras-tu le meilleur des archers alors que, toi-même, tu mets plus de cœur à l'ouvrage à séduire les filles de cuisine qu'à t'entraîner !

Alasdair taquinait le MacGregor qui, la plupart du temps, le lui rendait bien.

— Je pensais te voir, ce matin, lors de la réunion avec mon père, ajouta-t-il, plus sérieusement.

Connor haussa les épaules en inspirant bruyamment pendant qu'il croisait ses mains derrière sa nuque.

— Si tu tiens vraiment à tout savoir, j'étais chez la comtesse de Ross. Hier, ton père m'a envoyé lui porter un message, je n'en suis revenu que ce matin. Et au moment de repartir, la ravissante Lady Euphémie m'a fait une offre qu'il aurait été impoli de refuser.

Le clin d'œil que leur décocha Connor les renseigna sur la nature de ladite offre. Une offre dont l'acceptation pourrait ne pas être sans conséquence pour les MacKinnon, car le mari de la dame en question, le comte de Buchan, avait beau n'être qu'un débauché adultère, il était toujours l'époux de Lady Euphémie, et s'il apprenait que sa femme ouvrait l'accès de son lit à un MacGregor, cela pourrait avoir de fâcheuses répercussions sur le clan en général, et lui en particulier.

Depuis son mariage avec la comtesse, Buchan gérait les affaires de sa femme, ce qui comprenait la seigneurie de l'île de Skye ; un fait à ne pas négliger selon Urain. En outre, connaissant Connor, il était hautement improbable qu'il envisage d'entretenir une relation suivie avec Lady Euphémie. Quant à elle, prendre un amant de temps à autre devait lui conférer l'impression de prendre une revanche sur son époux ; un individu méprisable qui avait bafoué ses vœux de mariage en fuyant le lit conjugal pour partager celui d'une autre à qui il avait fait plusieurs bâtards en dix ans. À titre personnel, Urain trouvait ce comportement écœurant.

— On dirait que ce sale vaurien de MacGregor a les bonnes grâces de la comtesse, se gaussa Magnus, alors qu'Alasdair s'installait à sa droite.

Connor ricana.

— Il semblerait, mais gardez cela pour vous, je ne voudrais pas briser le cœur des demoiselles au château.

— Ou froisser l'orgueil d'un mari au bras long, souligna justement Alasdair.

— Aussi, approuva son cousin. Même si je suis plus sensible à celui des filles de Dunakin. Certaines pourraient ne pas s'en remettre.

— Ça m'étonnerait, pouffa Magnus. Rien qu'à regarder comment notre chère Mona t'a filé entre les doigts. Je crois qu'elle préfère les blonds, désormais !

Sa boutade fit rire la petite bande, à l'exception d'Urain qui se racla la gorge afin de se rappeler aux bons souvenirs des trois garçons.

— J'ai raté mon tir parce que l'arrivée d'Alasdair m'a déconcentrée ! Je suis capable. Je pense pouvoir bien m'en sortir durant les Jeux, et pourquoi pas dans d'autres disciplines, les défia-t-elle, enfin surtout lui.

La surprise, la réprobation et enfin la colère se succédèrent sur le visage d'Alasdair qu'elle avait cherché à provoquer. Naturellement, elle s'attendait à une réaction de sa part, et il ne la déçut pas !

Alasdair observa, tour à tour, Connor et Magnus, afin de vérifier si ce qu'Urain venait de dire ne choquait que lui. Puis, il se souvint qu'il n'y avait qu'à ses yeux qu'elle n'était pas un garçon. Ce constat le troubla, car, avec le temps, il la voyait de plus en plus comme une femme et non comme son meilleur ami, en dépit de ce qu'il prétendait. Quoi qu'il en soit, il était bien décidé à raisonner la jeune effrontée qui soutenait son regard.

— C'est hors de question, Urain ! Tu n'y participeras pas ! tonna-t-il.

Son ton catégorique ne tolérait pas de réplique, et peu lui importait la façon dont les trois autres le fixaient, l'air ahuri. Bien évidemment, il avait conscience de n'avoir aucun pouvoir sur les décisions d'Urain. Il n'était pas son frère et encore moins son époux, par le ciel ! Il n'avait donc aucune légitimité à lui interdire de se présenter aux Jeux dans les disciplines de son choix. Néanmoins, l'idée qu'elle puisse être blessée parce qu'elle s'obstinait à se comporter comme un homme, à se battre avec eux, à prendre les mêmes risques, lui était intolérable, si bien qu'il en avait oublié toute modération.

Avait-elle perdu l'esprit, nom de nom ?

— De quel droit oses-tu m'empêcher d'y participer, Alasdair Ban MacKinnon ? s'emporta-t-elle. Je ne suis peut-être pas fort comme vous autres, mais je suis capable de vous voler la victoire, au moins au tir à l'arc ! En reprenant l'entraînement, je serai prêt pour les Jeux, que ça te plaise ou non !

Pendant sa mise au point, Urain avait placé ses deux mains sur les hanches, une posture qu'elle rectifia aussitôt après s'en être aperçue. Alasdair fulminait. Ses narines frémissantes et ses poings, qu'il serrait à intervalle régulier, en étaient la preuve flagrante.

— Je nage aussi bien que n'importe lequel d'entre vous et je suis rapide. De plus, je veux partager cela avec vous, comme avant ! J'aimerais pouvoir revivre tous ces bons moments que nous avons connus avant que la vie ne nous éloigne les uns des autres. Les aurais-tu complètement oubliés, Alasdair ? Aurais-tu passé trop de temps loin de chez toi ?

Bien au contraire, il se rappelait tout et pardonnait difficilement. Elle était bien placée pour le savoir.

— Peux-tu me dire depuis quand cette idée grotesque, en plus d'être dangereuse, t'est venue à l'esprit ? pesta-t-il. Tu ferais peut-être bien de t'en tenir à la paperasse, Urain. Tu n'as donc rien retenu de ton expérience malheureuse avec ce bâtard de Gordan ? Dois-je te rappeler la raison de la présence de ce bandage à ton bras ?

Ils y étaient. Elle avait réussi à le faire sortir de sa réserve.

Urain réduisit la distance entre eux. Dans son accès de colère, Alasdair s'était remis debout. Il se crispa en la voyant avancer, car il avait deviné vers quelle pente glissante les desseins d'Urain s'apprêtaient à les entraîner. Elle releva le menton en même temps qu'un sourire incurva ses lèvres. Des lèvres que le jeune guerrier oublia d'ignorer l'espace d'un court instant.

— Puisque tu juges Connor et Magnus incapables de m'apprendre correctement à me battre, fais-le, toi ! Je saurai me montrer bon élève, le meilleur !

Alasdair aurait aimé se trouver loin, n'importe où, plutôt que dans cette forêt. Son visage était exsangue. Il aurait mieux fait d'ignorer la proposition de son cousin. D'ailleurs, s'il avait su que l'idée venait d'Urain, il ne serait jamais venu. Quant à sa tourmenteuse, elle le fixait avec malice, le provoquant de prendre ses jambes à son cou sans raison apparente en présence de Connor, Magnus et maintenant Duncan qui venait de se joindre au groupe.

Il était au supplice, et la lueur de défi qu'il vit passer dans les yeux en amande d'Urain suffit à affoler ses sens déjà aux aguets quand il était en sa présence.

— Bien ! Tu veux un professeur compétent (un rapide coup d'œil à Connor lui indiqua que ce dernier ne comptait pas perdre une minute de la leçon), tu vas l'avoir ! Mais pas de combat ! Si tu dois concourir à une seule discipline durant ces Jeux, ce sera le tir. Je ne plaisante pas, Urain, dit-il en la menaçant de son index.

La petite insolente lui adressa un sourire innocent auquel il répondit par un regard glacial. Le message était clair : « je ne céderai pas ! »

Alasdair récupéra le sac servant de cible et l'attacha à un arbre quelques mètres plus loin. Il voulait tester les capacités de son élève sur une plus longue distance, puisqu'elle s'était bien débrouillée lors de son précédent tir.

Duncan s'installa entre Connor et Magnus. Ce dernier le salua avant de sortir un *sgian dubh* de son *sporran*. La découpe du bois, afin de confectionner des petits objets décoratifs, était un passe-temps qu'il partageait avec Urain et son propre père. En l'occurrence, le fils de Finlay avait décidé de sculpter un cheval qu'il offrirait ensuite au jeune Fergus. Un enfant auquel il s'était beaucoup attaché, lui qui ne cachait plus son désir de prendre femme pour en avoir à son tour.

— Ça ne fait pas un peu loin, non ? s'inquiéta Urain.

— Si tu n'es pas capable d'assurer un tir comme celui-ci, alors que tu prétends vouloir te mesurer aux meilleurs durant les Jeux, il est inutile de poursuivre l'exercice ! Positionne-toi correctement face à la cible, lui lança Alasdair.

Elle ne parut pas se formaliser de son ton cassant et s'exécuta sans mot dire. Près de dix ans auparavant, ils avaient vécu, à quelques détails près, la même scène. À l'époque, aucun d'eux n'avait su comment interpréter les réactions de leurs corps. Aujourd'hui, ils n'étaient plus des gamins, mais un homme et une femme qu'une attirance dévorante dépassait. Alasdair se rebellait même avec la plus grande vigueur contre son désir ; un combat intérieur qui le laissait essoufflé et en sueur au petit matin.

Urain fit en sorte de mal se positionner, l'obligeant ainsi à intervenir pour la corriger. Loin d'être dupe, il s'approcha prudemment d'elle. Il avait les mâchoires contractées et un nerf près de son œil droit fit légèrement tressauter sa paupière. Alasdair n'aurait jamais songé à associer les mots Urain et vile tentatrice, même dans ses pensées les plus hardies. Depuis la fois où il avait failli l'embrasser dans sa chambre, il avait tout mis en œuvre pour éviter de se retrouver à nouveau seul avec elle. Que ne lui avait-il pas fallu invoquer comme image, afin de se souvenir de l'identité de celle qui se tenait tout contre lui, lui offrant ses lèvres d'une manière exquise ! Il aurait voulu pouvoir effacer la vision de la selkie de sa mémoire. Ne plus savoir qui elle était afin de pouvoir la prendre sans mauvaise conscience. Après tout, il s'agissait d'Urain, son meilleur ami, son frère de lait. Et non d'une vraie femme par tous les saints !

Mais si, elle était une femme. Une femme désirable et qu'il pourrait avoir si...

Il chassa cette idée perturbante d'un mouvement de tête rageur pour se concentrer sur son élève dont il ignorait, jusque-là, l'esprit diabolique et retors.

— Ton pied ! s'agaça-t-il soudain. Tu reportes ton poids bien trop vers l'arrière. La première notion à retenir est celle de l'équilibre, et tu le sais. Repositionne-toi correctement !

Il attendit qu'elle s'exécute mais, encore une fois, au moment d'armer son arc, elle fit exprès de laisser son coude le long du corps, ce qui eut pour effet de l'irriter davantage.

Connor commençait à trouver leur manège risible.

— Alasdair, montre-lui donc ! Quel piètre professeur tu fais !

Le fils MacKinnon, plus que récalcitrant à l'idée de se rapprocher d'Urain, se fit violence afin de ne pas hurler sa frustration. Elle le rendait fou, raccourcissait ses nuits, lui ôtait l'appétit. L'ennui était que les seuls moments où il avait l'impression de ressentir des émotions, d'être vivant, étaient ceux où elle était près de lui ; or il n'avait pas non plus besoin d'être distrait par le parfum fleuri et délicat émanant de sa peau.

Une odeur de bruyère...

Il était perdu.

Foutrebleu !

Comment diable personne ne se rendait-il compte de qui elle était réellement ? Même lui avait bien du mal à croire qu'il n'avait rien deviné durant toutes ces années. Quel imbécile aveugle !

— Je ne vois pas ce que tu me reproches, Alasdair. C'est ma façon à moi de me tenir pour tirer. Mais je t'ai demandé ton aide, alors si tu le veux bien, corrige-moi afin que je puisse apprendre la bonne position pour te satisfaire.

Le pauvre manqua d'en avaler sa langue. La façon qu'elle avait eue de le fixer par-dessous ses cils, en glissant sa remarque à double tranchant, lui donna une furieuse envie de l'étrangler sans autre forme de procès ! Cette jeune donzelle impudique s'amusait à ses dépens et, manifestement, elle y prenait du plaisir. N'avait-elle pas conscience du danger qu'il y avait à jouer ainsi avec ses nerfs ?

Visiblement non.

— Re... remets-toi en position... s'il te plaît.

Il lui montra comment placer sa main au niveau du lobe de son oreille. Il corrigea l'orientation de son coude afin qu'il se retrouve à l'horizontale. Il se pencha ensuite juste au-dessus de son épaule pour évaluer sa posture par rapport à la cible et écarta son index et le majeur sur le fil. Urain en profita pour pivoter légèrement de façon que son dos touche le torse d'Alasdair qui s'arrêta de respirer. Il se maudit de s'être laissé surprendre comme un débutant.

Il serra les dents, conscient que les regards des autres étaient braqués sur eux, notamment celui de Connor qui, étrangement, ne riait plus. Ses muscles étaient aussi bandés que la corde de l'arc, et il se maîtrisait pour ne pas bondir en arrière. Il était comme prisonnier de la situation. Un feu naquit dans sa poitrine et se propagea à tout son corps. Le contact d'Urain agissait sur lui comme une brûlure intense, et il succomberait bientôt à la cruelle morsure des flammes de son désir s'il ne la repoussait pas.

— Et maintenant ?

La voix d'Urain avait perdu de son assurance. Elle était autant troublée que lui. En réponse à sa question, il plaça les mains en lévitation au-dessus de celles, devenues moites, de son élève.

— Aujourd'hui, le vent est en ta faveur. Tu n'auras donc rien pour dévier ta flèche. Tire dès que tu le sens.

Puis, afin qu'elle seule puisse l'entendre, il baissa la tête pour lui susurrer à l'oreille :

— Et sache pour ta gouverne que ce que je vois me satisfait. Maintenant, cherche à transpercer le cœur de ta cible. Là est le plus difficile.

Il n'en fallut pas plus pour que le carreau atteigne son but… et qu'il prenne la fuite !

13

Urain avait la gorge sèche et le cœur qui battait la chamade. Peu lui importait d'avoir réussi un très beau tir à plus d'une cinquantaine de mètres, Alasdair était le seul qui l'intéressait, or il continuait à rester hors d'atteinte.

— Qu'est-ce qu'il lui arrive ? demanda Magnus, qui avait levé le nez de son ouvrage.

Elle récupéra doucement de ses émotions avant d'aviser les trois visages perplexes tournés dans sa direction. Le départ d'Alasdair n'était pas passé inaperçu.

— Il y a un léger malentendu entre nous depuis son retour. J'ai... je vais arranger ça.

Elle le retrouva sur la plage en contrebas du château de Dunakin. Alasdair faisait face aux monts brumeux d'Écosse et paraissait hypnotisé par leur aura nimbée de mystère. L'endroit était désert, il aurait été facile de se croire seul au monde.

Urain exécuta encore quelques pas et s'immobilisa pour humer l'air marin. Là, elle prit ensuite le temps d'admirer cet homme qui faisait cogner son cœur un peu plus fort dans sa poitrine chaque fois que leurs regards se croisaient. Le garçon aux cheveux d'or de son enfance s'était mué en un guerrier impressionnant, dont la silhouette avait été sculptée par les innombrables heures d'entraînement au combat. Elle devinait les cuisses puissantes et élancées sous les culottes en cuir, ainsi qu'elle imaginait les reliefs harmonieux de son torse sous la chemise et le pourpoint. Ses yeux remontèrent ensuite jusqu'à ce magnifique profil aux traits fins et réguliers qu'elle aimait tant, cette mâchoire légèrement carrée, ce nez droit aristocratique.

L'objet de son attention daigna enfin remarquer sa présence. Ses lèvres étaient pincées, signe qu'il était toujours contrarié. La fossette de son menton en fut accentuée, et Urain ne l'en trouva que plus charmant. Il se tenait à contre-jour, les jambes écartées de la largeur des épaules et les bras le long du corps, entouré d'un halo lumineux, comme l'aurait été l'apparition d'un dieu nordique, venu de la mer afin de conquérir son cœur, mais aussi son âme. Dans son dos, le soleil déclinait en se fondant doucement dans l'eau scintillante.

L'expression tourmentée du visage d'Alasdair témoignait du combat intérieur qu'il se livrait. Urain parcourut les derniers mètres les séparant. Il la contourna pour la fuir à nouveau. Elle tenta alors le tout pour le tout et s'élança à sa suite. À bout, elle cria son prénom avec la force du désespoir. L'entêtement d'Alasdair avait eu raison de son infinie patience.

Cette fois, il ne put ignorer la détresse dans sa voix et s'arrêta net. Puis, très lentement, comme si cela lui coûtait, il se retourna pour lui faire face. Elle avait les joues rougies et ses yeux étaient embués, quoique animés par une farouche détermination. Dans un mouvement rageur, elle ôta les liens retenant sa chevelure de jais en un éternel catogan pour les laisser retomber sur ses épaules.

— Tu vas m'écouter à présent, Alasdair !

L'intéressé ne bougea pas, seule la crispation de ses poings, dont les articulations avaient blanchi, trahissait ses émotions.

— Tu ne pourras pas m'éviter comme ça indéfiniment ! Je sais que tu es encore blessé par… par mon secret, et j'ai bien conscience que je ne pourrai jamais réparer le mal causé, mais ne crois-tu pas qu'il est temps de me pardonner ? Je suis ton amie. Quoi que tu en dises, nous nous connaissons mieux que personne, toi et moi. Nous comptons l'un pour l'autre. Je t'aime Alasdair. Depuis toujours ! ajouta-t-elle dans un souffle.

Visiblement incapable de répondre à sa déclaration, il ferma les yeux en faufilant une main tremblante dans sa chevelure claire. Le vent en souleva plusieurs mèches.

— N'as-tu donc rien à me dire ? reprit-elle dans un sanglot.

Le regard qu'il posa sur elle lui fit l'effet d'un bain dans les eaux glacées de la mer. Elle avait échoué. Sans doute s'était-elle trompée ? Il ne ressentait rien pour elle hormis un attachement lié à leur enfance.

— Je ne peux pas, Urain. Tu exiges trop de moi, finit-il par dire.

La voix enrouée par l'émotion d'Alasdair lui rendit espoir. Il n'était donc pas insensible. Elle s'approcha de lui en tendant sa main. Il recula comme l'aurait fait un animal apeuré. Elle ne reconnaissait plus le fier guerrier. Était-il à ce point terrifié par ce qu'il y avait entre eux ?

— Je ne te demande rien d'autre que de m'aimer pour ce que je suis vraiment ! Ne peux-tu pas accepter ça ? Oui, je suis une femme ! s'écria-t-elle. Mais, non, je ne suis pas différente de la personne que tu as toujours connue. C'est moi, Urain !

— Tu ne comprends pas.

Il semblait terriblement las. Néanmoins, le voir se défiler encore et encore décupla sa colère. Le désespoir d'Urain la rendit à moitié folle. Elle jeta son gilet à terre et commença à déboutonner sa chemise.

— Je suis une femme, tu m'entends ! Eh oui, je suis amoureuse de toi, mon ami d'enfance, mon frère de lait ! Oui, je t'ai dupé, j'ai menti à tout le monde, mais avais-je vraiment le choix ? hurla-t-elle, alors que le vent emportait ses paroles, tout comme son vêtement. Regarde-moi ! Regarde qui je suis vraiment, Alasdair !

Ce dernier eut un hoquet de surprise lorsque la poitrine d'Urain, même comprimée par un bandeau, lui fut révélée. Bien que l'ayant déjà vue nue, il ne s'était pas encore habitué à cette vision. Le serait-il jamais ?

Avec stupéfaction, il la vit desserrer les liens du bandeau

emprisonnant ses seins. Elle avait perdu la tête ! Quelqu'un passant par-là pourrait les surprendre. Il devait l'arrêter.

Une enjambée plus tard, il se retrouva tout contre elle. Sa large main calleuse recouvrit celle d'Urain pour l'empêcher d'ôter complètement le tissu. Il ne voulait pas la voir ainsi perdre tout honneur, pour lui prouver... quoi d'ailleurs ? Qu'elle l'aimait réellement ? Il n'était pas idiot et l'avait très bien compris. Tout comme il n'avait pas besoin qu'elle le force à reconnaître ses propres sentiments envers elle. Cependant, l'admettre à voix haute représentait un fossé qu'il n'était pas prêt à franchir, même pour elle.

Alasdair était pris entre deux feux ; torturé par deux réalités ; morcelé par des désirs contradictoires. Urain était à la fois son frère de lait et la fabuleuse selkie qui faisait réagir son corps avec violence. Ces deux images ne parvenaient pas à cohabiter dans son esprit sans provoquer un bazar nauséeux.

Elle l'appela si doucement qu'il crut l'avoir rêvé. Il baissa les yeux sur elle. Urain le fixait comme s'il tenait sa vie entre ses mains. Sa poitrine frémissait sous sa paume calleuse. Il frissonna en sentant son souffle tiède dans son cou.

Son besoin de la toucher anéantit sa réserve, et il l'embrassa fiévreusement.

Alasdair avait atteint un point de rupture, et sa volonté avait cédé comme un barrage sous la force des éléments. Urain avait dû le ressentir, car elle enroula ses bras autour de sa nuque pour l'empêcher de se dérober. Leurs langues s'enroulèrent dans un ballet érotique où chacun tentait de s'adapter à la mesure de l'autre pour une parfaite harmonie. Tous deux gémirent de plaisir. Leurs gestes étaient empreints d'avidité, ils parcouraient leurs corps avec une curiosité dévorante pour en imprimer les moindres reliefs. La bouche d'Alasdair partit dans une exploration sensuelle le long du cou d'Urain, semant des baisers brûlants sur sa peau délicate et sensible tout en attrapant l'arrière de son crâne pour mieux resserrer sa prise. Son autre main s'aventura au creux des reins de sa partenaire sur le point de fondre d'extase. Elle haleta en invoquant son nom. L'effet fut immédiat sur lui et exacerba son ardeur. Son étreinte se fit encore plus vorace. Il intensifia les mouvements de son bassin entre les cuisses écartées d'Urain. L'esprit embrumé par la passion, elle remonta ses jambes pour venir emprisonner sa taille. Il la plaqua contre la paroi rocheuse située sur la plage, afin de gagner en stabilité. Il était dans un état second, plus rien d'autre ne comptait pour lui que l'envie irrépressible de la posséder.

Sous l'effet d'un puissant désir, Urain ignora les frottements de son dos nu contre la roche.

La jeune femme n'était plus réceptive qu'aux caresses de son amant. Enfin, elle perdit tout contact avec le réel lorsque Alasdair glissa la main dans ses braies, et qu'il atteignit la partie la plus secrète de son corps. Les doigts du guerrier se mirent à aller et venir en elle pour la précipiter dans un torrent de plaisirs insoupçonnés, pendant qu'il lui susurrait des mots doux à l'oreille. Pour la première fois de sa vie, elle fut secouée par les spasmes de la jouissance avec la sensation que son cœur occupait l'intégralité de sa cage thoracique.

Après ce qu'ils avaient vécu, ce qu'il lui avait fait éprouver, Urain brûlait encore plus de désir et d'amour pour Alasdair. C'était indescriptible. Ce moment de pure intimité avait été violent et doux à la fois. Dès qu'il l'avait touchée, elle avait perdu pied. Elle avait eu l'impression qu'après être monté crescendo, son plaisir lui avait échappé. Elle n'avait rien pu contrôler de ce fabuleux raz-de-marée.

Soudain, un courant d'air frais la fit trembler de la tête aux pieds. Alasdair venait de s'écarter. Presque aussitôt après, les rires d'un petit groupe de soldats qui se rapprochaient lui parvinrent. Ces derniers marchaient le long de la corniche surplombant la plage. De leur position, il leur était impossible de les repérer, toutefois elle croisa les bras afin de masquer ses seins partiellement dénudés. Elle releva ensuite la tête et une boule naquit dans sa gorge en avisant l'air choqué d'Alasdair.

Il paraissait émerger difficilement de la tempête dans laquelle leur fougue les avait transportés. L'espace d'un instant, elle avait réussi à lui faire occulter qui elle avait été pour lui durant de nombreuses années. Il l'avait enfin considérée comme une femme désirable et, dans ses bras, elle avait sombré dans les eaux profondes de la volupté. Ensemble, ils avaient plongé dans un océan de délices duquel elle aurait souhaité ne jamais ressortir, mais les voix au-dessus de leurs têtes avaient eu raison de son fantasme en les ramenant brutalement à la surface.

Alasdair s'ébroua comme si on lui avait maintenu la tête dans la mer glacée trop longtemps. Les soldats MacKinnon poursuivirent leur chemin sans les remarquer. Il ne resta bientôt plus qu'eux, à l'abri des regards, et dans celui du jeune Highlander elle lut la réponse à la question qu'elle n'osait pas poser. Son cœur était en lambeaux.

— Je suis désolé. Je... j'ai été trop loin. Je ne sais pas ce qui m'a pris.

Il mentait, bien évidemment. Pour lui, mieux valait reconnaître une erreur de jugement que son irrépressible attirance pour elle, d'autant plus qu'elle était convaincue qu'ils auraient été incapables de s'arrêter de se toucher sans l'interruption des soldats.

Elle n'eut aucune réaction. À la vérité, elle n'était pas encore remise de ses émotions, et c'était aussi bien comme cela. Il alla ramasser la chemise qu'elle avait abandonnée quelques mètres plus loin et revint avec. Il la lui tendit. Elle la saisit avec fébrilité sans oser croiser son regard. Puis, elle s'éloigna en plaquant ce qu'il restait de son bandeau sur sa poitrine, lui faisant ainsi comprendre qu'elle n'avait que faire de ses regrets.

Le quotidien reprit son cours au château de Dunakin. Des jours durant, les deux amants maudits de la plage s'évitèrent tout en étant douloureusement conscients de la présence de l'un et de l'autre.

Rongé par les regrets, Alasdair avait perdu tout entrain.

— Tudieu, Alasdair ! Je n'ai aucune idée de ce que tu as depuis quelques jours, mais même un manchot se débrouillerait mieux que toi ! s'emporta Duncan.

Les deux cousins s'exerçaient avec les autres hommes au terrain d'entraînement.

Le fils MacKinnon prit un air penaud, car il savait pertinemment que Duncan disait vrai. Il fallait qu'il se reprenne et vite, sinon il risquait fort bien de devenir l'ombre de lui-même. Ce qui ne manquerait pas de décevoir ses proches, notamment son père ; or celui-ci avait assez foi en son plus jeune fils pour l'inclure parmi les membres de son conseil restreint lors des réunions, et ce en dépit de son inexpérience.

Alasdair s'excusa auprès de Duncan pour son manque d'attention. En vérité, ses pensées ne cessaient de revenir sur un instant fugace, comme volé à la vie. Il se revoyait sur la plage avec Urain. Il pouvait encore sentir son parfum, sa peau contre la sienne, entendre ses gémissements tandis qu'il la touchait comme il n'avait jamais touché aucune autre femme auparavant. Il s'était laissé emporter par son désir brûlant et elle avait aimé ça. Le corps d'Urain avait ondulé sous les caresses qu'il lui avait prodiguées. Maintenant, le souvenir de ses lèvres humides, ses halètements avant qu'elle crie son prénom pendant l'orgasme le poursuivaient quoi qu'il fasse. Urain avait pris possession de son être. Elle l'avait ensorcelé. Il était devenu incapable d'accomplir son devoir. Il n'avait jamais rien connu de pareil.

— Nous continuerons plus tard, déclara Duncan, las de se battre contre un adversaire fantôme.

Alasdair et lui rengainèrent leurs épées avant de reprendre la direction du château.

Parvenu à destination, Duncan retint son cousin par le bras. Il n'en avait visiblement pas terminé avec lui.

— J'ignore quel est le souci, mais je vais te dire, ça ressemble sacrément à ce qui t'était arrivé quand nous sommes rentrés de Dunakin, cet été-là, il y a quatre ans.

La malaise d'Alasdair s'accentua. Duncan poursuivit :

— À cette époque, tu étais plein de colère et tu la laissais t'envahir et te déborder lors des combats. Maintenant, tu fais pareil, à la différence que tu ne parviens même plus à te battre correctement. Donc, parle-moi, que je puisse t'aider à te débarrasser de ce qui te préoccupe à ce point.

Si c'était seulement possible...

Alasdair conserva le silence. Que pouvait-il bien répondre pour sa défense ? Duncan l'avait percé à jour. Il baissa la tête. Le geste fit luire ses cheveux humides, tel un casque doré sous les rayons du soleil.

— Très bien, capitula le solide guerrier. Tu régleras ça tout seul, mais fais-le vite. Je ne voudrais pas que cela te coûte tes rêves et ce pour quoi tu t'es entraîné toutes ces années.

Duncan l'abandonna devant les portes du château. Urain apparut au même moment de l'autre côté de la cour extérieure. Alasdair détourna lâchement les yeux pour ne pas avoir à regarder celle à l'origine de son tourment.

Plus tard, au moment du dîner, Duncan et Magnus insistèrent pour réunir la petite bande à table « comme autrefois », contraignant ainsi Alasdair et Urain à mettre leur différend de côté.

Le fils MacKinnon avait des courbatures à la mâchoire à force de mastiquer sa viande, car, à chaque bouchée, il avait la sensation d'avaler une poignée de clous rouillés. L'irritation de sa gorge l'incommodait et la main qui tenait son couteau était moite. Quant à Urain, assise en face de lui, elle était d'une raideur inquiétante. Par chance, leurs compagnons étaient étrangers au malaise ambiant. Leur discussion était même ponctuée de rires gras.

— Il faut toujours que tu en rajoutes ! s'esclaffa Duncan à l'adresse d'un Connor, particulièrement fier de lui.

— Ils n'étaient pas vingt, mais moitié moins, rectifia calmement Magnus en se resservant du vin.

Le MacGregor lui jeta une œillade torve.

— Comment le saurais-tu ? Tu étais avec les autres, chez MacLeod.

— Je le sais, c'est tout.

Connor arqua un sourcil parfaitement dessiné pour inviter Magnus à être plus précis.

— Le gamin de l'auberge a accouru pour nous prévenir que des MacCrimmon vous avaient cherché querelle et que vous aviez répliqué. Il a précisé qu'ils étaient une petite dizaine et, je le cite, « votre ami, celui qui déteste les Campbell, en a envoyé six d'entre eux *ad patres* en un rien de temps ! » Tu vois Connor, nul besoin d'exagérer, tu as déjà réussi à impressionner un gamin de dix ans.

— Mmm... ce garçon a un problème évident avec les chiffres. En plus, je n'ai tué personne. Je me suis contenté de les mettre hors d'état de nuire, tout ça afin d'éviter que les MacLeod nous tombent dessus pour avoir abîmé leurs satanés cornemuseurs arrogants. En tout cas, j'espère que ces derniers savent mieux manier leur instrument de musique qu'une épée.

— Connor MacGregor le diplomate ! railla Duncan. Et la sorcière ? Est-elle toujours en vie ?

— Je n'en sais fichtrement rien et je n'ai pas réclamé à la voir pour le vérifier. Brrrr ! s'exclama Connor en frémissant exagérément. Vous rappelez-vous la fois où cette vieille bique nous a fichu une frousse bleue ?

— Pour sûr que je m'en souviens ! s'exclama Magnus. J'en ai cauchemardé longtemps après notre retour de Dunvegan.

— Qu'avait-elle prédit à notre brave Duncan déjà ? s'esclaffa Connor.

— Qu'il ferait trembler ses ennemis et les montagnes, récita Magnus. Ou quelque chose s'en rapprochant. Et aussi qu'il tomberait fou amoureux d'une femme aussi magnifique qu'Hélène de Troie !

— Eh ben, rien que ça ! se moqua le MacGregor. Quel veinard ce Duncan !

Le principal concerné tendit son bras pour saisir le pichet de vin. Un pli soucieux barrait son front. Ce que son cousin et son ami avaient omis de préciser était que la sorcière avait aussi mentionné que la belle causerait sa perte comme Hélène avait entraîné celle de Pâris. Depuis ce jour, il s'était juré de ne jamais tomber amoureux. Cela lui éviterait d'avoir des ennuis et de s'encombrer d'une épouse.

— Ma foi, personne n'a mentionné la sorcière durant notre passage sur les terres des MacLeod. Je suppose qu'elle est morte depuis toutes ces années. C'est qu'elle était déjà très vieille à l'époque, fit remarquer Magnus.

— Aussi fripée qu'un parchemin datant des premières croisades ! conclut Connor. Mais pour en revenir à cet accrochage avec les MacCrimmon, Magnus a oublié de vous raconter la fin de l'histoire. Ma partie préférée ! Les filles de l'aubergiste étaient tellement soulagées que je les débarrasse de ces imbéciles que, après ça, elles me mangeaient dans la main. Vous me connaissez, je me suis fait un plaisir de remplir leurs jolies bouches !

Urain abandonna sa cuillère dans son écuelle avec un bruit sonore et un air de dégoût sur le visage. Tous les autres, sauf Alasdair, l'ignorèrent.

— Un pluriel ? siffla Magnus. Je croyais qu'il n'y avait que l'aînée des deux filles qui t'intéressait.

— Une veuve et sa coquine de sœur, précisa Connor avec un clin d'œil canaille. Eh oui, j'étais en forme et d'humeur généreuse !

Magnus et Duncan rugirent de rire. Connor afficha un air hautement satisfait. Alasdair et Urain restèrent sinistrement silencieux. Après ça, la conversation dériva sur les MacLeod, les MacDonald, et les revendications des uns et des autres sur la péninsule de Sleat, ainsi que sur les femmes, un sujet dont les garçons ne se lassaient jamais.

— Et toi, Urain ! lança un Duncan hilare et un brin éméché à mesure que la soirée avançait. Quel est ton type de femme ?

Alasdair émit un ricanement en secouant faiblement la tête. Son attitude respirait le sarcasme. Urain plissa les paupières et il devina qu'elle hésitait à lui lancer son bol dans la figure. À la place, elle pivota légèrement vers Duncan, son voisin de banc, à qui elle répondit :

— Les blondes. Farouches de préférence, avec un sale caractère et un peu tête de mule sur les bords. La victoire d'avoir réussi à les dompter n'en est que plus plaisante. N'es-tu pas d'accord avec moi, Alasdair ?

Il émit un grognement que n'aurait pas renié un chien enragé. Les autres accueillirent les propos d'Urain avec des éclats de rire. Ils ne la prenaient pas au sérieux.

— Ah non ! s'exclama Magnus. Duncan nous a dit qu'il préférait les jolies petites brunes. Mona appréciera !

Le fils de Finlay leva son gobelet empli de vin sous les applaudissements de Connor et Duncan. Urain se renfrogna.

Le lendemain, Urain se leva de bonne heure afin de déjeuner avant tout le monde. Elle comptait ensuite s'enfermer dans le cabinet de travail de Gilleonan pour la journée entière. Ainsi, elle n'aurait pas à supporter le dédain d'Alasdair.

Elle n'était plus très loin des cuisines lorsqu'elle entendit des voix, celle d'une femme et d'un homme. Elles se rapprochaient. Des rires résonnèrent suivis d'un bruit sec, semblable à celui d'une tape sur la croupe d'un cheval. Urain chercha en hâte un abri. Faute de mieux, elle recula de quelques pas dans le renfoncement que faisait le mur à ce niveau du corridor. Là, elle se plaqua contre la pierre glaciale et en grimaça malgré ses vêtements.

Retenant son souffle, elle vit d'abord une servante la dépasser. Cette abondante crinière brune et ces formes voluptueuses ne firent planer aucun doute sur son identité : Mona ! Celle-ci eut un long soupir langoureux. Et tout en relevant ses cheveux en chignon, elle se mit à fredonner distraitement avant de disparaître à l'angle du couloir dans un balancement lascif des hanches. La fille de l'ancien maître cuistot avait l'attitude d'une femme qui venait d'être comblée, songea Urain, désormais en mesure de faire la comparaison.

Mona disparut. Elle sortit de sa cachette en esquissant un sourire : tant pis pour les suppositions de Magnus à propos du béguin de la servante pour Alasdair. Celle-ci avait dû trouver quelqu'un d'autre à qui adresser ses œillades coquines.

Urain reprit sa route, mais s'arrêta net sur le seuil de la pièce en remarquant une autre silhouette. Un hoquet de stupeur lui échappa. Un homme venait de se matérialiser dans l'encadrement de la porte menant au cellier.

Alasdair.

Contrairement à Mona, il avait l'air d'avoir passé la nuit en enfer. De profonds cernes creusaient deux sillons violacés sous ses yeux, tandis qu'un début de barbe ombrait ses joues creusées par la fatigue. La jeune femme fut assaillie par un sentiment d'une puissance folle : la jalousie, qui ne tarda pas à la ronger tel un acide, lui faisant imaginer le pire.

Seigneur, qu'avait-il fait ?

Elle se mordit violemment les lèvres en refusant de croire qu'il aurait pu la trahir de cette façon, trois jours à peine après l'avoir pratiquement prise sur la plage.

Non, c'est impossible ! Pas lui.

Mais, la culpabilité sur le visage d'Alasdair sonna comme un terrible aveu. Son allure ne jouait pas non plus en sa faveur, il était débraillé et ses cheveux étaient en bataille, comme si quelqu'un (une femme ?) les lui avait ébouriffés pendant l'amour.

Le miroir aux illusions d'Urain explosa en un millier de morceaux. Elle en eut un haut-le-cœur. Dire qu'elle s'était pratiquement jetée à ses pieds, lui avait offert ce qu'elle n'avait jamais offert à aucun autre, et tout cela pour quoi ? Des larmes de colère perlèrent au coin de ses paupières. Jamais, elle ne lui pardonnerait sa traîtrise. Il avait tout gâché !

— Urain, je...

Ne me touche pas ! voulut-elle hurler, mais les mots restèrent bloqués dans sa gorge. À la place, elle prit la fuite. Trop de fois Alasdair lui avait brisé le cœur avec ses affirmations, elle n'avait pas l'intention de l'écouter pour qu'il en piétine les restes avec de piètres excuses.

Alasdair n'avait pas fermé l'œil de la nuit.

Il avait tenté par tous les moyens de noyer son désarroi,

mais rien n'avait fonctionné : la violence en se battant avec quelques soldats éméchés ; l'alcool en devisant devant un gobelet de *uisge beatha* avec ces mêmes soldats qu'il venait d'éborgner ; et encore moins partager la couche de Mona, qui s'était pourtant efforcée d'exhiber son incroyable poitrine sous son nez pour le motiver.

Le jeune guerrier devait se rendre à l'évidence, sa nuit blanche n'avait servi à rien d'autre qu'à le faire se sentir un peu plus misérable. Et maintenant, il tenait à peine sur ses jambes et espérait pouvoir regagner sa chambre sans croiser personne, car son état lamentable pourrait susciter commérages et questions auxquelles il n'avait pas du tout envie de répondre.

Il enfila son pourpoint et vérifia qu'il n'avait rien oublié. Il quitta ensuite la petite pièce sans toucher au petit déjeuner que lui avait gentiment préparé Mona avant de vaquer à ses occupations. C'est là qu'il la vit.

Urain.

Elle était seule dans le couloir et le dévisageait avec effroi. Son expression aurait dû l'alerter d'un problème, mais il continua d'avancer dans sa direction. Elle recula. Il s'immobilisa et glissa la main dans ses cheveux en désordre.

Que Dieu lui vienne en aide ! Il ne l'avait jamais vue si en colère.

— Urain, je...

Elle prit la fuite sans lui permettre de lui présenter ses excuses. Il la regarda courir sans rien faire, sa réaction l'avait ébranlé.

Par tous les saints !

C'était pire que ce qu'il redoutait. La migraine le guettait pendant qu'il essayait de rassembler ses esprits pour réfléchir à la meilleure manière d'arranger la situation. Premièrement, il devrait la rattraper pour lui parler. Il n'avait que trop tardé ; en outre, avoir permis à ce malaise entre eux de s'installer sur la durée avait été sa plus grande erreur. Deuxièmement, il allait devoir batailler pour qu'elle lui pardonne ses atermoiements. Il était même prêt à la supplier à genoux de lui accorder une autre chance. Urain était si importante à ses yeux qu'il était disposé à envisager de telles extrémités.

Hélas ! Connor fit irruption dans le couloir et tout bascula brusquement…

14

Au large de l'île de Skye, 31 décembre 1389

Un vent frais gonfla la voile du *birlinn* en cette froide journée d'hiver. L'homme qui se tenait à la proue de l'embarcation légèrement malmenée par les vagues prit une grande goulée d'air chargée d'embruns. Plus qu'un Highlander, ce marin était un Islander qui n'avait pas revu son île depuis qu'il l'avait quittée, presque quatre ans plus tôt.

Alasdair leva les yeux et observa un labbe parasite amorcer sa descente en direction des eaux.

La vue de cet oiseau au plumage brun grisâtre, toujours en quête de mouettes ou de sternes afin de leur dérober le fruit de leur pêche, lui indiqua que son équipage et lui se trouvaient non loin de leur destination. Bientôt, il serait en mesure de discerner les contours du château. Dunakin se détacherait du paysage par-delà la brume, se dressant fièrement vers les cieux du haut de son promontoire rocheux. Sa situation dominante se voulait être un avertissement pour les visiteurs venus de la mer, afin de proclamer que le clan MacKinnon veillait sur son île et ses possessions contre toute menace.

— La terre ferme se rapproche, je vois déjà la côte ! s'enthousiasma Duncan.

Ce dernier avait suivi Alasdair lorsque celui-ci avait pris la décision de quitter l'île de Skye, peu de temps après avoir mis son chef en terre. La mort d'Angus avait beaucoup affecté son neveu qui voyait en lui un père de substitution ; le défunt père de Duncan étant le frère cadet d'Angus MacKinnon. Les deux cousins s'étaient rapidement liés d'amitié lorsque Duncan était venu vivre à Dunakin, jusqu'à en devenir inséparables avec Magnus et le reste de leur petite bande. Les longues années qu'ils avaient passées en apprentissage au château de Duart avaient achevé de consolider les liens quasi fraternels entre les deux hommes. Des liens si solides que le brave guerrier, à la carrure impressionnante (un héritage des MacKinnon), n'avait pas hésité une seule seconde à rassembler ses affaires pour quitter les terres qui l'avaient vu grandir afin de demeurer auprès de son cousin, et ce, sans même savoir où ils iraient ni quand ils reviendraient.

Durant quatre ans, les deux guerriers avaient mis leurs épées à disposition du plus offrant, se faisant un nom à travers l'Écosse et bien au-delà. De bataille en bataille, ils avaient forgé leur réputation et celle-ci les avait menés en des terres lointaines dont ils n'avaient jamais soupçonné l'existence avant cela. Puis, quand le mal du pays s'était fait plus insistant, les deux cousins avaient décidé de reprendre le chemin de la maison. Duncan soupçonnait que cela était, en partie, lié à la lettre qu'Alasdair avait reçue de Neil, à présent laird du clan. Son cousin était resté évasif sur la nature exacte de la correspondance avec son frère aîné, mais il semblait que, cette fois-ci, un élément ait réussi à convaincre Alasdair de rentrer chez eux.

— Il paraît loin le moment où nous avons pris la mer dans le sens inverse.

Duncan acquiesça. Alasdair poursuivit en plaçant une main sur l'épaule de son cousin qu'il pressa doucement.

— Je ne t'ai jamais remercié d'avoir toujours été à mes côtés et d'avoir assuré mes arrières. Permets-moi de le faire aujourd'hui. *Tapadh leat, mo bràthair,*[1] fit-il avant d'étreindre Duncan.

La surprise et l'émotion se mêlèrent dans le regard d'un bleu profond du guerrier. Son cousin ne l'avait jamais appelé

1. *Tapadh leat, mo bràthair* signifie « Merci, mon frère » en gaélique.

« frère » auparavant. Les souvenirs de tout ce qu'ils avaient traversé durant ces quatre dernières années, de tout ce qu'ils avaient accompli au cours des dix précédentes, refirent surface.

Grâce à leurs exploits sur les champs de bataille, les deux Highlanders jouissaient de l'aura propre aux héros de guerre. C'était cette même réputation qui avait amené des hommes de tout bord à les rejoindre afin que la gloire des deux cousins rejaillisse sur eux. Et en ces temps troublés, en particulier dans les Hébrides, compter des combattants, reconnus comme les meilleurs, était un atout indéniable pour les seigneurs ; Neil l'avait bien compris.

Trois ans plus tôt, en apprenant la mort de John MacDonald, Neil, laird depuis à peine un an, avait espéré pouvoir se tenir à l'écart du conflit engendré par Jon Mór Tanister ; lequel contestait le droit de son aîné, Dómhnall, à prendre la succession de leur père en tant que seigneur des îles, héritage qui lui revenait pourtant, en sa qualité de *tànaiste*. La situation politique dans les Hébrides s'était tendue davantage, notamment à cause des différentes alliances entre clans et des liens entretenus avec l'un ou l'autre des deux frères. Neil était dans une position d'autant plus délicate que sa femme était une MacDonald et que Finnon était connu de tous comme étant un proche de Jon Mór. En privé, certains tenaient l'abbé, désormais clerc pour le compte de son frère, pour responsable des querelles au sein de la fratrie MacDonald. Ils soupçonnaient même Finnon d'avoir incité Jon Mór à se rebeller contre l'autorité de Dómhnall, afin de le pousser à s'emparer du pouvoir avec l'appui de ses partisans. Les plus virulents détracteurs de l'ecclésiastique l'accusaient également de chercher à tirer profit du conflit pour les MacKinnon et lui-même ; cependant, la question était de savoir où s'arrêtaient les ambitions pour son clan, et où commençaient les siennes ? Le fait est que le second fils d'Angus n'avait jamais souhaité embrasser la voie du clergé ; cela n'était un secret pour personne. Il s'était d'ailleurs empressé de quitter l'abbaye d'Iona pour regagner Dunakin après la mort de leur père, prétextant y revenir afin d'assister le nouveau laird dans sa charge. Voilà maintenant plusieurs années qu'il l'aidait.

Quelques semaines plus tôt, un courrier de Neil était parvenu à Alasdair, à l'adresse qu'il lui avait communiquée en France. Son aîné lui avait écrit afin de lui exposer la situation délicate dans laquelle il se trouvait. Dans la missive, le chef des MacKinnon lui confiait ses doutes ainsi que ses craintes sur les répercussions d'un nouveau conflit d'ampleur pour le clan. La lettre avait mis un certain temps à parvenir jusqu'à Alasdair. Et pour cause, depuis son départ de Dunakin, le Highlander était un homme difficilement saisissable, ce qui ajoutait à sa légende. D'ailleurs, il fut un temps où toutes ces histoires à son sujet l'auraient fait sourire ; après tout, enfant, il avait rêvé de batailles et de gloire, mais, à présent, il se sentait las de cette vie d'errance. Il n'aspirait qu'à revoir sa chère île de Skye, sa famille et... *elle*.

Alasdair passa une main dans ses cheveux en soupirant. Son regard se fit plus sombre tandis qu'il se remémorait les circonstances de son départ.

Connor était essoufflé d'avoir trop couru, il hurlait presque. Alasdair le dévisagea sans comprendre.

— Mais où étais-tu par le sang de Dieu ? Je t'ai cherché partout. C'est Angus...

— Je sais. Il souhaitait me parler, hier après le dîner, mais je n'étais pas en état.

Il était las.

— Tu ne m'as pas laissé finir. Je... je suis navré, mon cousin.

— Pourquoi donc es-tu désolé ?

Le jeune Highlander s'était figé et avait parlé d'une voix blanche, le visage soudain livide.

— Ton père, répéta Connor. On ne l'a retrouvé qu'au petit matin dans son lit et... il... il est mort cette nuit dans son sommeil. Ils disent que c'est son cœur...

« Ils » ?

Sous la violence du choc, Alasdair vacilla sur ses jambes et en perdit l'équilibre. Connor s'empressa de venir le soutenir. Il détaillait son cousin avec inquiétude. Ce dernier se libéra brusquement.

— Allons, ne dis pas n'importe quoi, Connor ! Mon père est dans la grande salle avec ses conseillers pour le petit déjeuner. Il... non, c'est impossible...

Le plus jeune fils d'Angus préférait encore le déni à une réalité dont son père ne ferait plus partie.

— J'aurais préféré, mon cousin. Crois-moi, j'aurais préféré...

Alasdair recula jusqu'à heurter le mur. Le dos contre la pierre froide, il eut l'impression de flotter dans un épais brouillard, sombre et froid. Tous ses soucis lui parurent soudain dérisoires. Ceux-ci s'étaient consumés à l'instant où Connor avait ouvert la bouche, pour ne plus laisser que des cendres s'éparpillant dans le vent. Le jeune guerrier se prit la tête entre les mains et, sous le poids de sa peine, s'effondra en larmes.

Connor faisait également peine à voir. Les traits de son visage étaient déformés par un chagrin extrême. Devoir annoncer la mort de son oncle bien-aimé à son cousin était la chose la plus dure qu'il ait eue à accomplir. Ils nageaient en plein cauchemar ! Alasdair cogna à plusieurs reprises l'arrière de son crâne contre le mur. Il pensait mériter de souffrir pour ce qu'il avait provoqué, puisqu'il était convaincu que Dieu l'avait puni pour tous ses péchés en lui enlevant son père. Mais ce dernier, qu'avait-il fait pour mériter une telle fin ? Comme tout guerrier, Angus aurait dû mourir sur un champ de bataille, auréolé de gloire tel un héros, ce qu'il avait toujours été aux yeux de son fils.

Alasdair se sentit plonger dans un abîme de douleur, s'attendant à ce que le sol, sous ses pieds, s'ouvre afin de l'engloutir tout entier pour l'envoyer en enfer.

Enfin, il abandonna Connor sans un mot pour se diriger vers les appartements du laird. L'affliction et la culpabilité alourdissaient ses épaules tandis qu'il s'éloignait. Il avait accepté l'inacceptable : Angus MacKinnon, chef respecté et père adulé, s'en était allé dans un repos éternel...

En cette soirée de Hogmanay, l'ambiance générale était à la fête au château de Dunakin. Au petit matin viendraient le moment de bénir les maisons et le bétail, puis celui de se baigner dans la mer gelée. Les intrigues des héritiers du seigneur des îles ne les atteignaient pas, du moins pour ce seul moment. Chacun festoyait en profitant d'une insouciance de façade, il n'y avait plus d'intrigues ni de conflits. La menace d'une guerre avait été reléguée au fin fond de l'esprit de chacun. Alors, quand Neil avait ordonné que la bière, le vin et le *uisge beatha* coulent à flots, et que les bonnes viandes, le hareng séché et le fromage garnissent les tables de la grande salle pour les festivités de la nouvelle année, Mhairie s'était empressée de transmettre les directives en cuisine.

Quatre années s'étaient écoulées depuis la mort du précédent laird. Urain avait quitté Dunakin et l'île de Skye, quelques mois après Alasdair pour n'en revenir que deux ans plus tard et bien changée. À son retour, nul n'avait pensé à faire le lien entre Mhairie, la belle jeune femme, et Urain, le jeune homme à la trop frêle constitution pour en faire un guerrier ; même leur indéniable ressemblance n'avait suscité aucune suspicion. Encore une fois, seul Gilleonan, toujours régisseur de Dunakin, avait été mis dans la confidence.

À son retour au sein du clan, Urain avait appris que la fille de l'ancien maître cuistot, Mona, était décédée en couche après avoir épousé un villageois. Bien qu'elle ait été la dernière personne qu'elle aurait souhaité revoir, la nouvelle l'avait profondément attristée. Elle lui avait aussi fait prendre conscience que son ancienne vie était loin derrière elle. Sans aller jusqu'à regretter de ne plus vivre dans des habits d'homme, Urain était nostalgique à bien des égards. Heureusement, la présence de Connor et Magnus l'avait aidée à se sentir moins seule, même si ses deux plus anciens amis la prenaient, à l'instar de tous les autres, pour la cousine d'Urain.

Elle s'était d'ailleurs demandé si Connor n'avait pas, un temps, soupçonné quelque chose à son sujet, car il n'avait jamais tenté d'user de son charme avec elle, du moins pas comme il le faisait avec la quasi-totalité de la gent féminine grouillant autour de lui au château. Au contraire, il lui avait semblé que le MacGregor faisait preuve d'une certaine bienveillance envers elle.

Satisfaite de l'organisation du banquet, Urain s'éloigna du buffet et rattrapa la couronne de fleurs séchées qui avait glissé de sa tête dans son mouvement. Elle l'avait spécialement confectionnée pour l'occasion. La bonne humeur retrouvée pour cette seule soirée, la fête s'annonçait réussie. Les hommes avaient sorti leurs instruments de musique et, déjà, dès les premières notes, les messieurs invitèrent les dames à danser. Comme elle s'en était assurée, la bière, le *uisge beatha* et le vin ne manquaient pas. Joyeuse, elle battit la mesure avec son pied et s'autorisa, pour l'occasion, à se servir un peu de bière, quand les grandes portes de la salle s'ouvrirent sur un mystérieux visiteur. Aucun doute, il s'agissait d'un guerrier, à en juger par les deux épées croisées dans son dos et dont les pommeaux, seuls, étaient visibles.

Un ange noir, songea-t-elle, en l'observant s'avancer devant l'assemblée, soudain devenue silencieuse.

Urain détailla l'inconnu avec intérêt ; il portait un long manteau en cuir noir, comme l'était le reste de sa tenue, et ses cheveux coupés court étaient adorablement ébouriffés, comme si leur propriétaire avait passé sa main dedans avant de pénétrer dans la pièce. Son regard s'attarda sur le visage de l'individu et, en l'examinant plus attentivement, elle eut un terrible choc. Cette tignasse claire, ce profil fier aux traits fins, cette mâchoire carrée et virile ne pouvaient appartenir qu'à un seul homme, celui dont son cœur avait difficilement fait le deuil.

Sous l'effet de la surprise, la cruche qu'elle tenait entre ses mains lui échappa.

Alasdair remontait l'allée formée par les danseurs.

À son entrée dans la grande salle, les conversations s'étaient tues, la musique et les rires avaient brusquement cessé au profit des murmures et des coups de coude peu discrets.

Le silence, presque religieux, rendit plus audible encore un bruit de vaisselle se fracassant au sol. Le guerrier n'y prêta aucune attention, préférant se concentrer sur les hommes assis à la table du laird et qui l'observaient avancer dans leur direction.

Le grincement provoqué par le déplacement d'un tabouret fit converger tous les regards vers l'estrade. Neil se leva afin d'accueillir son frère, revenu au pays selon ses vœux. Assis à sa droite, Finnon ne quitta pas tout de suite sa place.

— Alasdair ! *Fàilte*[1] ! s'exclama Neil, d'une voix forte.

L'homme saisit le bras de son puîné et le salua d'une accolade typiquement masculine. Alasdair inclina la tête pour témoigner son respect à son chef de clan. Une petite tête brune jaillit de derrière Neil. Ce dernier ébouriffa la chevelure désordonnée de sa progéniture en lui enjoignant d'approcher.

— Fergus, voici ton oncle, Alasdair.

Le garçonnet contemplait ce parent dont il ne se souvenait pas. Ce dernier s'agenouilla pour se placer à hauteur de l'enfant.

— Bonjour, Fergus. Tu es devenu très fort, dis-moi.

Alasdair avait veillé à adopter le ton le plus doux qui soit pour éviter d'effaroucher le petit. Mais ce ne fut qu'en voyant sa mère saluer le nouveau venu que Fergus se sentit assez en confiance pour l'imiter. Elizabeth embrassa chaleureusement son beau-frère. La femme de Neil était toujours heureuse de voir débarquer de précieux renforts. Elle-même redoutait que la querelle entre ses propres frères ne dégénère jusqu'au point de non-retour.

Duncan apparut dans la grande salle. Il précédait les hommes qui les avaient accompagnés, son cousin et lui. Bien sûr, Connor et Magnus furent plus qu'heureux de retrouver leurs anciens camarades avec qui ils ne manquèrent pas d'évoquer le bon vieux temps. Magnus leur annonça, non sans fierté, qu'il s'était marié à une certaine Beitris que le MacGregor qualifiait

1. *Fàilte* signifie « bienvenue » en gaélique.

de trop jolie pour « ce bon à rien de rouquin ! ». Il leur apprit aussi que son père, Finlay, était resté au service de l'héritier après la mort d'Angus, tout comme Gilleonan, et que son jeune frère, Colin, était désormais assez âgé pour prendre la voie des armes. En revanche, l'absence d'Urain ne fut pas évoquée. Par conséquent, le Highlander se promit d'aller frapper à la porte de sa chaumière dès qu'il pourrait s'éclipser discrètement.

Au cours du repas, Fergus fut assez à l'aise pour s'installer sur les genoux de son oncle. Le petit avait considérablement grandi. Cela rappela à Alasdair comme il était demeuré trop longtemps loin des siens.

Et d'elle surtout.

Il rendit l'enfant à sa nourrice quand celui-ci commença à s'agiter. Alasdair échangea ensuite quelques mots avec Finnon, qu'il jugeait toujours aussi spécieux. Puis, il s'enquit auprès de Finlay de l'installation de ses hommes, des guerriers féroces entre les mains desquels Duncan et lui avaient plus d'une fois placé leurs vies.

Connor profita de ce que la place à la gauche de la sienne soit vide pour s'y installer.

— Le fils prodigue est-il heureux de son retour ? s'esclaffa le MacGregor, d'humeur gaie.

— Je n'ai pas eu à me plaindre de l'accueil, lui répondit Alasdair en portant sa timbale remplie de vin à sa bouche.

Les lèvres du MacGregor s'incurvèrent dans un sourire goguenard.

— La nouvelle gouvernante est très compétente. Elle te plairait, j'en suis certain.

— Je ne vois pas Urain, sais-tu où il se trouve ?

Malgré un ton neutre, Alasdair sentit le regard insistant de Connor braqué sur lui.

— Comment ça ? Je pensais que tu étais au courant, mon cousin ! Urain n'est plus ici. Il a quitté Dunakin environ six mois après toi et n'est jamais revenu. Il l'a fait sans même nous dire où il allait.

La nouvelle eut sur Alasdair le même effet qu'un coup de massue sur le crâne. Il était sonné.

— Pas même à Gilleonan ? parvint-il à demander.

— Pas à ma connaissance. En tout cas, notre brave Gilleonan n'en a jamais rien dit. De ce que j'ai pu entendre, en laissant mes oreilles traîner, notre ami se serait apparemment exilé en Irlande, où il serait entré au service des MacQuillan. Ne me demande pas comment ni pourquoi, je n'en sais pas plus.

Connor leva les deux mains pour appuyer son propos.

Alasdair sut immédiatement que la rumeur était fausse, car lui-même avait un temps placé son épée sous les ordres du chef de ce clan irlandais, et il n'avait nullement entendu parler d'un quelconque Urain travaillant au château de Dunluce lorsqu'il s'y trouvait.

Décidant qu'il tirerait tout cela au clair plus tard, Alasdair réorienta la conversation sur un sujet que Connor et lui maîtrisaient bien : la guerre. Comme tout le monde, Connor avait entendu les récits, parfois largement extrapolés, de ceux ayant croisé le chemin d'Alasdair durant les quatre années que celui-ci avait passées loin de l'île de Skye.

Le Highlander se chargeait de démêler le vrai du faux pour son cousin quand une jeune femme à la longue chevelure ébène attira son attention. Il avait toujours eu un faible pour les brunes. Il nota que la silhouette de la fille était menue quoique possédant de jolies formes, tout en finesse. Son cœur avait beau n'appartenir qu'à une seule il n'en restait pas moins un homme. Elle devait sans doute l'avoir remarqué elle aussi, compte tenu de la façon dont il s'était introduit dans la salle, le contraire aurait été étonnant. Elle était en pleine conversation avec un homme, qui, d'après sa carrure, devait être un guerrier.

Alasdair se pencha vers son cousin à qui il demanda en désignant l'intéressé d'un geste du menton :

— Qui est-ce ?

— Cet homme ? Ewen MacGrómach. Oui, cet Ewen-là, précisa Connor, en ricanant. C'est fou ce que le travail à la forge peut produire comme miracle ! Le bougre a dû gagner vingt bons centimètres en taille et presque autant de kilos. Il a repris l'affaire de son père, et il paraît que ça lui réussit. Il a son petit succès auprès des femmes, quand je suis absent évidemment.

Alasdair secoua la tête. Certaines choses ne changeaient jamais, à commencer par la vantardise de son cousin. Étrangement, il trouva du réconfort dans ce constat.

Tout en écoutant Connor lui parler de politique, Alasdair continua de lorgner du côté de la fille. Le Highlander n'avait pas encore eu la chance d'apercevoir son visage, lorsqu'il la vit accepter de danser avec un des soldats figurant parmi la troupe de ses admirateurs. Le couple s'élança sur la piste de danse dès que les musiciens enchaînèrent sur un nouvel air festif. Depuis l'estrade, Alasdair entendit le rire rauque de la demoiselle tandis que son partenaire la faisait tournoyer. Ses cheveux lisses et soyeux, ondoyant sous ses mouvements d'une sensuelle fluidité, lui évoquèrent spontanément la robe d'un phoque.

Comme ceux de sa selkie.

Il ressentit un picotement dans la poitrine avant même qu'elle ne tourne la tête dans sa direction. Leurs regards se croisèrent et ce fut comme s'il recevait un coup de poing dans l'estomac. Il en eut littéralement le souffle coupé et se crispa. Sa main agrippa brutalement son gobelet qu'il réussit même à tordre. Connor suivit son regard en portant le sien à sa bouche, puis le reposa lentement avant que ses doigts ne se mettent à pianoter sur la table en bois.

— Elle ne te rappelle pas quelqu'un ? lança-t-il nonchalamment, en haussant un sourcil narquois.

Alasdair se rendit compte, un peu tard, que son attention trop prolongée sur la femme avait éveillé la curiosité légendaire de Connor. Il but le contenu de son gobelet d'une traite afin de se donner une contenance, puis feignit d'en inspecter le fond.

— Non. Qui est-elle ? finit-il par dire, en desserrant à peine les mâchoires.

Connor esquissa un sourire en coin pendant que son index glissait le long de sa lèvre inférieure. Il détaillait la jolie brune avec l'expérience du fin connaisseur. Son attitude eut le don d'irriter Alasdair qui ne pouvait pas lui en faire la remarque. À la place, le Highlander referma les poings sur ses cuisses. Son geste d'humeur fut dissimulé par la table. Ses articulations blanchirent en même temps que ses dents grincèrent lorsqu'un autre soldat offrit son bras à Urain, car bien qu'ayant toujours eu à cœur son bonheur, la découvrir peut-être mariée à un homme du clan, voire déjà mère, lui soulevait les tripes.

À quoi s'était-il attendu en revenant à Dunakin ?

Certainement pas à ce qu'elle soit courtisée par la moitié des hommes MacKinnon !

Alasdair se traita mentalement d'imbécile. Quel idiot il avait été d'espérer qu'elle serait restée là à l'attendre après ce qu'il lui avait fait. Quatre ans, c'était long, et il avait eu tout le loisir de réfléchir à la situation. Il avait eu beau se torturer, aucune solution ne lui avait paru meilleure. Partir avait été la seule envisageable. Maintenant, la question était : Urain pourrait-elle lui pardonner d'avoir fui la mort, le chagrin et la culpabilité ?

Alasdair se blâmait de son attitude. Pendant des mois, il s'était persuadé que ses problèmes avec Urain l'avaient détourné de son devoir ; que toute cette histoire avec elle avait occulté ses responsabilités envers le clan ; que, préoccupé par sa petite personne, il s'était isolé pour tenter de noyer son tourment dans l'alcool et, ce faisant, il n'avait pu parler à Angus une dernière fois avant sa mort. Mais, à présent qu'il était lucide, s'il lui restait une chance, même infime, de sauver ce qui pouvait l'être entre eux, il la saisirait. Le Highlander avait tant de fois frôlé la mort qu'il savait combien la vie était précieuse, et il n'imaginait pas un avenir sans la femme qu'il aimait à ses côtés. De même qu'il s'était fait la promesse qu'aucun de ses proches n'aurait plus jamais à subir son égoïsme. Il avait mûri et beaucoup d'événements lui apparaissaient sous un nouveau jour.

Alasdair ne la quittait pas des yeux. De son côté, Urain ne cessait de l'observer par-dessus sa coupe, le tout en conversant avec Ewen MacGrómach ; un homme dont elle paraissait d'ailleurs assez proche, trop du point de vue d'Alasdair. Toutefois, ce dernier étant nettement moins naïf avec les femmes que par le passé, il avait relevé que la teinte adorablement rosée des joues d'Urain était aussi bien le résultat de la petite danse à laquelle elle s'était adonnée que de son regard qu'elle savait rivé sur elle. Sa charmante selkie avait parfaitement conscience qu'il l'observait, et cela ne la laissait pas indifférente.

— Tu ne veux pas savoir qui elle est ? intervint Connor à qui rien n'échappait, surtout pas le petit jeu entre la dénommée Mhairie et son cousin.

— Parle donc ! Je vois bien que tu en meurs d'envie. Mais attention à toi, Connor, je crois que son époux n'apprécierait pas trop ta manière de la dévisager.

Alasdair repoussa son gobelet avec un agacement à peine dissimulé, tandis que le MacGregor riait à gorge déployée.

— Que t'arrive-t-il ? Qu'ai-je dit de si drôle ? s'agaça-t-il.

— Oh rien… tu n'as rien dit, Alasdair, rétorqua Connor, en essuyant une larme au coin d'une de ses paupières. Mais puisque je suis d'humeur magnanime : elle s'appelle Mhairie et nous a été présentée comme la nièce de Gilleonan.

— Je croyais que Gilleonan n'avait pas d'autre niè… neveu qu'Urain ? répliqua Alasdair, qui avait failli se trahir.

Connor agita la main devant son visage.

— Laisse-moi finir ! Il s'agit d'une parente par alliance. Elle serait apparemment la fille d'une des sœurs de Mórag, ce qui ferait d'elle la cousine de notre cher Urain, d'où la ressemblance. C'est étrange tout de même, je pensais que Mórag n'avait eu qu'une seule sœur, la défunte femme de Gilleonan. Bah ! Je me trompais. Cette chère Mhairie est arrivée ici il y a de cela deux ans. Tu seras ravie d'apprendre qu'elle a rapidement pris ses marques. Elle a obtenu l'accord de ton frère pour s'installer dans la chaumière d'Urain, vide depuis son départ. La pauvre a beaucoup de travail, l'épouse de ton frère se décharge complètement sur elle, surtout depuis que la fille de Padraig est partie. Une tragique histoire encore que celle-là ! Mona a épousé un villageois et elle est morte en couche seulement quelques mois plus tard. Ah ! Mona… Une belle personne, c'est triste.

Alasdair esquissa un rapide signe de croix sur la poitrine pour rendre hommage à la disparue. Après ça, il faillit perdre le fil de la discussion tant Connor se perdait dans des digressions.

— Mhairie a donc repris en main la gestion des domestiques, poursuivit le MacGregor. Et bien que tu n'aies pas directement posé la question : elle est toujours célibataire, enfin, à ma connaissance. Tu sais, aussi étrange que cela puisse paraître, j'ai l'impression qu'elle attendait quelqu'un en particulier et que, ce soir, elle semble l'avoir retrouvé.

Les beaux yeux turquoise de Connor brillaient de malice. Alasdair l'écoutait à moitié. Il était furieux contre Urain, installée une table plus loin, qui avait permis à Ewen de la resservir en vin en s'asseyant juste à côté d'elle.

— Tu parles d'Ewen ? grommela Alasdair, trop aveuglé par la jalousie pour comprendre le véritable sens des propos du MacGregor.

Connor soupira avant de poser une main compatissante sur l'épaule de son cousin.

— Tu es peut-être le meilleur guerrier d'Écosse et du continent, mais tu es un piètre observateur en matière de femmes. Sur ce, je te laisse, car je suis attendu. Bon courage avec Mhairie !

Alasdair était tellement concentré sur Urain qu'il en oublia de saluer Connor.

Pourquoi diable avait-elle choisi de s'appeler Mhairie ? Qu'avait-elle fait durant ces deux années d'absence ? Où était-elle allée et avec qui ? Autant de questions qui le taraudaient tandis qu'il l'admirait danser à nouveau. Elle était sublime. Ses cheveux noirs virevoltaient pendant qu'elle tournait sur elle-même, sa robe, quoique simple, soulignait la finesse de sa taille. Un endroit que les mains d'Ewen se permirent de toucher au grand dam du Highlander.

Les dernières notes de musique moururent, mais pas la fureur d'Alasdair. Les danseurs s'éparpillèrent comme les musiciens réclamaient une pause pour se sustenter. Ewen entraîna Urain à leur table sous les yeux d'un Alasdair bouillonnant de rage. La température de la pièce parut augmenter de plusieurs degrés, lorsque son regard accrocha celui d'Urain. Elle fut la première à le détourner.

Par la suite, il la vit discuter avec d'autres membres du clan, dont il aurait été bien en peine de citer les noms. Elle était un peu raide, ce qui laissait supposer qu'elle savait qu'il l'observait toujours. Puis, après un dernier regard furtif dans sa direction, elle prit la fuite par la grande porte. C'était l'occasion qu'il attendait. Il la suivit. Malheureusement, sa progression vers la sortie fut ralentie par les membres du clan désireux de saluer le frère du laird de retour chez lui.

Au bout d'un temps qui lui parut interminable, Alasdair parvint tant bien que mal à s'extraire de la foule autour de lui pour atteindre la double porte et se mit en quête d'Urain.

Le Highlander ralentit sa course en entendant des voix dans le couloir. Il avait reconnu celle d'Urain, encore plus rauque que dans son souvenir. Elle n'était pas seule. Un homme était avec elle, et les deux conversaient à voix basse. Il se pencha pour les apercevoir depuis le coude que faisait le corridor à cet endroit. Là, il eut la confirmation de ce qu'il avait soupçonné : Urain était en compagnie d'Ewen. Un garçon à qui Alasdair n'avait jamais souhaité de mal, mais à qui il pourrait bien en faire si celui-ci s'obstinait à tourner autour de sa femme !

Depuis sa position, il remarqua qu'Urain secouait la tête à chaque fois qu'Ewen ouvrait la bouche. Il en déduit que le forgeron l'incitait à retourner dans la grande salle et qu'elle déclinait son offre. Alasdair n'avait jamais autant béni l'entêtement de la jeune femme que ce soir-là ! Naturellement, il dut se faire violence afin de ne pas intervenir et provoquer une scène qui n'aurait pas manqué de faire naître des soupçons chez son rival. Son sang-froid, si précieux sur un champ de bataille, ne lui avait jamais été plus utile qu'en cet instant. Enfin, de nouveaux bruits de pas lui indiquèrent qu'Ewen avait capitulé et s'éloignait.

Urain était seule. Et à lui seul...

Alasdair était prêt à la rejoindre, pourtant il ne bougea pas.

Pleurait-elle ?

Il n'en était pas sûr. Mais si ce satané Ewen MacGrómach lui avait fait le moindre mal, il le lui ferait payer avec ses épées !

Rengaine tes lames, bougre d'idiot ! se morigéna-t-il.

Urain avait vécu quatre longues années sans sa protection, aussi n'avait-elle probablement aucune envie qu'il intervienne. Une fois de plus, le goût amer du regret lui emplit la bouche.

Au loin, l'écho de la fête indiquait que les musiciens avaient repris leur poste dans la grande salle. Le bruit de sanglot avait cessé. Alasdair s'autorisa à sortir de l'ombre et, se faisant, manqua de percuter Urain. Le choc se peignit sur le visage de la jeune femme qui bascula vers l'arrière. Il la rattrapa pour lui épargner la chute et se permit même de raffermir sa prise sur la taille fine d'Urain pour mieux la stabiliser. Les joues de cette dernière s'empourprèrent. Néanmoins, il n'était pas certain de savoir si elle était aussi rouge qu'une pivoine parce qu'il la troublait toujours autant qu'avant, ou bien parce qu'elle était très en colère contre lui. Une petite voix intérieure lui suggéra la méfiance en avisant l'éclat furibond dans les yeux couleur onyx d'Urain. Il ne la lâcha pas pour autant. Après tout, il n'y avait rien de mal à ce qu'il se délecte de la sentir ainsi pressée contre lui et elle n'était pas prisonnière.

Tout au long de la soirée, il l'avait fixée avec convoitise et, maintenant, elle avait sa poitrine plaquée contre son torse ferme, une de ses mains délicates était posée sur son épaule et l'autre à l'endroit où palpitait son cœur. Si Alasdair avait été barde, il y aurait eu matière à composer une envolée lyrique. Malheureusement pour lui, il maniait bien mieux l'épée que les mots, surtout les mots d'amour. Mais cela pouvait changer, car il était en présence de la seule personne qui vaille la peine qu'il se donne du mal.

— Je te remercie pour ton aide. Tu peux me lâcher maintenant, annonça-t-elle d'une voix ferme.

Certes, il le pouvait, mais il n'en avait nullement le désir. Urain se libéra elle-même. Il ne la retint pas.

— Que te voulait Ewen ? demanda-t-il, à bout de patience.

Urain prit un air outré et redressa fièrement le menton.

— Bonsoir, Alasdair. Tu as fini par retrouver le chemin de ta maison. C'est bien.

Le guerrier glissa une main nerveuse dans ses cheveux.

Par tous les saints !

Que lui prenait-il de se conduire comme un amant jaloux et possessif ?

— Pardonne-moi, je... bonsoir, Urain.

— Ne m'ap... c'est Mhairie, mon nom est Mhairie désormais, chuchota-t-elle en vérifiant les alentours, afin de s'assurer de l'absence d'oreilles indiscrètes.

Le regard d'Alasdair se fit plus dur.

— Tu sais très bien que pour moi tu seras toujours Urain. Cette Mhairie n'existe que pour les autres, ceux qui ignorent qui tu es vraiment.

— Tu ne me verras donc jamais différemment... fit-elle, en accompagnant sa remarque d'un ricanement. Bienvenue chez toi, Alasdair. Tu n'es peut-être qu'un imbécile, mais je suis heureuse de te revoir sain et sauf. Maintenant, si tu veux bien m'excuser...

Sur ces paroles pleines de rancœur, elle le contourna afin de reprendre sa route. Il grimaça. Venait-elle réellement de le congédier comme un simple domestique ? Manifestement oui. Il fallait croire que son charme n'opérait plus aussi efficacement.

Quoi qu'il en soit, que Dieu lui vienne en aide ! Car à peine de retour, il s'y prenait comme un manche avec elle et, à ce rythme, il n'était pas près de la tenir à nouveau dans ses bras.

15

Urain remercia le père Brendan pour son discours durant la messe du jour, qu'elle avait trouvé très juste, même si elle n'avait été attentive que la moitié du temps. Elle en profita pour lui remettre la tarte aux pommes que la cuisinière de Neil avait spécialement confectionnée pour lui.

— Vous êtes trop généreuse. Que Dieu vous garde, mon enfant.

— Mme Cairn savait que cela vous ferait plaisir.

— Dites-lui que je la remercierai en personne la prochaine fois que je me rendrai à Dunakin.

— Je n'y manquerai pas. Bon dimanche, mon père.

Elle sortit de l'église.

À l'extérieur, le vent avait chassé les nuages, et un éblouissant soleil d'hiver avait succédé au mauvais temps. Les hommes récupéraient leurs armes collectées à l'entrée de la maison de Dieu sur ordre du père Brendan, qui ne tolérait pas d'accès de violence au sein de l'édifice. Ceux ne souhaitant pas se plier à cette exigence étaient priés de demeurer à l'extérieur, protestation ou non. Le père Brendan n'était pas du genre à se laisser intimider par les menaces et les œillades assassines. Urain l'avait toujours apprécié. Il officiait déjà du temps de l'ancien laird.

Elle repéra Ewen, non loin. Il était posté à côté de son cheval dont il tenait les rênes. Pendant la messe, il s'était installé à côté d'elle. Dès qu'il en avait l'occasion, il venait à Dunakin pour la voir. Au début, il se présentait en prétextant la livraison d'une commande ou bien parce qu'il était porteur d'un message de son père. Puis, quand il avait repris l'affaire familiale, il était devenu plus hardi. À présent qu'il était en mesure de prendre femme et d'entretenir une famille, il n'hésitait plus à montrer ouvertement ses véritables intentions envers elle.

Ou plutôt envers Mhairie.

Urain n'était pas dupe. Elle avait conscience qu'une relation avec Ewen reposerait sur un mensonge, et elle était la mieux placée pour savoir que jamais rien de bon ne sortait d'une telle situation. Bien sûr, elle avait la possibilité de tout avouer à Ewen en partant du principe que ses sentiments pour elle étaient assez sincères pour qu'il l'accepte telle qu'elle était : une femme qui avait été élevée comme un garçon, ne rechignait pas à se battre pour se défendre et protégeait l'indépendance que son ancien statut lui avait conférée. Urain était une femme libre, jamais elle n'accepterait de se soumettre complètement à un mari. Elle aimait trop sa liberté pour cela. Le seul pour lequel elle aurait été prête à tous les sacrifices était aussi celui qui l'avait le plus fait souffrir. Aussi, n'avait-elle pas envie de retenter l'expérience.

En parlant de lui, elle ne pouvait en être certaine, mais elle aurait parié un shilling sur le fait qu'il continuait à l'observer. Le plus souvent, elle l'évitait afin de ne pas avoir à lire la désapprobation sur son visage. Un visage qui l'avait hanté pendant quatre longues années : une torture !

Alasdair l'avait quittée sans un mot, sans un regard en arrière. À peine avait-il enterré son père qu'il avait pris la mer avec Duncan. Ensuite, il ne lui était plus resté que ses yeux pour pleurer.

Et elle l'avait pleuré !

Nuit après nuit dans la solitude de sa chaumière. Un jour, elle avait tout simplement compris qu'il ne reviendrait peut-être pas et elle était partie également.

À son retour à Dunakin, elle avait vainement espéré qu'il serait là. La déception avait été vive. Puis, le quotidien au sein d'un grand château l'avait rattrapée pour suivre son cours. Elle s'était adaptée à sa nouvelle identité et avait fait plus ample connaissance avec Ewen.

— Je te raccompagne au château ? lui lança le forgeron.

À vrai dire, il s'agissait plus d'une affirmation que d'une question. Depuis un mois, tous les deux avaient pris l'habitude d'effectuer une balade avant qu'elle ne regagne Dunakin pour accomplir ses tâches.

Ewen l'aida à monter à dos de cheval. Ils s'éloignèrent de l'église au petit trot. Urain avait le visage tourné vers la mer. Elle contemplait le jeu de lumière à la surface de l'eau, qui la faisait scintiller tel un diamant poli. De l'autre côté, la lande encore en sommeil se couvrirait d'ici quelques semaines de bruyère parfumée. La jeune femme adorait le printemps, c'étaient, avec l'automne, ses saisons préférées pour les couleurs qu'elles apportaient à la nature autour du château. Son île lui avait manqué pendant sa période d'itinérance. Certes, l'expérience lui avait beaucoup appris, notamment sur elle-même et sa résilience. Cependant, elle lui avait également démontré à quel point elle était attachée à son foyer et aux personnes avec qui elle avait grandi. Si, en tant que Mhairie, elle n'avait pu renouer comme avant avec Connor et Magnus, elle s'était fait une amie de la femme du second. Beitris et elle partageaient une passion commune : le tir à l'arc. Un passe-temps peu habituel chez les femmes, il est vrai. Mais à la différence d'Urain, Beitris ignorait comment manier correctement cette arme. Alors, sans le dire à Magnus qui s'y serait de toute façon opposé, Urain avait enseigné à sa nouvelle amie son art. L'élève s'était avérée consciencieuse et ses progrès n'en avaient été que plus spectaculaires. Sans jamais égaler son professeur, Beitris avait de quoi être fière de ce qu'elle avait accompli. De plus, la concentration et le calme requis pour la pratique de cette activité avaient permis à la femme de Magnus de mieux maîtriser ses émotions car, au grand désespoir des jeunes mariés, l'héritier tant désiré se faisait attendre. Urain priait chaque dimanche pour que leur union soit rapidement bénie par la naissance d'un enfant. Il y a longtemps, elle-même aurait tout donné afin de porter l'enfant d'Alasdair. Leur enfant.

À son âge, Urain aurait déjà dû être mariée et mère. Étant orpheline, elle n'avait fort heureusement personne pour la contraindre à remédier à cet état de fait ; pas même Gilleonan qui n'avait jamais repris d'épouse après deux veuvages. Seulement, Urain ressentait chaque nuit un peu plus le poids de la solitude. Sans vraiment se l'avouer, elle aurait aimé se blottir dans des bras accueillants le soir, au moment du coucher. Lorsqu'elle passait la main sur son ventre plat, elle s'imaginait parfois qu'un petit être grandissait en son sein. Un petit être à la chevelure d'or que son époux et elle auraient conçu dans l'amour. Mais quand le visage de l'homme s'avançait vers la lumière, ce n'était pas Ewen ni aucun autre qui la contemplait amoureusement, mais Alasdair...

— Quelque chose ne va pas ? Tu n'es pas très bavarde aujourd'hui, constata le forgeron.

Urain porta la main à son cœur. Elle était un peu confuse et ses joues rosirent de gêne en songeant qu'elle était avec un homme tout en pensant à un autre.

— Je suis désolée. J'ai la tête ailleurs en ce moment.

— J'avais remarqué, fit-il en lui souriant adorablement. Un problème ?

— Non, pas du tout. Il s'est arrêté de pleuvoir, la journée est belle. Tout est pour le mieux ! répliqua-t-elle avec un entrain surjoué. Merci de m'avoir proposé cette promenade.

Cette fois, elle était sincère.

— Je t'en prie. C'est toujours un plaisir d'être en ta compagnie. Si cela ne tenait qu'à moi, nous nous verrions tous les jours.

Le regard que lui coula alors Ewen, en plus de sa déclaration, la fit paniquer. Pour n'importe qui, il était manifeste que le forgeron ne tarderait pas à lui faire sa demande.

Quelle serait sa réponse maintenant qu'Alasdair était de retour ?

Avec ou sans lui, Urain connaissait déjà la fin de cette histoire. Elle ne pourrait jamais s'unir à un autre que celui qu'elle aimait depuis le berceau. Elle appartenait corps et âme à Alasdair, que cela lui plaise ou non et, pour l'heure, cela ne lui plaisait pas du tout ! Cette vérité lui était apparue le soir de Hogmanay. Elle en avait pleuré de frustration. Un tel amour était à la fois une bénédiction et une malédiction. Une bénédiction lorsque les sentiments étaient partagés, et une malédiction dans son cas.

Parvenue à destination, Ewen voulut la retenir, mais elle s'empressa de remettre les rênes de sa monture à un palefrenier avant de prendre congé, en se retranchant lâchement derrière son travail. Urain n'était pas fière, d'autant que les attentions d'Ewen agissaient comme un baume cicatrisant sur les plaies qu'avait engendrées sa relation tumultueuse avec Alasdair.

Elle se dit qu'elle devrait ajouter « orgueilleuse » à sa liste de défauts...

Plus tard, elle croisa la route de Connor et de sa cohorte d'admiratrices. Le guerrier était apparemment venu au secours du père de l'une des servantes, qui en avait appelé au soutien du laird afin de réparer le moulin bloqué. Neil avait chargé le MacGregor de l'aider, lequel était traité en héros depuis son retour.

Urain leva les yeux au ciel en retenant un soupir exaspéré. Sa réserve ne lui épargna pas d'être remarquée par un Connor aux aguets.

— Ah ! Mhairie, où cours-tu ainsi ? fit-il en délaissant son public.

Urain accéléra le pas.

— J'apporte un plein panier aux lavandières, pourquoi ?

— Attends. Donne-le-moi. C'est presque criminel de faire autant travailler une si jolie fille.

— Hum... parce que si j'étais laide, ça le serait moins ?

Connor esquissa un sourire à en faire tomber plus d'une en pâmoison.

— En aucun cas, je te complimentais. Mais je vois que tu n'y es pas sensible.

Ils marchèrent jusqu'au petit cabanon où Urain abandonnait généralement les linges à nettoyer aux blanchisseuses. Les pauvres ne manquaient pas d'occupation dans une grande demeure telle que Dunakin.

Connor appuya son épaule contre un mur en la détaillant de la tête aux pieds. Elle se retint de se dandiner d'un pied sur l'autre.

— Dis-moi, chère Mhairie (pourquoi insistait-il autant sur les syllabes de son prénom d'emprunt ?). MacGrómach est souvent en ta compagnie. Auriez-vous déjà pris un engagement tous les deux ?

Ses mains tremblèrent à l'idée d'aborder un sujet pareil avec Connor.

— Je... Ewen est un très gentil garçon, mais ce qu'il y a ou pas entre nous ne regarde personne.

Le MacGregor ricana sans se départir de son charme insolent.

— Bien sûr, bien sûr... mais, vois-tu, j'ai un ami qui... disons que tu ne lui es pas indifférente, et je crois que la présence insistante de ce brave Ewen aura bientôt raison de ses nerfs. Sans parler qu'elle l'empêche de t'approcher comme il le voudrait.

— Me... m'approcher ? glapit-elle alors que Connor avait réduit la distance entre eux, la surplombant bientôt de toute sa hauteur.

— Oui, tu m'as bien entendue. Alasdair est quelqu'un de patient mais, comme chacun, il a ses limites et puis, ce n'est qu'un homme. Certains comme lui, mais je suis très différent de mon cousin, ont tendance à agir comme des idiots quand la femme qu'ils aiment s'amuse à permettre à un autre de les courtiser.

Elle recula, se retrouvant bien vite acculée comme une biche aux abois contre le mur opposé de la cabane. Le bruit de l'eau qui s'écoulait doucement plus loin ne suffit pas à recouvrir sa respiration saccadée.

— La femme qu'il... ? Qu'entends-tu par-là ?

Il soupira.

— Tu sais très bien ce que je veux dire, Urain.

Les yeux de la jeune femme s'écarquillèrent considérablement. Connor venait-il de l'appeler par son véritable prénom ?

Non, c'est impossible !

— Comment ?

— Ah, c'est la question à dix shillings ! ricana-t-il, mais elle pouvait déceler une pointe de colère dans la voix du MacGregor.

— Connor, je...

— Très bien. C'est le moment où tu m'assures être désolée. Je vais t'épargner cette étape et sauter directement à la suivante, celle où Alasdair et toi arrêtez de vous comporter comme de parfaits idiots !

— Ne te mêle pas de ça.

— Trop tard.

— Alasdair le sait-il ?

— Que je suis au courant pour ton vilain secret ? Non, pas encore.

— Je suppose que tu désapprouves ?

— La duplicité ? Assurément ! Mais, je crois avoir deviné la raison de ton travestissement. Ta mère, c'est ça ? dit-il avec une étonnante douceur.

Urain hocha la tête avant de la baisser, honteuse.

— Écoute, je ne prétends pas tout savoir, mais as-tu essayé au moins une fois de te mettre à la place de mon cousin ? Découvrir que son meilleur ami est une femme ébranlerait n'importe lequel d'entre nous. Moi-même, j'ai eu plusieurs années et autant de doutes pour m'en rendre compte, et ça n'a pas été simple à accepter. J'imagine que pour lui ça a été très compliqué ?

Elle le lui confirma en acquiesçant.

— Mmm... pas étonnant. Il était le plus proche de toi.

— C'était l'été de nos seize ans, le coupa-t-elle. Il m'a surprise alors que je me baignais sur une plage à l'abri, seulement accessible par la grotte aux fées. Mais j'ai su qu'il connaissait mon secret quand il m'a soignée lors de ma fièvre, après la mort de ma mère.

Connor émit un long sifflement significatif.

— Cela explique beaucoup de choses, en effet. Grand Dieu, quelle histoire ! s'exclama-t-il en se massant le front. Urain, il serait peut-être temps que tu cesses d'être aussi dure avec lui. Alasdair ne le mérite pas et je ne dis pas cela simplement pour le défendre.

Les mots du MacGregor la mirent hors d'elle. Comment osait-il lui reprocher son comportement avec Alasdair quand elle repensait à la façon dont il l'avait repoussée des années plus tôt ?

— Tu ne sais pas de quoi tu parles, Connor ! Je t'en prie, reste en dehors de ça, s'écria-t-elle en le contournant pour partir.

Elle hâta le pas afin de regagner le château, mais Connor n'eut aucun mal à la rattraper. Ils effectuèrent le reste du trajet dans un silence plus ou moins hostile, surtout du côté du MacGregor pourtant peu enclin à manifester ce genre d'émotions. Puis, contre toute attente, il la saisit par le bras avant de l'attirer à lui et de l'embrasser.

En réalité, il s'agissait plus d'un bisou inoffensif, car Connor s'était contenté d'effleurer ses lèvres, mais vu de loin, leurs silhouettes enlacées renvoyaient l'image de deux amants s'étreignant avec passion.

Le MacGregor veilla à ce que son petit manège ne passe pas inaperçu auprès d'Alasdair avant de relâcher une Urain totalement désorientée.

Furieuse, elle leva la main pour le gifler mais, grâce à ses excellents réflexes, il retint son bras avant que ses doigts n'atteignent son visage. Il réussit même à inverser la situation en feignant une caresse sur sa joue. Urain enrageait.

— Tiens-toi tranquille et fais ce que je te dis, d'accord ?

Comme elle ne réagissait pas, il ajouta sur le même ton :

— Tu l'aimes, n'est-ce pas ? C'est lui et non Ewen, tout gentil garçon qu'il soit, que tu veux. Oui ou non ? insista-t-il.

Elle hocha la tête.

— Alors, laisse-moi faire. Je ne cherche qu'à vous aider. Alasdair et toi êtes deux imbéciles trop têtus pour leur bien, mais vous êtes mes amis.

— Je dirai aux autres de te rebaptiser saint Connor, plaisanta-t-elle avant de redevenir sérieuse. Ça ne marchera pas,

Connor. J'ai déjà tout essayé avec lui. Alasdair ne me verra jamais autrement que comme son frère de lait.

Un lent sourire canaille incurva les lèvres du MacGregor.

— Oh ! je t'assure qu'il ne te voit plus du tout ainsi. Le problème est que mon cousin est… bah ! Tu le connais aussi bien que moi. C'est pourquoi nous allons l'encourager.

— À quoi ? demanda-t-elle, sceptique.

— À prendre ce qu'il désire.

Connor se pencha lentement sur elle et lui chuchota de rire en basculant la tête en arrière, comme s'il venait de lui raconter une histoire très drôle. Son comportement n'étonnerait personne, les femmes étaient toujours conquises par son humour. Puis, ils s'appliquèrent ensuite à titiller la jalousie d'Alasdair, déjà éprouvée par les attentions d'Ewen à l'égard d'Urain, et que la moitié des occupants de Dunakin avait déjà remarquées.

— Il est parti, annonça enfin le guerrier.

Urain lâcha un soupir de soulagement. Cette comédie l'avait épuisée moralement. En outre, elle n'était pas aussi catégorique que Connor à propos d'Alasdair. Voilà longtemps qu'elle avait renoncé à le convaincre d'admettre ses sentiments pour elle. Toutefois, son ami avait eu l'air si sûr de lui qu'elle était entrée dans son jeu.

— Et maintenant ? fit-elle en lissant sa jupe.

— Laissons-le venir à toi.

Urain abandonna Connor dans la cour pour se rendre dans la réserve. Perdue dans ses pensées, elle ne regardait pas vraiment où elle avançait, mais il n'y avait jamais grand monde dans les couloirs de cette partie du château. Aussi fut-elle surprise de percuter une masse solide. Elle étouffa un cri de douleur au moment où son coude heurta la pierre.

— C'est imprudent d'avancer sans regarder, la tança l'homme.

Urain se pétrifia. Gordan, le favori de Finnon, celui à qui elle devait la cicatrice à son bras, était de retour. Elle le croyait en Écosse pour les besoins du chef ou en enfer, là où était sa vraie place. Il en était manifestement revenu puisqu'il se tenait devant elle. Son sourire carnassier, alors qu'il la reluquait de bas en haut, lui donna la chair de poule. Elle prit soudain conscience de la configuration des lieux : un passage exigu, une luminosité réduite, une seule issue actuellement barrée par la grande carcasse de cet immonde salaud. Non, la balance ne penchait pas en sa faveur. Urain songea qu'elle allait devoir la jouer finement pour se sortir des griffes de Gordan, un individu connu pour sa brutalité envers les femmes qu'il traitait comme quantité négligeable. Elle avait beau se plaindre de sa condition, elle s'estimait heureuse de ne pas être l'épouse de ce sale type.

— Vous avez raison. Je serai plus prudente à l'avenir, dit-elle en essayant de se faufiler vers la sortie.

Gordan exécuta un pas de côté pour l'en empêcher.

— Pas si vite, ma belle, roucoula-t-il. Je t'ai remarquée lors du banquet de Hogmanay.

Et ?

Elle retint cette répartie. En revanche, elle ne se priva pas de lui demander de se pousser.

— Pourquoi ? Nous sommes bien là, non ?

— J'ai du travail.

— Cela peut attendre. Mhairie, c'est ça ? Sais-tu que j'étais un ami de ton cousin ?

— U... Urain ?

— Oui.

L'infâme menteur !

— Tu es un joli brin de fille, ajouta-t-il. On a sûrement déjà dû te le dire.

Urain ferma les paupières de dégoût quand il effleura sa joue de l'index avant de saisir une de ses mèches de cheveux entre ses doigts sales.

— S'il vous plaît. Je dois vraiment partir, le dîner ne se fera pas tout seul. La cuisinière est...

— Qu'ils se débrouillent sans toi ! Et puis, ce que je compte te faire ne prendra pas tout ce temps.

Le cœur d'Urain tressauta. Elle crut, non, espéra avoir mal compris.

— Ce que vous comptez me faire ?

Il ricana en la forçant à plaquer son dos contre le mur.

— Je t'ai vue avec cet arrogant MacGregor. Cet idiot se croit tout permis, tout ça parce qu'il est le neveu d'Angus. Mais l'ancien chef est mort et le prochain ne l'apprécie pas du tout. Tu serais bien traitée, ma belle, si tu étais à moi.

— Merci, mais je ne suis pas intéressée, répliqua-t-elle en se libérant d'un brusque mouvement d'épaules.

Il la retint en enserrant son poignet. Malgré sa fureur, Urain ne put lutter contre la force du soldat.

— Tu faisais moins la farouche avec l'autre fanfaron !

— Connor est un homme de principe. Ce qui n'est pas votre cas, Gordan ! s'emporta-t-elle. Quand une femme lui dit non, c'est non et pas l'inverse.

Gordan éclata de rire puis, sans crier gare, fondit sur elle. Par réflexe, elle envoya un coup de genou dans son entrejambe qu'il contra facilement. La colère du malotru décupla. Il l'attrapa par les cheveux, faisant craquer ses cervicales, afin de s'offrir un plein accès à son cou qu'il lécha avec perversité. Urain se débattit avec hargne tout en ayant conscience que cela n'arrêterait pas son agresseur. Que pouvait-elle faire d'autre contre un individu deux fois plus fort qu'elle ? D'autant plus qu'elle n'avait ni son arc ou ses poignards pour riposter correctement.

— Allons, laisse-toi faire ! lui intima Gordan.

Il se pencha pour l'embrasser sur la bouche. Elle gesticula de plus belle en fermant les paupières. Il allait réussir, elle se sentait faiblir. Mais les lèvres du soldat ne touchèrent jamais les siennes. À la place, elle entendit le bruit d'une masse que l'on projette contre une surface dure. En ouvrant les yeux, elle vit le dos de Gordan heurter durement le mur contre lequel il l'avait acculée quelques minutes plus tôt.

— Je crois que la dame a été on ne peut plus claire. Tes attentions ne sont pas désirées, Gordan. Va-t'en ou je jure qu'il t'en cuira !

La flamboyante colère d'Alasdair irradiait dans le corridor sombre. Urain ne voyait plus que lui. Gordan n'existait plus et la menace qu'il représentait avait disparu en même temps que l'arrogance du soldat.

— Ne te mêle pas de ça, Alasdair ! persifla l'homme.

— Le viol n'est pas toléré, ici. Ne me force pas à te traîner devant le chef pour répondre de tes actes.

— Je ne l'ai même pas touchée !

— Et tu ne la toucheras plus jamais ! le menaça Alasdair, en l'attrapant par le collet pour le remettre sur ses jambes.

Gordan tourna la tête et cracha du sang dans la direction d'Urain. La giclée atterrit à ses pieds. Elle n'en eut cure tellement le spectacle d'Alasdair humiliant une nouvelle fois le soldat la captivait.

Sans rien ajouter, le Highlander fit signe à son assaillant de déguerpir. Gordan leur jeta à tous les deux un regard venimeux avant de reculer pour emprunter l'escalier.

Il ne resta plus qu'eux. Alasdair et elle...

— J'étais venu vérifier notre stock de chandelles quand j'ai croisé la route de Gordan, lui expliqua-t-elle.

— Je sais.

— Tu savais ?

Il acquiesça, les mâchoires contractées et sans poser les yeux sur elle.

— Comment ?

— Je t'ai suivie.

— Tu... pourquoi ?

Alasdair était agité, nerveux. Il pivota légèrement, offrant à Urain une vue sur son profil qu'elle aimait tant admirer et qui lui avait tant manqué. Elle le dépassa, le cœur battant à tout rompre. Ils remontèrent ensemble au rez-de-chaussée. Il la raccompagna jusqu'aux cuisines.

— Sois plus prudente la prochaine fois. Gordan n'est pas la seule brute à se balader dans les couloirs du château.

Puis il partit, pendant qu'elle restait plantée sur le seuil à attendre que sa silhouette disparaisse dans l'ombre.

16

Alasdair regardait Urain, debout sur la plage, quelques mèches de ses cheveux noirs virevoltaient au gré du vent. Elle avait le corps tourné vers l'horizon.

Depuis l'agression de Gordan, il ne la quittait plus. Telle une sentinelle invisible, il s'assurait de sa sécurité. La voir vivre, rire, échanger quelques paroles ou des sourires avec les autres habitants du château (tous sauf lui) lui causait un terrible pincement au cœur. C'était comme s'il n'était plus que spectateur de sa vie, alors qu'il y avait autrefois joué un rôle central. Il l'avait perdue et l'accepter était un martyre. Cependant, rien ni personne n'aurait pu l'empêcher de veiller sur elle, il le lui avait promis de nombreuses années plus tôt. À cette époque, il l'aidait à surmonter sa peur des orages, aujourd'hui il aurait été prêt à terrasser le dieu du tonnerre en personne pour elle.

— Alors, tu vas enfin te décider à aller lui parler ?

Connor s'immobilisa à côté de lui. Alasdair ne l'avait même pas entendu approcher. Il allait saluer son cousin quand il se rappela qu'il avait encore un compte à régler avec lui.

— Toi, je t'interdis de m'adresser la parole !

Le MacGregor leva les mains pour manifester l'incompréhension que ses yeux rieurs démentaient.

— Tu ne le vois peut-être pas, cousin, mais j'essaie de t'aider avec elle.

— En l'embrassant à pleine bouche ? J'ai vu ça, oui, s'emporta Alasdair.

— Mais, non ! Tu n'as absolument rien compris. Tout cela fait partie de mon plan.

— Un plan ? Et quel est-il ?

— T'aider à conquérir la femme que tu convoites.

— Je ne convoite personne, Connor, s'agaça Alasdair.

— Ce n'est pas l'impression que ça donne, s'esclaffa le MacGregor. Et puis, n'en as-tu pas marre ? Cet ange de patience t'attend depuis tellement d'années que c'est un miracle qu'elle soit encore ici aujourd'hui.

Alasdair tiqua. Une alerte tinta à l'intérieur de sa tête.

— Qu'as-tu dit ? Des années ? Voyons, c'est ridicule, je la connais à peine !

Connor lui lança un regard courroucé.

— Me prenez-vous pour un idiot tous les deux ? Vous pensiez sincèrement que je n'aurais rien remarqué alors que je suis le plus intelligent de la bande ?

Alasdair se tourna vers son cousin qu'il fixait avec une bonne dose d'incrédulité.

— Comment ? Quand ?

— Comment ? Par moi-même. Quand ? Là est la vraie question. En fait, j'ai commencé à avoir des doutes cette fois où tu nous as rejoints dans la forêt et qu'Urain t'a demandé de lui montrer les positions au tir à l'arc. Elle avait toujours été une excellente archère. Son comportement de débutante n'était pas en accord avec ses compétences. J'ai compris qu'elle avait fait ça pour te forcer à te rapprocher d'elle.

Le MacGregor esquissa un sourire coquin, souvent synonyme de plaisanteries grivoises.

— J'admets que notre Urain est une petite maligne. À l'époque, je ne te cache pas que j'ai sincèrement cru que mon cousin et l'un de mes meilleurs amis entretenaient une relation… comment dire… réprouvée par l'Église. Mais que veux-tu ! Je ne suis pas bigot et surtout, je m'interdisais de vous juger, ne sachant pas exactement ce qu'il y avait entre vous. Et puis, ton père est mort, tu as fui Dunakin, et elle est partie. Mais ce n'est qu'à son retour que j'ai découvert la vérité. À l'instant où Mhairie est apparue, j'ai su qu'Urain et elle ne formaient qu'une seule et même personne. Bien sûr, j'aurais pu croire, comme tout le monde, le récit officiel. Mais, certains détails ne trompent pas pour qui se donne la peine de bien observer.

— Elle le sait ? s'enquit Alasdair, les sourcils froncés.

— Depuis peu. J'aime bien avoir un coup d'avance sur les autres, se vanta Connor. Elle t'aime, cousin. Elle t'a toujours aimé. Et toi aussi tu l'aimes, sinon tu ne serais jamais revenu. Ton frère n'a pas réellement besoin de toi. Qu'est-ce qu'une trentaine de guerriers, aussi doués soient-ils, dans le conflit qui nous attend si nous nous dressons contre les forces des MacDonald ? Tu le sais aussi bien que moi. C'est pour elle que tu es là. Alors, il serait peut-être temps que tu arrêtes de te punir pour ce que tu estimes être ta faute. Ne pas avoir été auprès de ton père la nuit de sa mort ne fait pas de toi son bourreau. Ta présence n'y aurait rien changé. Ce sont toutes ces querelles de clans qui ont usé son cœur, pas toi.

Les mots de Connor étaient exactement ce qu'Alasdair avait toujours eu besoin d'entendre, sans que personne n'ait jamais osé les prononcer.

— Je mérite peut-être mon sort.

— Tu mérites surtout que l'on te botte les fesses ! Vis ta vie, mon cousin. Fais-le sans te soucier du regard des autres. Ce qu'il y a entre elle et toi est précieux, ne gâche pas tout en ressassant les drames de ton existence. Il y en aura bien assez d'autres. En tant que soldat, nous ignorons si nous vivrons assez longtemps pour construire un lendemain. Rester prisonnier du passé n'est pas une solution. Tu sais, pendant longtemps, j'ai permis à ma relation avec mon père d'empoisonner mon esprit. Mais, aujourd'hui, je me sens libre d'être qui je suis. Je ne serai jamais ce que mon père attend de moi, ni la marionnette d'un parent cupide. Un jour, mon frère aîné aura à se battre pour reprendre la tête du clan à mon oncle et rendre sa grandeur aux MacGregor. Je l'y aiderai. Alors, je considérerai ma dette payée. J'aurai accompli mon devoir de fils et pourrai mourir en paix, l'arme au poing.

Ce disant, Connor avait agrippé l'avant-bras d'Alasdair qu'il serra. Le MacKinnon l'imita en hochant la tête, afin de l'assurer de son soutien dans cette bataille future. Enfin, leurs regards se déportèrent sur la plage, ou plutôt sur la silhouette féminine face aux flots.

Connor assena une tape dans le dos de son cousin pour l'encourager une dernière fois. Il n'était plus question de tergiverser. Urain avait déjà été assez patiente.

Elle était bouleversée, mais également heureuse.

L'apparition d'Alasdair n'avait pas manqué de provoquer un maelström d'émotions en elle. N'avait-elle pas attendu son retour comme les Hébreux avaient espéré l'arrivée du messie ?

Des années durant, elle avait vainement imaginé, à chacun de ses réveils, qu'il se présenterait sur le pas de sa porte pour lui exprimer ses regrets ; or, s'il en avait été ainsi, elle n'aurait pas vécu toutes ces expériences qui avaient, *in fine*, fait d'elle ce qu'elle était aujourd'hui.

Urain sentit une présence dans son dos. Elle n'eut pas besoin de jeter un regard par-dessus son épaule pour vérifier l'identité du nouveau venu, à qui elle ne voulait pas faciliter la tâche. Cela étant, en dépit de tout ce qu'elle avait à lui reprocher, elle n'oubliait pas ses propres torts. Et plus important : elle aimait toujours Alasdair, de tout son être, de toute son âme. Elle avait pourtant essayé de l'extraire de son cœur, mais cela revenait à rejeter une partie d'elle-même. Ils avaient tout partagé, le bon comme le mauvais, depuis leur plus tendre enfance. Elle ne se souvenait d'ailleurs pas d'un temps sans lui à ses côtés pour couvrir ses arrières.

Néanmoins aimer ne signifiait pas succomber, et Urain ne lui laisserait plus le loisir de la briser à nouveau. Il avait déjà été assez ardu de ramasser ses sentiments pour les jeter dans la fosse du dédain, la première fois. Recommencer la tuerait de désespoir. À présent, la seule différence notable était qu'elle ne fuirait plus. Dunakin était son foyer, même si certains soirs, comme celui-ci, elle aurait volontiers sauté à bord d'un *birlinn* en route pour le bout du monde. Tout plutôt que de se retourner pour faire face à l'homme qui hantait chacun de ses rêves ; des rêves dont elle n'aurait osé confier la teneur à personne. Parfois, elle s'éveillait pantelante avec cette sensation désagréable de vide dans son bas-ventre. Il lui arrivait aussi de rougir durant la journée quand un éclair de ce qu'elle avait vécu en songe se matérialisait derrière ses paupières closes.

L'image d'Alasdair ne l'avait jamais quittée, pas plus que la mémoire de ses mains sur elle. Et c'était bien là le problème. Au fond d'elle, Urain se refusait à l'oublier. Passer à autre chose, permettre à un autre homme de la courtiser équivalait à faire une croix sur le guerrier qui avait ravi son cœur alors qu'ils n'étaient que des enfants.

Le guerrier en question vint se placer à sa hauteur. Elle ramena correctement son épais châle en laine grise sur ses épaules sans lui prêter attention.

— Tu as toujours apprécié cette vue depuis le château. Je me rappelle quand nous étions gamins et que nous te cherchions pour jouer, j'étais sûr de te trouver ici.

— Pourquoi es-tu revenu après tout ce temps, Alasdair ? l'interrogea-t-elle, à brûle-pourpoint.

Elle ne désirait pas évoquer le passé avec lui, cela la ferait flancher à coup sûr.

— Neil m'a envoyé une lettre où il me demandait de rentrer. La situation politique dans les Hébrides l'inquiète au plus haut point.

Tout dans l'attitude d'Urain à cet instant aurait dû lui crier que ce n'était pas la réponse qu'elle souhaitait entendre de sa part. Son irritation grimpa en flèche, et elle pivota entièrement vers lui, le regard chargé de colère et brillant de rancœur.

— Bien ! Parfait ! Tu devrais retourner au château et en discuter avec lui dans ce cas, au lieu de perdre ton temps avec moi. Adieu !

Sans plus attendre, elle remonta le chemin pentu menant à sa chaumière. Alasdair était sur ses talons. Elle entendit son soupir agacé et se retint de faire volte-face afin de lui envoyer un coup de genou dans le tibia.

Non mais quel culot il avait de venir la trouver pour lui parler des soucis de son frère !

Elle pénétra à l'intérieur de la petite habitation en se jurant de ne plus pleurer à cause d'un homme qui n'en valait pas la peine. Alasdair bloqua la fermeture de la porte avec sa main.

— Attends, je... (il inspira profondément avant de river un regard brûlant de sincérité sur elle). Tu as toutes les raisons de m'en vouloir, Urain. J'aimerais simplement pouvoir te dire ceci : je suis désolé pour tout le mal que j'ai pu te faire en te repoussant pour de mauvaises raisons, ainsi que pour mon départ précipité. J'ai été bête, inconséquent et égoïste. Je n'ai aucune excuse si ce n'est que je me débattais contre ce que je ressentais pour toi à l'époque. Je sais que je ne peux revenir sur ce qui a été fait, mais je peux te faire la promesse d'être là pour toi à partir d'aujourd'hui, même si je dois l'être de loin. Je suis parfaitement conscient que quatre ans c'est long, et je ne te demande rien. Sache juste qu'il n'y a pas un seul instant en quatre années où je n'ai pas pensé à toi, où ton visage ne m'est pas apparu en songe ou alors que j'étais éveillé. J'ai souvent réfléchi à notre moment sur la plage et, si une nouvelle chance m'était offerte, crois-moi, j'agirais différemment.

— Tu es parti sans un mot ! Tu m'as fait souffrir, Alasdair !

Elle s'était exprimée avec une virulence qu'elle n'avait pu contrôler. Toutes les épreuves qu'elle avait endurées et qu'elle avait tenté d'enfouir, remontaient à la surface.

— Je suis navré, Urain. Et aucun mot ne pourrait décrire ce que j'ai ressenti en te découvrant dans la grande salle le jour de mon retour. Je n'aurais jamais dû m'éloigner de toi. C'était une erreur et je le regrette amèrement tous les jours que Dieu fait, plus encore ce soir, maintenant que je vois à quel point cela t'a blessée. Je me rends compte que je ne mérite même pas ton pardon.

Stupéfaite et émue d'entendre ces paroles, Urain le retint alors qu'il reculait, l'air très malheureux. Son cœur se serra de le voir ainsi après tout ce qu'il avait lui-même enduré. Elle consentit à lui offrir l'accès à sa modeste demeure et bien davantage. Toute velléité de le repousser l'avait désertée. Mais soudain, elle se figea alors qu'un souvenir douloureux lui revenait.

— Et Mona ?

Alasdair la dévisagea perplexe.

— Ce matin-là, je vous ai vus sortir tous les deux des cuisines, à l'aube, lui expliqua-t-elle. Je veux savoir s'il y a eu quelque chose entre vous. Dis-moi la vérité, de toute façon cela n'a plus vraiment d'importance.

Elle mentait, naturellement. De la réponse d'Alasdair dépendait leur avenir commun.

— C'était donc pour cela, fit-il pensif avant de reprendre très sérieusement en lui attrapant les deux mains. Il ne s'est jamais rien passé entre elle et moi, je te le promets. J'étais resté toute la nuit dans les cuisines à me morfondre et boire pour... oublier, cesser de me torturer en songeant à toi, à nous. Je voulais arrêter de penser à toi rien qu'un moment. Tu m'obsédais tellement. Seigneur Dieu ! Non. Comment as-tu pu croire que... j'en aurais été incapable !

— Il n'y a rien eu entre vous ? Tu me le jures ?

— Rien, absolument rien. Je ne l'ai jamais touchée. Je te le jure sur ce que j'ai de plus cher. De toute façon, j'étais tellement ivre que j'en aurais été incapable même si je l'avais voulu. Ce que je ne voulais nullement ! se hâta-t-il de préciser en s'ébouriffant les cheveux.

Alasdair paraissait sincèrement mortifié qu'elle ait pu croire qu'il avait eu une aventure avec la jolie servante. Urain se mordit la lèvre pour se retenir de sourire tant elle était soulagée.

— Entre, dit-elle en entrelaçant ses doigts à ceux d'Alasdair.

Elle nota son hésitation et craignit qu'il refuse, puisqu'il ne s'agissait plus de la chaumière d'Urain, son meilleur ami, mais de Mhairie. Être seul avec elle aurait été jugé inconvenant par plus d'un. Cela pouvait compromettre la réputation de la jeune femme. Ils en avaient conscience tous les deux, à ceci près qu'Urain s'en moquait. Une fois encore, elle observa Alasdair avec espoir. Après un bref regard en direction du château et des gardes en faction, il la suivit à l'intérieur de la petite habitation.

Comme à son habitude, Alasdair dut baisser la tête pour y pénétrer. Fort heureusement pour lui, l'encadrement de la porte était plus bas que le niveau du plafond. Il referma la porte derrière lui. Nerveuse, Urain s'agita pour réalimenter en tourbe le feu dans la cheminée, une nécessité afin de maintenir une température confortable dans sa maison. Lorsqu'elle se retourna, elle eut la vague impression que sa chaumière était bien trop petite pour accueillir un guerrier possédant la haute stature d'Alasdair. Depuis son départ, il avait encore changé. Outre ses cheveux qu'il portait dorénavant coupés court, il conservait un début de barbe sur ses joues davantage creusées, un détail qui lui conférait un aspect sauvage, indomptable. L'expression de son visage était plus dure, sa mâchoire légèrement plus carrée. Il était différent tout en étant ce qu'elle avait toujours désiré.

Il était également mal à l'aise. À cet instant, il était exagérément concentré sur l'état du feu.

— Voudrais-tu boire une infusion ? demanda-t-elle, pour détendre l'atmosphère.

Tel un enfant timide, le bel Alasdair secoua un peu trop vivement la tête avant de lui jeter le regard brûlant d'un fiévreux.

— Je ne devrais peut-être pas être ici… Ce n'est pas convenable. Il serait plus prudent que je rentre, fit-il de sa voix grave et chaude.

Urain quitta sa position près du feu pour le rejoindre. En chemin, elle ôta son châle.

— Mais, moi, je veux que tu restes, confessa-t-elle en plaquant les deux mains sur son torse solide.

Il la fixa, immobile, avant de promener ses yeux un peu partout dans la pièce.

— Si tu vis ici toute seule, c'est que tu n'es pas encore engagée ? fit-il en se raclant la gorge.

— Non, je ne le suis pas, lui répondit-elle, un sourire dans la voix.

Alasdair passa une main nerveuse dans ses cheveux en désordre.

— Et Ewen ? Que représente-t-il exactement pour toi ? T'a-t-il déjà… ? Tout le monde pense qu'il compte faire de toi sa…

Urain retint un sourire, car elle sentait Alasdair jaloux, au point qu'il ne parvenait pas à finir ses phrases. Elle en aurait tiré une certaine culpabilité à le voir se tourmenter ainsi si elle n'y avait pas pris beaucoup de plaisir.

— Ewen est un ami, juste un ami. Il n'y a jamais rien eu de plus entre nous. Mais, effectivement, il était là, lui, et il ne m'a jamais considérée autrement que comme une femme.

Sentir Alasdair se tendre en crispant les mâchoires la conforta dans l'idée qu'il était, à présent, consumé par le démon de la jalousie. Ce n'était que justice, après tout.

— Dois-je comprendre que vous êtes liés l'un à l'autre d'une quelconque manière ? réussit-il à articuler.

Malgré le regard assassin d'Alasdair et son air féroce, elle se rapprocha encore plus près de lui, jusqu'à effleurer son torse avec ses seins. Un torse qu'elle devinait ferme et musclé sous son manteau de cuir. Il lui sembla que les battements désordonnés de son cœur s'étaient calqués sur ceux de son guerrier, qui la dévorait littéralement des yeux. Elle le sentit se raidir lorsqu'elle passa ses bras autour de son cou, mais cela n'empêcha pas l'homme ainsi torturé de poser ses larges paumes sur ses hanches. Elle se plaça ensuite sur la pointe des pieds pour venir lui chuchoter à l'oreille :

— Il n'y a jamais eu d'autre homme que toi, et il ne dépend que de toi qu'il n'y ait plus jamais personne, déclara-t-elle, en mettant le plus de sensualité possible dans sa voix.

Elle crut l'entendre gémir alors qu'il faisait glisser ses mains autour de sa taille fine pour la plaquer tout contre lui sans, toutefois, lui donner ce qu'elle attendait.

— Tu as raison. Tu es à moi. Tu es à moi depuis toujours. Tu m'appartiens comme je t'appartiens. Tiens-le-toi pour dit, Urain, je ne laisserai plus aucun homme t'approcher !

Il fixait intensément ses lèvres en disant cela. Impatiente, elle l'attira à elle en l'agrippant par le col de son manteau. Il manqua de trébucher sous la brusquerie de son geste. Cela les fit rire de concert. Puis, elle retint son souffle quand il se pencha sur elle et cessa de réfléchir quand, délicatement, il posa les lèvres sur les siennes. Ce fut tendre et passionné à la fois. Tendre parce qu'Alasdair avait placé les mains en coupe autour de son visage et lui caressait les joues pendant qu'il butinait sa bouche délicate. Passionné, car ils ne tardèrent pas à approfondir leur baiser. Ce dernier gagna en intensité lorsque Urain glissa les doigts sous le manteau et le pourpoint d'Alasdair afin de toucher sa peau. Lui-même poussa son bassin en avant pour lui faire sentir la preuve flagrante de son désir.

Alasdair enroula sa langue autour de celle d'Urain et raffermit sa prise en lui agrippant l'arrière de la tête. Sa bouche se fit aventureuse et il la sentit fondre dans ses bras. Il partit en exploration le long de sa gorge, de sa poitrine qu'il couvrit de baisers. Il crut perdre la raison quand elle commença à onduler contre lui en gémissant son nom. S'ils ne s'arrêtaient pas maintenant, il n'était pas certain de le pouvoir ensuite. Elle poussa un long soupir langoureux. Il gronda, puis se détacha d'elle, tout essoufflé. Ces quatre années de séparation avaient décuplé leur faim. Elle le dévisagea sans comprendre son brusque revirement. Il découvrit alors dans les yeux d'Urain l'exact reflet de la passion dévorante qu'il éprouvait pour elle.

Fou de désir pour cette femme, il se détacha à regret d'elle, de son corps exquis, de sa bouche enivrante ; non sans maudire sa conscience. Cependant, il ne pouvait aller plus loin avec elle sans se sentir coupable. La dernière chose qu'il souhaitait était qu'elle ait à pâtir de son inconséquence, même s'il savait, à présent, qu'elle deviendrait son épouse. Il ne pouvait en être autrement quels qu'en soient les conséquences et malgré les projets de ses frères. Il était prêt à les défier, eux et le clan tout entier, pour elle. C'est pourquoi il devrait attendre avant de lui ravir son innocence.

— Quel est le problème, Alasdair ? l'interrogea-t-elle, le regard voilé par le désir. Je… j'ai fait quelque chose de mal ?

L'homme, ainsi mis au supplice, se passa une main sur le visage avant de le faire dans ses cheveux. Il expira un bon coup pour se donner du courage. Il fallait qu'il se contrôle sous peine de la reprendre dans ses bras, afin de terminer ce qu'ils avaient si bien commencé.

— Non, tu n'as rien fait de mal, ce… c'est moi, qui… j'ai peur de ne pas pouvoir m'arrêter à temps. Il ne faudrait pas que…

Le Highlander ne finit pas sa phrase, trop occupé à admirer Urain en train de dénouer la natte retenant ses longs cheveux de jais. Elle les libéra d'un mouvement de tête et ce geste, en apparence si anodin, fut tellement empreint de sensualité qu'il fit affluer tout le sang d'Alasdair dans son bas-ventre. Son sexe devint dur comme la pierre. Le pauvre homme vivait un véritable calvaire.

— Je t'en prie. Tu viens à peine de rentrer et, encore maintenant, je me demande s'il ne s'agit pas d'un de mes nombreux rêves où tu revenais pour moi, parce que tu m'aimais assez pour cela. Reste avec moi cette nuit, s'il te plaît, Alasdair.

La jeune femme posa de nouveau ses paumes à plat sur son torse et lui adressa un regard qu'il ne pouvait ignorer.

— Es-tu consciente de ce que cela implique ?

— Oui, et j'ai rarement été aussi sûre d'une chose. Je te veux, Alasdair MacKinnon.

— Alors, soit. Je resterai avec toi, cette nuit, *mo rùin*[1], répondit-il en lui baisant délicatement le front.

Après avoir retiré une partie de leurs vêtements, ils se mirent au lit, comme un couple marié l'aurait fait. Urain ne portait plus qu'une fine chemise pratiquement transparente, tandis qu'Alasdair avait conservé la sienne, un peu plus couvrante, ainsi que ses braies. La jeune femme se plaça en chien de fusil, et il vint se plaquer contre son dos, l'entourant de ses bras fermes et protecteurs pour l'accompagner dans son sommeil.

1. *Mo rùin* signifie « mon amour » en gaélique écossais.

À son réveil, la panique gagna Urain en songeant que tout ce qui était arrivé la veille n'était peut-être que le fruit de son imagination. Mais la sensation d'un corps solide à son côté lui prouva qu'Alasdair était bel et bien resté avec elle dans son lit. Combien d'heures avaient-ils dormi ainsi ? Elle n'aurait su le dire. L'aube n'était pas encore là. C'était le principal, car cela signifiait qu'elle disposait d'encore un peu de temps avec son bel Highlander. Il l'avait appelée *« mo rùin »*. L'entendre prononcer ce mot avait suffi à déployer une multitude de petits papillons dans son bas-ventre. Heureuse et se sentant chérie, elle avait sombré dans un profond sommeil.

Elle se leva pour allumer une bougie, puis revint se coucher auprès d'Alasdair. Se redressant sur un coude, elle put admirer à loisir son amant pendant qu'il dormait paisiblement. Elle ne put s'empêcher de lui caresser le visage en soupirant. Il représentait tout ce qu'elle avait toujours désiré. Soudain, elle remarqua l'objet dépassant de sa chemise, dont les derniers boutons avaient été détachés. Urain faufila sa main sous les pans du vêtement et attrapa la petite statuette en bois avec délicatesse. Elle reconnut immédiatement son œuvre, celle qu'elle avait réalisée pour Alasdair, il y a de ça de nombreuses années. Ils avaient alors tous deux treize ans. Savoir qu'il l'avait gardée auprès de lui, tout ce temps, allant jusqu'à la transformer en amulette afin de l'attacher autour de son cou, lui fit verser quelques larmes. Elle n'en aima que davantage son guerrier au cœur si difficile à atteindre mais si tendre une fois conquis.

Elle se pencha afin de voler un doux baiser à son homme lorsqu'elle sentit sa main dans ses cheveux et sa langue forcer la barrière de ses lèvres. Urain s'abandonna une nouvelle fois en gémissant de plaisir. Elle appréciait son odeur, son goût épicé et le savoir en elle, explorant le moindre recoin de sa bouche. Il lui mordit légèrement la lèvre inférieure avant de la relâcher et elle comprit qu'il lui en fallait plus.

— Bonjour, dit-il d'une voix empâtée, quoique sensuelle.

Urain se redressa légèrement et posa sa main à plat sur le

torse d'Alasdair, là où l'amulette faisait bomber le tissu. Il fit glisser son index le long de ses doigts.

— Elle ne m'a jamais quitté, lui confessa-t-il en caressant sa joue. J'ai décidé de la porter ainsi pour ne pas risquer de la perdre, c'était la seule chose que je possédais de toi. Je refusais de m'en séparer.

Le pouce d'Alasdair courut ensuite sur sa bouche, tandis qu'il lui renvoyait un regard affamé sûrement semblable au sien.

— Alasdair... Je veux que tu me touches. Fais-moi l'amour, ici et maintenant.

Urain attendit de découvrir sa réaction. Le visage de son guerrier se figea, il avait les lèvres entrouvertes sans qu'aucun son n'en sorte. Elle songea que s'il n'avait pas été confortablement allongé sur le lit, il serait probablement tombé sous le choc de sa requête.

— Tu ne dis rien, fit-elle déçue. Je croyais... enfin, je...

Il la fit taire en exerçant une pression sur sa nuque avec ses doigts. Il approcha son visage à quelques centimètres du sien. Elle pouvait sentir son souffle chaud sur sa peau.

— Urain, écoute-moi bien, j'ai tellement envie de toi que je déraisonne ! Je te veux au point d'en avoir mal, et penser que tu aurais pu appartenir à un autre, tout ça par ma faute, me rend malade. Alors, je t'interdis de douter de mon désir pour toi. Je te respecte simplement trop pour te prendre avant d'avoir fait de toi ma femme. Peux-tu comprendre ça ? Je fais tout ce que je peux pour tenir cet engagement, mais te voir ainsi, devant moi, t'entendre prononcer ce genre de paroles provoque en moi des ravages. Alors, je t'en prie, arrête de me torturer de cette manière.

L'esprit d'Urain avait cessé d'assimiler les propos de son Highlander à l'instant où celui-ci avait évoqué la possibilité d'un mariage entre eux. Tout allait si vite, depuis qu'il l'avait rejointe sur la plage, que sa tête commença à lui tourner. Néanmoins, elle ne voulait pas réfléchir à ce qu'il se produirait quand Alasdair comprendrait la chose irréalisable. Ses frères avaient très certainement déjà dû négocier sa prochaine union avec une jeune fille bien née, issue d'un clan important des Hébrides ou bien d'Écosse. Alasdair serait contraint de s'en aller et elle aurait le cœur brisé… mais la tête pleine du souvenir de leur étreinte.

Cette nuit, elle avait décidé de vivre le moment présent, sans penser au lendemain.

Il l'embrassa avec ferveur. Elle en eut les larmes aux yeux. Leurs sentiments, si longtemps contenus, déferlèrent sur eux dans une vague puissante et dévastatrice qui emporta tout sur son passage, à commencer par les plus nobles résolutions d'Alasdair.

Elle se détacha pour un court instant de lui afin de sortir du lit. Sans le quitter des yeux, elle se débarrassa de sa chemise qui glissa le long de ses épaules, le tissu atterrit au sol dans un bruissement d'étoffe. À présent, elle se tenait entièrement nue devant son amant, s'offrant librement à lui. Le regard d'Alasdair se fit plus sombre, plein de concupiscence, et pas une seule partie de l'anatomie d'Urain n'échappa à sa contemplation admirative. Après un moment à rester debout dans la petite pièce, et ce, malgré la chaleur encore diffusée par le feu mourant, les pointes de seins d'Urain durcirent, autant sous l'effet du désir que sous celui du froid. Alasdair se redressa pour la rejoindre. Il la dévorait des yeux en se déplaçant. Elle en frissonna. Il ne lui avait jamais paru aussi grand que lorsqu'il s'était levé, la surplombant de toute sa hauteur. Elle fit courir ses mains tremblantes sur les larges épaules d'Alasdair. Celles-ci se frayèrent ensuite un chemin sous sa chemise pour la lui ôter. Il la laissa le déshabiller.

Urain prit quelques minutes pour se délecter de la vision de ce corps masculin à demi nu. Elle passa consciencieusement ses doigts sur chacune des cicatrices recouvrant le torse glabre et tout en courbes gracieuses de son guerrier. Elle commençait à s'enhardir, devenant de plus en plus entreprenante. Son exploration devint gourmande, et Alasdair ne tarda pas à haleter à son tour. Elle caressa ses abdominaux et se rapprocha dangereusement de la bosse sous le tissu de ses braies.

— Tout doux, lui susurra-t-il. Si tu t'aventures à cet endroit, je ne serai pas certain de pouvoir te donner ce que tu attends de moi.

Prenant en compte l'avertissement, sa bouche remonta jusqu'au cou d'Alasdair. Il se pencha pour recouvrir ses lèvres des siennes. La chaleur de sa peau nue contre celle d'Alasdair était exquise, et elle en voulut soudain plus. Terriblement excitée, elle amorça sa descente pour s'accroupir devant lui afin de lui ôter son pantalon. Il la retint en la saisissant par les hanches. Puis, les larges mains du Highlander glissèrent sous ses fesses pour la soulever. Par réflexe, elle enroula ses jambes autour de sa taille et il pivota pour la déposer délicatement sur le lit.

La voir étendue, nue sur le matelas, le regard coquin et se mordillant la lèvre pour manifester son impatience, menaça de le faire jouir immédiatement ! Mais il ne le devait pas ni ne le voulait. Cette nuit serait leur première nuit d'amour à tous les deux, alors il fallait qu'elle soit la plus belle possible.

Avec une lenteur insoutenable, Alasdair se délesta de ses braies, qu'il envoya balader d'un coup de pied. Urain s'humecta les lèvres tandis qu'elle découvrait dans toute sa splendeur l'objet exprimant le mieux son impérieux désir pour elle. Celui-ci était dressé et dur comme fer pour leur plaisir réciproque. La réaction d'Urain lui arracha un sourire en coin.

— J'espère que ce que tu vois te plaît, car tout t'appartient, *mo rùin*, la taquina-t-il, d'une voix rauque et sensuelle à souhait.

Soudain impressionnée, elle hocha frénétiquement la tête avant de se rendre compte qu'elle fixait, avec un peu trop d'insistance, une certaine partie de l'anatomie de son amant. Alasdair découvrit qu'elle était, en partie, effrayée par l'acte qui allait suivre. Il se promit de bien la préparer à devenir complètement femme entre ses bras. Pour cela, il s'allongea à son côté dans le lit et entreprit de la caresser. La crainte céda rapidement la place aux soupirs et aux gémissements de bonheur. Lentement, il partit à l'assaut de chaque centimètre de la peau d'Urain, semant les baisers brûlants sur son chemin, la goûtant, la léchant jusqu'à l'orée de l'endroit où se concentrait toute sa tension. En le sentant si proche, elle tenta de resserrer ses genoux dans un ultime instinct de pudeur. Patient, et surtout déterminé à ce qu'elle tire du plaisir de sa première fois, Alasdair remonta le long de son corps et lui prit les lèvres dans un geste d'une passion inouïe. Urain se détendit aussitôt, et il put redescendre entre ses cuisses. Avant qu'elle ne puisse réagir, il embrassa son clitoris et, transportée au loin par la jouissance, elle s'ouvrit comme une fleur au soleil. Alasdair put alors la goûter tout en se disant qu'il ne pourrait jamais se lasser d'elle, de son odeur, de sa douceur. Il sentit le corps d'Urain s'alanguir puis se contracter sous une nouvelle vague qui eut pour effet de déchaîner leur ivresse commune.

Il se releva alors qu'elle se remettait de ses sensations. Urain l'attira sur elle d'autorité, lui demandant plus. Il put constater à quel point sa petite préparation avait agi sur elle, car elle posa sur lui un regard vorace, qui n'était que le reflet du sien. Elle se frotta à lui tout en lui griffant le dos, impatiente de découvrir ce que leur réservait la suite de leurs ébats. La caresse du membre chaud d'Alasdair contre sa hanche lui arracha un gémissement plaintif. Elle était affamée et lui prit le visage en coupe pour lui mordre la lèvre.

— Je te veux en moi, maintenant. Je te désire depuis tellement longtemps que je ne peux plus attendre ! ronronna-t-elle, plus féline que jamais.

Il n'en fallut pas plus au Highlander pour se couler entre ses cuisses. Il était en nage, mais on ne peut plus prêt à franchir la barrière humide de sa partenaire. Pendant un instant le temps se suspendit. Ils s'observèrent, soudainement conscients qu'ils enfreignaient les préceptes de l'Église en plus des lois du clan, et qu'aucun retour en arrière ne serait possible après cette nuit. Pour Alasdair, il était bien trop tard pour sauver son âme, mais pour Urain...

Un mouvement de hanche de la jeune femme lui indiqua

qu'elle avait également pris sa décision. Ils brûleraient donc en enfer tous les deux, consumés par leur passion !

Après un autre baiser, il s'enfonça en elle, centimètre par centimètre en veillant à ne pas perdre le contrôle. Les muscles bandés par l'effort et la sueur perlant sur ses tempes étaient un indicateur du combat qu'il menait contre sa propre appétence, sa propre quête de jouissance. Il ne voulait pas la prendre d'un puissant coup de reins, comme un sauvage en rut. Elle était vierge, bon sang ! Il tint bon et, quand arriva le moment de rompre l'hymen de sa femme, il posa une main sur sa joue et plaça son front contre le sien. Sa bouche n'était qu'à quelques centimètres de celle d'Urain, et il lui murmura :

— Je te fais mienne. Sur mon sang et mon honneur, je te fais la promesse de t'aimer et de t'honorer jusqu'à ce que la mort nous sépare. Tu seras mon foyer, je serai ton protecteur et celui de notre famille (une grimace douloureuse déforma le visage d'Alasdair).

Urain écarquilla les yeux en comprenant ce qu'il faisait. Puis, dans un état second, il l'entendit répéter les mots qu'il venait de prononcer et, lorsqu'elle eut fini, un bonheur sans nuage l'envahit. Il n'avait jamais rien éprouvé de semblable.

Enfin, elle était vraiment à lui !

Il fut incapable de se retenir plus longtemps.

— Pardonne-moi, *mo rùin*...

Urain eut du mal à déglutir tant les émotions étaient fortes. Alasdair venait de lui réciter son serment de mariage et, elle l'avait imité. Ainsi ils s'étaient liés l'un à l'autre selon l'ancienne tradition païenne dans les Highlands. Elle avait conscience que ses frères ne lui pardonneraient jamais cet acte. Son Highlander ne s'était pas contenté de belles paroles, il avait agi. Son cœur se gonfla d'amour et de fierté.

Elle poussa soudain un cri de douleur sous l'assaut de son guerrier. Mais, en toute vérité, jamais elle ne s'était sentie aussi bien, aussi complète. Elle avait l'impression d'avoir retrouvé la moitié d'elle-même, celle qu'il lui manquait depuis sa venue au monde. Alasdair et elle formaient un tout, et ils s'étaient enfin trouvés pour ne plus jamais se quitter. À chaque mouvement de bassin puissant, le plaisir enflait en elle et éloignait la douleur, la rapprochant un peu plus de l'orgasme. Chacun des mots qu'il lui murmurait à l'oreille entre deux râles, chacune des caresses qu'il lui prodiguait, tout en la pénétrant avec ardeur, avait pour but de la mener vers des sommets de voluptés, de passion torride, tout en faisant écho aux paroles qu'il avait prononcées. Il lui avait dit qu'il l'aimait. Ce moment tant attendu resterait à jamais gravé dans sa mémoire. Si jamais elle devait mourir demain, elle partirait heureuse et sans regret aucun.

Elle haletait, gémissait, soupirait et, quand enfin la foudre la frappa de plein fouet, elle fit trembler la terre sous sa force. Urain hurla le nom de son guerrier, lequel ne tarda pas à la rejoindre en invoquant son prénom d'une voix rauque.

Lentement, ils reprirent pied dans la réalité. Alasdair roula sur le côté en l'emmenant avec lui. Elle se retrouva à demi allongée sur lui. Dans cette position, elle posa sa tête sur le torse de son époux et s'endormit au son de son cœur recouvrant un rythme normal.

Ils se soucieraient des répercussions de leur mariage clandestin plus tard.

17

— Tu es trop prévisible, Alex. Tu ne t'en rends pas compte mais, avant chaque attaque, tu regardes dans la direction dans laquelle tu vas frapper.

L'apprenti soldat, en sueur malgré cette fraîche matinée d'avril, hochait la tête pendant qu'Alasdair lui prodiguait ses conseils. Il dégagea ensuite une des mèches de cheveux couleur châtain qui collait à son front moite. La très jeune recrue avait énormément de respect pour son capitaine ainsi que pour Duncan, deux hommes qui avaient accepté de le prendre avec eux, en dépit de son inexpérience. Les cousins avaient ramassé Alex, alors âgé d'à peine dix ans, dans le fossé au fond duquel il avait été pratiquement laissé pour mort au cours de l'attaque de son village, en France, où la guerre faisait rage. Ils l'avaient soigné et pris sous leur aile jusqu'à l'emmener avec eux sur l'île de Skye.

— Évite de donner de précieuses informations comme celle-ci à ton adversaire, compris ? C'est presque trop facile. On recommence !

Comme tous les matins, Alasdair supervisait l'entraînement de ses hommes. Il était impératif que les guerriers maintiennent un minimum d'exercice physique afin d'être prêt le moment venu car, sous le calme apparent couvait une véritable tempête, aggravée par la récente mort du roi d'Écosse, Robert II. Avec le décès de son grand-père, Dómhnall MacDonald avait perdu son soutien le plus précieux dans sa querelle avec son cadet, Jon Mór, qui lui contestait la succession de leur père.

Alasdair consacra l'heure suivante à enseigner des techniques de combat à deux épées à Alex, qui ne parvenait pas à tenir correctement son bouclier ; or, celui-ci servait justement à protéger son porteur des attaques ne pouvant être parées avec une lame. L'idée lui était venue après avoir observé le français lors d'un duel avec un autre soldat beaucoup plus expérimenté. Alasdair avait immédiatement su que sa propre méthode de combat conviendrait au jeune homme.

À quelques mètres d'eux, des cris mêlés à des caquètements déclenchèrent un vent de panique. Plusieurs poules s'étaient enfuies de leur enclos.

— Ne te laisse pas distraire, Alex, lui intima alors le MacKinnon.

Les récriminations du nouveau maître cuistot, rabrouant les écervelés à l'origine de l'incident du poulailler, recouvrirent le bruit des volailles, pourtant déchaînées, jusqu'à ce qu'une voix plus calme et assurément féminine ne le force à cesser de vociférer au beau milieu de la cour.

Alasdair pivota de sorte qu'il se retrouva face au spectacle des domestiques s'agitant afin d'attraper les poules fugueuses. C'est là qu'il la vit : Urain. Elle était l'ange de douceur qui avait réussi à faire taire l'irascible nouveau cuisinier du château. Alasdair masqua son sourire. À vrai dire, il n'aurait jamais pensé trouver pire personnage que Padraig, qui officiait du temps de son père. L'ancien maître cuistot était l'homme le plus irritable du monde et pourtant... Le remplaçant de Mme Cairn le faisait passer pour un saint ! En outre, beaucoup se plaignaient du départ de la femme ayant succédé à Padraig en cuisine qu'Alasdair avait à peine connue en raison de son récent retour.

À un moment, Urain tourna la tête dans sa direction. Comme de coutume, leurs regards s'accrochèrent, et Alasdair en oublia où il était. Alex saisit l'occasion pour tenter une percée dans la défense d'Alasdair. Celui-ci évita de justesse le coup d'épée.

Cependant, le Highlander s'était laissé déstabiliser. La recrue en fut tout étonnée et dissimula mal le plaisir qu'elle avait éprouvé en surprenant ainsi son chef ; lequel lui renvoya une œillade peu amène signifiant : « Ne te réjouis pas trop vite, cela n'est pas près de se reproduire. » Ragaillardi, Alex tenta ensuite d'esquiver la contre-attaque, en pure perte, car Alasdair avait décidé d'en finir au plus vite avec lui. Le pauvre se retrouva face contre terre, la bouche emplie de terre en moins de temps qu'il n'en fallut pour le dire.

Le sourire aux lèvres et l'honneur sauf, Alasdair se pencha en lui tendant la main. Alex le remercia pour son aide avant d'épousseter ses vêtements recouverts de poussière.

— Tu t'es bien battu aujourd'hui, le félicita Alasdair. Mais tu as relâché ta garde tout de suite après ton coup en croyant avoir le dessus. Grossière erreur. Il ne faut jamais sous-estimer son adversaire et, plus important encore, ne jamais préjuger de tes capacités, car cela peut se retourner contre toi. Tu m'as cru en mauvaise posture parce que mon attention avait été attirée ailleurs, tu te trompais.

Puis, il administra une tape amicale dans le dos du garçon, dont les yeux verts brillaient encore de l'excitation du combat. En cela, Alex rappelait à Alasdair sa propre soif d'apprendre lorsqu'il n'était qu'un jeune blanc-bec lui aussi. À son âge, son principal objectif était de devenir le meilleur. Il était encore à mille lieues de se douter que, quelques années plus tard, ses priorités changeraient en découvrant la vérité sur Urain.

Le Highlander quitta le terrain d'entraînement, direction la petite plage secrète.

Avant d'être surpris par l'attaque d'Alex, Alasdair avait eu le temps d'intercepter le discret signe de tête de sa femme, preuve qu'Urain avait bien eu son message. Le guerrier s'assura que personne ne le suivait pour s'engouffrer à l'intérieur de la grotte aux fées. Il avait hâte de la retrouver, car depuis qu'il l'avait faite sienne, Alasdair ne résistait pas à l'envie de profiter d'un moment seul avec elle. Urain et lui avaient passé quatre longues années éloignés l'un de l'autre, aussi ne voulait-il plus perdre une seule minute, une seule seconde, du temps que la vie avait à leur offrir. Plus que quiconque, il avait conscience de la brutalité avec laquelle tout pouvait s'arrêter.

Comme à chaque fois qu'il parcourait ce chemin, il ne put empêcher ses pensées de revenir sur cet après-midi, celle où il avait découvert sa merveilleuse et envoûtante selkie, nue sur la petite plage. Tant de changements s'étaient opérés en lui depuis, tant d'événements avaient eu lieu entre ce moment et aujourd'hui, que ce souvenir lui parut appartenir à une autre vie.

Après bientôt deux mois à emprunter cette route plusieurs fois par semaine, il avait appris à se repérer dans la pénombre. À l'instant où ses yeux commençaient à peine à s'habituer à l'obscurité, il aperçut les rayons de soleil lui indiquant la sortie toute proche. Il trouva Urain déjà installée sur les galets, face aux flots agités, assise sur un tartan aux couleurs pâles. Le vent rabattait quelques mèches de cheveux sur son beau visage dont il ne voyait que le profil mais connaissait chaque trait.

Elle l'accueillit d'un resplendissant sourire qu'Alasdair lui rendit, accompagné d'un regard débordant de tendresse. Le Highlander n'avait jamais été plus heureux de toute sa vie que depuis qu'il vivait son amour pour elle au grand jour. Son cœur était comblé, il se sentait léger, malgré les soucis liés à la politique dans les Hébrides et la situation délicate dans laquelle se trouvait son clan, notamment à cause des rapports existants entre Jon Mór et Finnon.

Il se pencha pour déposer un doux baiser sur ses lèvres, avant de lui-même prendre place à son côté, sur le tissu.

— Tu me fais courir des risques, *mo rùin*, déclara-t-il, un brin taquin.

Devant l'air perplexe de son amante, il précisa :

— Je n'ai pu détourner les yeux de cette magnifique femme, passant à proximité du terrain d'entraînement, pendant que je testais les techniques d'un de mes soldats. Et j'ai bien failli être blessé par sa faute, ajouta-t-il d'un ton faussement grave.

Urain rentra dans son jeu et s'approcha langoureusement

de lui, avant de le couver d'un regard où l'empathie se mêlait au coquin.

— Oh ! Et je suis cette magnifique femme, dis-tu ? Celle qui t'a valu d'être mis en difficulté, toi, Alasdair MacKinnon, la légende dont tout le monde vante les exploits ! répondit-elle avant de prendre une moue désolée. Je suis vraiment navrée, car telle n'était pas mon intention. Je m'en voudrais de nuire à ta réputation de guerrier invincible. D'ailleurs, je gage que tu seras bientôt aussi célèbre que Finn Mac Cumhaill !

— C'est peu probable, mais qui sait ? plaisanta-t-il en l'attirant sur lui.

Urain se positionna à califourchon sur ses cuisses et lui caressa les joues avec tendresse.

— J'ai fait des recherches au sujet de ce Mac Cumhaill après t'avoir entendu en parler aux autres. Savais-tu que Finn n'était pas son nom ?

— Non. À vrai dire, je ne m'étais jamais posé la question, admit-il.

— Moi si. Ton héros s'appelait, en vérité, Deimne. Selon la légende, il aurait pris le nom de Finn quand ses cheveux sont devenus d'un blond presque blanc, dit-elle en soulevant une de ses mèches claires ; Fionn ou Finn. D'une blancheur comme la pureté..., traduisit-elle. Comme ton âme, Alasdair.

Elle lui sourit adorablement. Il déposa un baiser délicat sur ses lèvres toutes aussi délicates. Elle posa la main sur sa poitrine, à l'endroit où elle pouvait sentir son cœur battre.

— Sais-tu également qu'on appelait ses compagnons d'armes les *Fianna* ? Crois-tu que Duncan et tes hommes accepteraient qu'on les surnomme ainsi ?

— Cela m'étonnerait. Tu pourras toujours leur demander quand tu les croiseras sur le terrain d'entraînement.

Urain dut se représenter les féroces guerriers qui composaient la petite armée d'Alasdair, car elle esquissa une moue hésitante.

— Je ne crois pas, finalement. C'est qu'ils sont tous très intimidants. Sauf peut-être Alex. Et Duncan, évidemment.

— Le Français est encore très jeune, mais ne te fie pas à sa gueule d'ange, ricana Alasdair.

Elle l'imita.

— Il n'empêche, Duncan et toi en avez parcouru du chemin depuis vos années d'apprentissage chez les MacLean.

— C'est certain. Bien...

Alasdair claqua un bisou sonore sur les lèvres de sa femme, laquelle était trop bavarde à son goût. Elle le repoussa en riant avant d'ajouter :

— Moi, je prendrai pour un honneur d'être un de tes *Fianna* ! Après tout, j'ai toujours mon arc et mes flèches. Je manie assez bien les poignards, comme tu me l'avais conseillé. De plus, je ne me débrouille pas trop mal au corps à corps, tu veux essayer ? le provoqua-t-elle.

Les lèvres d'Urain frémirent avant de s'incurver en un sourire félin. Dans un geste possessif, il lui ceintura la taille. Elle se laissa faire avec plaisir.

— Non, toi, tu es ma femme, pas un de mes soldats. *Is tu fuil mo fhuil, feòil m'fheòil, mo rùin*, dit-il à une Urain dont les yeux devinrent brillants.

« Tu es le sang de mon sang, la chair de ma chair, mon amour. »

Tout en recueillant une larme avec son pouce, il poursuivit :

— Et j'ai très envie de t'embrasser longuement, là, maintenant, tout de suite.

Il joignit aussitôt le geste à la parole.

Alasdair chérissait tous les moments comme celui-ci, qui n'appartenaient qu'à eux. Ils étaient sa parenthèse enchantée dans un monde de violence et d'intrigues. Les récents soucis causés par un regain de tension autour de la succession de la seigneurie des îles occupaient les esprits de tout le monde ; en particulier le sien. Il s'interrogeait sur la clairvoyance de ses propres frères, dont l'un poussait à prendre parti et l'autre se voilait la face par peur de trancher. Seule une guerre des plus sanglantes viendrait à bout des velléités de Jon Mór face à son aîné Dómhnall, ce que Neil ne semblait pas comprendre, un chef de plus en plus soupe au lait et à la santé désormais fragile.

Le gémissement d'Urain le détourna de ses sombres pensées. Il caressa le corps délicat de son épouse en prenant d'assaut sa bouche avant de la revendiquer tout entière une énième fois.

Urain soupira de contentement. C'était donc cela le véritable bonheur, sans ombre ni nuage.

Auprès d'Alasdair, tous ses problèmes paraissaient s'envoler. Quand elle s'abandonnait ainsi entre ses bras solides et aimants, elle se sentait chérie et en sécurité avec cette sensation apaisante que plus rien ne l'atteignait. Ici, sur leur petite plage secrète, bien à l'abri des regards et des jugements, ils pouvaient s'aimer librement. Pas comme au château. Là-bas, ils veillaient à limiter leurs contacts. Personne ne devait soupçonner la moindre attirance entre Mhairie et le frère du chef. Ils avaient d'ailleurs convenu d'un code secret pour se donner rendez-vous. Quand l'un désirait voir l'autre en journée, il devait déposer une pierre plate sur l'énorme rocher devant la chaumière d'Urain. Heureusement, la nuit, Alasdair se glissait telle une ombre dans l'obscurité pour la rejoindre et leur offrir de magnifiques moments d'intimité qui la laissait rêveuse et comblée au matin.

La jeune femme en était arrivée à détester l'aube, car elle coïncidait avec le départ d'Alasdair. Bien que le guerrier n'ait pas souhaité loger au château afin de demeurer auprès de ses hommes, il était obligé de retourner à la caserne avant que les autres ne se réveillent. Ses absences répétées au cours de sa première semaine de retrouvailles avec elle avaient déjà suscité les questions de Duncan, à qui rien ou presque n'échappait.

Urain recula légèrement pour mieux le contempler et, comme à chaque fois, son visage se fendit d'un sourire rayonnant.

— J'ai été surprise de découvrir la pierre en revenant à la chaumière. Je croyais que nous avions convenu de limiter nos rendez-vous sur la plage afin de ne pas éveiller les soupçons, lui rappela-t-elle.

Alasdair, qui n'était pas encore redescendu de son petit nuage, afficha soudain un air grave.

— Justement, je voudrais te parler d'une chose.

Son estomac se contracta d'appréhension. Elle finit par s'écarter en rabattant sa jupe sur ses jambes.

— Vas-y, je t'écoute.

— Eh bien, j'en ai assez de continuer ainsi.

La phrase avait claqué tel un coup de fouet. Elle s'était statufiée, si bien qu'Alasdair s'empressa d'éclaircir son propos.

— Non, ce que je veux dire c'est : j'aimerais te présenter à mes frères comme ma femme, car c'est ce que tu es, et non pas une simple domestique au château.

— Alasdair, je...

— Permets-moi de finir, la coupa-t-il. Ce que je souhaiterais, c'est dire la vérité, à tout le monde. Leur révéler que je n'ai pas épousé Mhairie, la jolie servante, mais Urain, mon âme sœur. Comprends-tu ?

La jeune femme eut du mal à déglutir tant l'émotion lui nouait la gorge. Ce qu'Alasdair lui avouait n'était rien de moins que ce qu'elle avait toujours rêvé d'entendre venant de lui. Son vœu le plus cher avait déjà été exaucé quand ils avaient échangé leurs serments de mariage. À présent, cette annonce devant tout le clan à propos de leur union allait bien au-delà de ce tout qu'elle avait cru possible entre eux. Naturellement, elle avait conscience que la question de leur mariage clandestin se poserait. Un jour, dans un avenir proche, Neil demanderait à son plus jeune frère de prendre une épouse parmi un clan allié, ce qui pousserait Alasdair à tout dévoiler. Seulement, en pareil cas, Urain avait pensé que son mari la désignerait sous le nom de Mhairie, et non celui d'Urain. Être enfin elle-même, pour de bon, aux côtés de l'homme qu'elle chérissait plus que tout, fit naître une joie indicible en elle. Plus de mensonge ni de travestissement. Pour la première fois, elle serait libre d'avoir la vie dont le secret de sa mère l'avait trop longtemps privée.

Néanmoins, elle doutait que l'instant soit le mieux choisi pour faire preuve de transparence.

Urain avait le sentiment que le clan approchait de la croisée des chemins et que, bientôt, il lui faudrait choisir d'emprunter une voie plutôt que l'autre. Le problème était qu'une mauvaise décision serait susceptible de précipiter les MacKinnon dans un gouffre dont ils ne ressortiraient pas indemnes.

S'ils en sortaient…

— Tu ne dis rien. N'es-tu pas d'accord ? l'interrogea Alasdair, dont un pli d'inquiétude barrait le front. N'en as-tu pas assez de te cacher pour être avec moi ?

— Je… Oui, bien sûr que la situation me pèse ! Alasdair, comprends-moi bien, je serai la plus heureuse des femmes quand tout le monde saura que je suis ton épouse. Mais…

— Tu préfères que nous gardions le secret, c'est ça ?

Elle hocha vivement la tête.

— Je crois que c'est le mieux à faire pour le moment. Neil ne va pas bien du tout. Elizabeth est dans un état de nerf épouvantable depuis que Fergus est tombé malade.

— Comment va le petit à ce propos ?

L'état de l'enfant s'était brutalement détérioré il y a une semaine. Il avait commencé à se plaindre de maux de ventre après un repas partagé dans la grande salle en présence de ses parents. Tout se déroulait à merveille pourtant. Neil semblait avoir recouvré de l'appétit et pour la première fois depuis des mois, il avait accepté de prendre son fils sur ses genoux afin de jouer avec lui. Puis, un nuage noir était venu gâcher l'embellie. C'était comme si le sort s'acharnait sur le chef MacKinnon et sa famille après l'annonce de la mort du grand-père d'Elizabeth.

Neil, et maintenant le jeune Fergus, frappés par une maladie mystérieuse.

Urain trouvait cela injuste.

— La guérisseuse a été formidable.

— Elle n'a pourtant pas brillé pour sa science auprès de Neil. J'étais étonné de le découvrir si mal à mon retour.

— Dina n'est pas celle qui s'était occupée de ton frère auparavant. C'est Elizabeth qui l'a fait venir à Dunakin, sur les conseils de sa mère, quand Fergus a commencé à déclarer des symptômes.

— Mmm. Cela explique bon nombre de choses. Où est l'ancienne dans ce cas ?

— Je ne sais pas. Elle a sûrement été vexée de se voir remplacer par une MacDonald.

— Je comprends ma belle-sœur étant donné les résultats sur son mari.

Urain haussa les épaules. Elle avait froncé les sourcils, un détail la préoccupait, et Alasdair le devina immédiatement.

— Qu'y a-t-il, *mo rùin* ?

Elle ne lui répondit pas tout de suite et, lorsqu'elle le fit, elle prit soin de regarder partout autour d'eux, comme si elle craignait que les parois rocheuses n'aient des oreilles.

— Elle m'a parlé d'un problème. Dina, je veux dire, chuchota-t-elle.

— Un problème ? De quelle sorte ? répéta Alasdair sur le même ton.

— Elle a évoqué un possible empoisonnement au tue-loup. Elle a pensé que le petit aurait pu en ingérer en jouant dans la lande. Sauf que...

— Cette plante toxique ne pousse pas par ici, je me trompe ?

Elle secoua la tête. Alasdair glissa nerveusement la main dans ses cheveux.

— T'es-tu confiée à quelqu'un d'autre à ce sujet ?

— Non, personne. Tu es la première personne à qui j'en fais part.

— Très bien. Ne le dis à personne, pas même à Connor. Je le mettrai au courant si jamais nos soupçons devaient être confirmés. En attendant, restons sur nos gardes. Le petit va mieux ?

— Oui, grâce à Dieu, soupira-t-elle.

— Mmm... Et la guérisseuse, comment la trouves-tu ?

Urain écarquilla les yeux en se pinçant les lèvres.

— Compétente. Je ne la connais pas assez pour la juger davantage.

— Espérons qu'elle sache tenir sa langue. J'aimerais autant que personne ne t'associe à une probable tentative d'empoisonnement.

— Alors, tu crois vraiment que quelqu'un a cherché à tuer Fergus ? Mais, pourquoi ? Seigneur, ce n'est qu'un enfant !

— Pas Fergus. Neil.

Alasdair se massa la nuque en grimaçant tandis qu'elle ne cachait pas son étonnement.

— Neil ? Qui ? Pour quelle raison ?

— Ça, je l'ignore. Fergus aura très bien pu recevoir une dose de poison à la place de son père par accident. A-t-il mangé dans le même plat que Neil, bu dans la même timbale avant de tomber malade ?

— C'est possible, comme le soir où ton frère l'a pris sur ses genoux. Neil allait mieux, tout le monde était joyeux. Tu t'étais absenté pour patrouiller avec tes hommes. Mais, moi, j'y étais. C'était émouvant de revoir Neil jouer avec son fils.

— Je suppose que c'est là que Fergus a ingéré le tue-loup.

Urain se recula afin de permettre à Alasdair de se relever. Ils étaient tous les deux mortifiés et inquiets de leur découverte.

— Que vas-tu faire ? lui demanda-t-elle.

— Rien dans l'immédiat si ce n'est observer. Urain, fit-il en la prenant dans ses bras. Redouble de vigilance, s'il te plaît. Aucune imprudence. Tiens-toi le plus éloignée de mes frères. De Finnon surtout. Je ne voudrais pas qu'il t'arrive quoi que ce soit par ricochet. D'accord ?

— Je te le promets.

Il l'embrassa sur le bout du nez.

Alasdair attendit qu'Urain prenne de l'avance pour déserter la plage à son tour. Il sortait à peine de la grotte aux fées quand un Connor visiblement agité l'intercepta.

— Où étais-tu ? Je t'ai cherché partout !

Alasdair salua le MacGregor en l'entraînant à l'abri des oreilles indiscrètes.

— Que fais-tu ici ?

— Je te l'ai dit, je te cherchais.

— Non, ici, précisément, s'impatienta-t-il.

— Ah ! J'ai croisé Urain en chemin. Elle m'a suggéré de t'attendre devant cette grotte. Que diable y fichais-tu ? N'as-tu jamais entendu les rumeurs ?

— J'étais avec elle. Je t'expliquerai plus tard.

— Oh non, pas besoin ! Je suis curieux mais pas à ce point, répliqua Connor, d'un ton goguenard auquel son cousin répondit par un regard glacé.

— Tu as véritablement l'esprit mal tourné. Ça n'a rien à voir du tout avec ce que tu penses.

— Très bien, je te crois. De toute façon, je désirais t'entretenir d'une tout autre affaire. Ton frère demande à te voir.

— Lequel exactement ?

— Les deux.

— Mpff...

Connor toussota dans son poing.

— Je te rassure, ce n'est pas au sujet de ton mariage secret, se moqua-t-il en appuyant sur le dernier mot.

Alasdair ignora la plaisanterie douteuse.

— Quel est le problème dans ce cas ?

Le sourire du MacGregor s'évapora subitement.

— Sais-tu que Neil envisage de recevoir Hector de Lochbuie, ici, à Dunakin ?

Le visage stupéfait d'Alasdair lui indiqua que non. Puis, le voyant virer à la colère, Connor comprit que son cousin était loin d'approuver une telle visite.

— Mmm... Je m'en doutais. Allez ! Le devoir nous appelle.

18

Par le sang du Christ ! À quel jeu dangereux jouaient ses frères ?

Alasdair avait rejoint Neil et ses conseillers dans le cabinet privé de ce dernier, et il avait bien du mal à croire ce qu'il entendait : Finnon plaidait afin qu'on ouvre les portes de Dunakin au chef des MacLean de Lochbuie. Un clan qui devait une grande partie de ses terres aux largesses de Dómhnall d'Islay, et dont Hector de Lochbuie était le beau-frère. De fait, l'homme avait une drôle de façon de démontrer sa reconnaissance envers son bienfaiteur en soutenant la rébellion de Jon Mór. Et pour les MacKinnon, recevoir l'un des principaux alliés du perturbateur aurait sans l'ombre d'un doute de fâcheuses répercussions. Pourquoi diable Neil ne pouvait-il pas comprendre cela ? Jon Mór ne gagnerait pas face à son aîné, rien dans sa contestation n'était légitime, et ses soutiens, de peu de poids comparés à ceux de MacDonald, n'y changeraient rien. L'accompagner dans la défaite sonnerait la fin des MacKinnon et aboutirait à la confiscation de leurs terres ainsi qu'à celle de tous leurs biens. Par conséquent, rien de bon ne pouvait sortir de tout cela.

Tout en écoutant son laird lui expliquer comment s'était décidée la visite de Hector de Lochbuie, Alasdair l'observa d'un œil tout neuf, au point qu'il en vint à juger son frère avec lucidité pour la première fois. Vraisemblablement, la fonction représentait un trop lourd fardeau pour les épaules voûtées de Neil. De même qu'il était évident que celui-ci peinait à naviguer sur les eaux subtiles de la politique. À la différence de leur père, qui avait choisi la voie de la paix et du compromis après la défaite cuisante que ses alliés et lui avaient essuyé contre le premier seigneur des îles, Neil était sur le point de s'embarquer dans un conflit dont il ne ressortirait pas vainqueur. Le *tànaiste* d'Angus se laissait trop influencer par ses différents conseillers, Finnon en tête. Le regard sévère d'Alasdair se déporta du côté de l'abbé. Il avait repris la parole et vantait les avantages d'une alliance avec les MacLean de Lochbuie, qui appartenaient à l'une des multiples branches cadettes du puissant clan MacLean.

— Les chefs sont de plus en plus nombreux à se rallier à Jon Mór Tanister. Il nous faut arrêter une décision sans quoi nous perdrons sur tous les plans.

— Tu me demandes de contester l'autorité de Dómhnall, Finnon ! La décision ne doit pas être prise à la légère. Après tout, il était le *tànaiste* de MacDonald, je ne pense pas qu'encourager Jon Mór dans cette voie soit la bonne solution, répondit Neil.

Alasdair faillit soupirer de soulagement en constatant qu'il restait encore assez de bon sens à son aîné pour se rendre compte que Finnon le poussait à commettre une folie. Seulement, l'abbé était têtu et ne capitulerait pas aisément. Il lança d'ailleurs un bref regard à son favori, que Neil avait consenti à intégrer dans son cercle privé, pour l'inviter à le soutenir.

Gordan se redressa en toussotant dans son poing. Alasdair le dévisagea avec dédain. Il n'avait pas oublié le coup infligé par cette brute à Urain, plusieurs années auparavant, ni la scène dans les sous-sols du château, plus récente. Il avait été à deux doigts de tuer Gordan quand il l'avait surpris en train d'agresser Urain qu'il prenait pour Mhairie. Une soudaine envie de terminer ce qu'il avait commencé démangea le Highlander.

— Sauf votre respect, votre frère a raison, Neil. Ceux qui ont déjà enterré vivant Jon Mór Tanister ont tort. Ces derniers mois, il est parvenu à réunir énormément de soutiens, même si certains chefs se montrent discrets en attendant l'offensive. Les Highlanders sont toujours très méfiants, mais ils sont beaucoup à penser que Dómhnall n'est peut-être pas celui indiqué pour gouverner les îles. Parfois, ce n'est pas le bon fils qui hérite du titre.

Gordan avait accompagné sa pique d'un sourire. Alasdair lui aurait volontiers fait ravaler son affront. Un mot de Neil et il s'exécuterait sur-le-champ ! Néanmoins, le mal était fait. Plusieurs des hommes présents se tendirent, car un bon nombre dans leur rang considérait que Neil ne se comportait pas comme un véritable chef. En cela, le fils était loin d'égaler le père, hélas ! Ses propres conseillers, hormis Finnon que cela arrangeait, le jugeaient souvent hésitant, voire trop complaisant, envers les autres clans, les MacDonald et les MacLeod en tête. De fait, depuis qu'il avait repris la gestion du clan à la mort d'Angus, Neil ne faisait pas l'unanimité. Alasdair l'admettait lui-même. Quelquefois, alors qu'il regagnait le château après s'être difficilement arraché aux bras d'Urain, il voyait Neil quitter son antre, au petit matin, l'air harassé par le poids de la fonction qu'il avait de plus en plus de mal à assumer.

Neil se pencha pour attraper la cruche posée sur la table et se servit une bonne rasade de *uisge beatha*. Non content d'avoir bu la boisson d'une longue gorgée, il en versa à nouveau dans sa timbale. Alasdair se demanda soudain si son frère était de ceux qui tiraient un quelconque réconfort dans la boisson, ou bien s'il utilisait l'alcool pour trouver le sommeil quand ses nombreuses responsabilités de chef l'en empêchaient.

Il reporta ensuite son attention sur la vue depuis cette partie du château : la mer et les montagnes d'Écosse, dont les sommets étaient dissimulés par la brume. Le Highlander aurait pu contempler ce panorama pendant des heures. Il le trouvait déjà magnifique lorsqu'il rendait visite à son père dans cette même pièce. Angus manquait à tout le monde et tout particulièrement à son plus jeune fils qui aurait souhaité qu'il soit toujours à la tête des MacKinnon afin de gérer la crise qui s'annonçait. Mais Alasdair avait fait le serment à son père de protéger le clan et il tiendrait promesse. Si ses frères étaient assez inconséquents pour s'embarquer dans un conflit à l'issue toute connue, il était de son devoir de les mettre en garde, voire plus s'ils s'obstinaient.

— Recevoir Hector de Lochbuie ne fera que jeter de l'huile sur le feu, dit-il, enfin. Cependant, tu as raison, ne pas le faire enfreindrait la règle d'hospitalité chère au code des Highlands. Dans un cas comme dans l'autre, la situation est délicate. Sans doute aurait-il fallu prendre position plus tôt. Mais il n'est pas trop tard, Neil. Tu peux encore le faire aujourd'hui en assurant à Dómhnall ta neutralité, à défaut de ton soutien, dans le conflit qui l'oppose à son frère.

Les muscles du visage de Neil se tendirent avant qu'il n'esquisse un geste pour inciter son frère à poursuivre.

— En refusant de recevoir un des principaux alliés de Jon Mór, tu enverrais comme message à son frère que tu souhaites te tenir à l'écart de tout cela.

— Cela mettrait Jon Mór en colère ! intervint Gordan, ce qui lui valut un regard polaire de la part de Neil.

Alasdair, lui, préféra l'ignorer. De toute façon, cet imbécile mal dégrossi ne méritait pas qu'on lui accorde du crédit.

— Jon Mór ne gagnera pas la guerre qu'il a lui-même déclarée à son frère, tu le sais aussi bien que moi, Neil, persista Alasdair. Nous le savons tous. Même si certains clans se rallient en ce moment à lui, d'autres le feront, mais derrière Dómhnall cette fois. Ils le feront pour défendre la légitimité d'un *tànaiste* à revendiquer l'héritage transmis par son père. Tu l'as toi-même fait et ni moi ni Finnon ne l'avons contesté ; alors quel droit aurait Jon Mór de le faire aujourd'hui avec Dómhnall ?

Les hochements de têtes se multiplièrent au sein de la petite assemblée, ce qui déplut fortement à Finnon, dont les lèvres pincées le faisaient ressembler à une vieille nourrice acariâtre. Alasdair s'attendait à être attaqué pour sa prise de position lorsque l'abbé se leva avant de prendre la parole.

— Ce que tu dis est peut-être vrai, petit frère.

Alasdair nota que Finnon tentait de le discréditer aux yeux des autres par l'emploi du diminutif qui le ramenait également à sa condition de troisième fils.

— Ton avis est plein de prudence. Je suis sûr que Elizabeth apprécierait !

La mention de la femme de Neil, une MacDonald, naturellement opposée à l'éventualité d'une nouvelle guerre entre sa famille et celle de son époux, arracha quelques ricanements aux hommes, que la violente quinte de toux du chef réduisit au silence.

Depuis quand Neil est-il aussi malade ? s'interrogea Alasdair. Loin de s'améliorer, l'état de son frère paraissait empirer. Ce qui lui rappela sa conversation avec Urain. Il avait toujours du mal à croire que quelqu'un à Dunakin ait pu vouloir attenter à la vie de Neil. Cependant, celui-ci n'aurait pas été le premier chef incompétent à succomber de cette manière afin d'ouvrir une guerre de succession.

— Je propose que tu prennes le temps de la réflexion, poursuivit Finnon en s'adressant directement à Neil cette fois. Néanmoins, contrairement à Alasdair, je reste convaincu qu'accueillir notre visiteur serait la meilleure solution avant de prendre une quelconque décision. Il serait préjudiciable de se fâcher avec une personne aussi influente que Jon Mór. Ne penses-tu pas ?

Neil leva la tête en direction de Finnon, qui était encore debout à sa droite. Le regard noir de ce dernier se fit plus intense, comme s'il tentait de faire passer un message à son frère. Pour la première fois, Alasdair put constater de lui-même l'étendue de l'influence exercée par Finnon sur le chef des MacKinnon, et cela l'effraya. Il jeta un bref coup d'œil du côté de Connor, installé à côté de Finlay. À l'expression tourmentée de son cousin, il sut que celui-ci partageait son inquiétude.

— Je vous remercie tous pour vos précieux avis. Vous pouvez disposer, messieurs.

Neil quitta sa place autour de la table. Ses conseillers l'imitèrent, la réunion était terminée. Alasdair leur emboîtait le pas quand il entendit la voix de Finnon l'interpeller.

— Neil et moi aimerions te parler en privé, si cela ne t'ennuie pas.

Le ton obséquieux de l'abbé ne le trompa pas. La demande tenait davantage de l'ordre que de la simple requête. Il fit signe à Connor de partir sans lui avant de refermer la porte du cabinet sans se presser. Quoi que ses frères aient à lui dire, il pressentait que cela n'allait pas lui plaire.

Neil reprit sa place, tandis que Finnon faisait mine de contempler le paysage.

— Je vous écoute, dit Alasdair en revenant autour de la table.

Le chef prit la parole, mais comme il ne cessait de bafouiller en raison de son esprit embrouillé par les tisanes qu'il absorbait pour sa toux, il abandonna le soin à Finnon d'expliquer les raisons d'une telle réunion.

— Alasdair, commença l'abbé. Tu n'es pas sans savoir que la grandeur d'un clan se mesure au nombre de ses guerriers, aux batailles qu'il a remportées et aux alliances qu'il réussit à conclure. Récemment, nous avons reçu une offre intéressante du chef MacNeil de l'île de Barra. Le pauvre homme n'a qu'un jeune fils à la santé fragile et cinq filles, dont deux issues de son premier mariage avec une demoiselle Grant. Neil étant déjà uni à Elizabeth et moi à ma foi, il ne reste que toi, petit frère, pour nous permettre d'accroître notre influence dans les îles. Qu'en dis-tu ?

Dans un premier temps, seul le silence répondit à Finnon. Ce qui eut le don de contrarier l'homme d'Église. Bien sûr, il se doutait qu'Alasdair se montrerait réticent. Le héros de guerre était encore jeune après tout. Mais l'ecclésiastique ne lâcherait rien, car il voyait dans cette opportunité un moyen de rallier un autre clan important des Hébrides dans le camp de Jon Mór.

— Tu refuserais ton aide à ton chef et au clan de notre père ? insista Finnon.

Neil grogna en s'affaissant un peu plus dans son siège. L'homme approchait des quarante ans, or il en paraissait vingt de plus.

— Demandez-moi de combattre, je donnerais sans hésiter ma vie afin de préserver celles de tous les MacKinnon, mais me marier avec une des filles MacNeil, une parfaite inconnue, je ne le peux pas.

— Et pourquoi donc ? Dois-je te rappeler que les mariages du fils d'un chef sont affaires de politique et non de cœur, Alasdair ? répliqua aussitôt l'abbé. Mais, nous aurais-tu caché quelque chose durant ton long séjour au loin ? Une femme peut-être ?

Si Alasdair avait un temps cherché le moment idéal afin d'annoncer son mariage avec Urain à ses frères, celui-ci se présentait de lui seul. Le problème était qu'Urain ne souhaitait pas que la nouvelle s'ébruite. Quand il avait compris qu'elle n'était pas prête, il en avait été déçu. À présent, il lui donnait raison. Le moment n'était pas opportun, trop de forces étaient à l'œuvre dans l'ombre, et le Highlander ne fournirait pas à ses ennemis les armes pour le détruire. Cacher l'importance qu'Urain, ou Mhairie son alter ego, avait à ses yeux était la meilleure façon de la mettre à l'abri du danger et des représailles. En outre, il doutait que le chef MacNeil ait décidé tout seul de faire cette offre aux MacKinnon. Alasdair soupçonnait plutôt Finnon d'avoir cherché à nouer des contacts avec plusieurs chefs afin de grossir les rangs de la rébellion. Pour lui, son plus jeune frère n'était qu'une monnaie d'échange comme une autre.

Devant ce nouveau silence de la part d'Alasdair, Finnon ajouta comme une mise en garde :

— Je dois être honnête, voilà qui serait très fâcheux, pour toi comme pour la demoiselle, petit frère.

— Non. Je ne désire tout simplement pas prendre femme pour l'instant, répondit enfin Alasdair.

— Eh bien, il va te falloir réviser ta position, lui rétorqua Finnon d'un ton acerbe. MacNeil attend une réponse de notre chef et nous espérions bien que tu accepterais.

Alasdair et Finnon s'affrontaient du regard quand le chef fut pris d'une nouvelle quinte de toux, plus inquiétante que la précédente. L'abbé se précipita hors du cabinet pour hurler à une servante d'apporter sa décoction au laird de Dunakin. La pauvre domestique revint en un rien de temps avec un gobelet rempli d'un liquide brunâtre et fumant.

— Bois, mon frère. Quant à toi, Alasdair, nous reparlerons de ton union avec une des filles MacNeil plus tard.

Voilà que Finnon se mettait à lui donner des ordres. En quittant ses frères, Alasdair songea que la figure d'autorité du clan s'était transformée en un monstre à deux têtes.

Neil-le-faible et Finnon-le-retors.

Urain se hâtait de regagner sa chaumière avant que le crépuscule de cette journée d'avril ne cède la place à la nuit. Une brise fraîche lui fit remonter son manteau en laine jusqu'aux oreilles, et elle croisa les bras sur sa poitrine pour le refermer davantage. Les rayons du soleil couchant illuminaient la lande, la rendant encore plus belle. Tout était si calme en apparence qu'il était difficile de s'imaginer ce qui se tramait derrière la porte close du cabinet du chef.

L'esprit de la jeune femme se tourna vers Alasdair. Elle le sentait sur la défensive depuis la visite de Hector de Lochbuie. L'homme était reparti depuis trois jours, après un séjour tout aussi court. Et loin d'avoir apaisé l'atmosphère pesante au château, son départ l'avait aggravée. La relation entre Alasdair et ses frères s'était fortement dégradée, et les hommes se méfiaient de Neil dont les intentions étaient tout sauf claires. Car, loin d'assumer sa position vis-à-vis du principal soutien de Jon Mór, Neil avait écrit à Dómhnall pour l'assurer de sa neutralité ; chose que lui avait conseillée Alasdair, mais qui s'avérait inutile maintenant que le mal était fait. Les MacKinnon étaient désormais dans une position peu enviable, ni dans un camp ni dans l'autre, avec à leur tête un chef sans honneur. Ce dernier point était comme une plaie purulente chez Alasdair pour qui les valeurs transmises par son père étaient essentielles.

« *An onoir, a' mhisneach, an gaol agus a' phròis.* » L'honneur, le courage, l'amour et la fierté.

Évidemment, il y avait également ce problème à propos des soupçons sur l'empoisonnement de Neil qui préoccupait Alasdair mais, en l'absence de preuves, il n'y avait rien à faire sinon rester sur leur garde. Elle lui avait d'ailleurs promis d'être vigilante quand il s'absentait, ce qui arrivait de plus en plus fréquemment.

Alasdair passait la majeure partie de ses journées en compagnie de ses hommes avec qui il patrouillait à travers les terres des MacKinnon sur l'île de Skye. En cause, une recrudescence des raids dans leurs territoires situés sur l'île de Mull. Selon lui, il y avait peu de chance que ces attaques aient été perpétrées par des mercenaires comme l'affirmait Finnon ; des mercenaires à la solde des MacLean de Duart. Toujours d'après l'abbé, ce clan, autrefois allié, avait récemment pris le parti de Dómhnall MacDonald contre Jon Mór et tentait de déstabiliser les soutiens du frère rebelle. Pour sa part, Urain trouvait désolant de voir que tout ce pour quoi avait œuvré Angus pouvait être réduit à néant par les ambitions de quelques-uns, dont son propre fils, puisque beaucoup soupçonnaient Finnon MacKinnon d'avoir lui-même influencé Jon Mór dans cette voie sans issue. Alasdair le pensait aussi et ne s'en cachait plus.

— Mhairie !

Urain se retourna au soin de cette voix d'homme. Elle était presque parvenue à sa chaumière lorsque Ewen s'approcha en la gratifiant d'un large sourire. Cela faisait plusieurs semaines qu'elle ne s'était pas retrouvée seule avec lui. Non pas qu'elle ait cherché à l'éviter, mais la charge de travail qu'elle avait au château et ses escapades secrètes avec Alasdair en avaient décidé autrement. Elle l'observa avancer d'un pas rapide. Ewen avait à peu près le même âge qu'Alasdair et elle. S'il partageait avec Connor ses cheveux bruns et de magnifiques yeux bleus, il ne possédait pas, en revanche, le charme ravageur et la verve du MacGregor. La jeune femme songea soudain que la personnalité effacée du forgeron ne jouait sans doute pas en sa faveur auprès des dames, et ce, malgré un physique avantageux. Il était vrai qu'Ewen n'était pas non plus un séducteur comme Connor. Le jeune homme était plus réservé, voire timide, excepté avec elle. Depuis son retour sur Skye, Urain avait conscience de lui plaire mais, même si elle l'avait toujours apprécié, Ewen MacGrómach n'était pas Alasdair et ne le serait jamais.

— Ewen ! Quel bon vent t'amène ?

— Mhairie ! Ça fait longtemps que nous n'avons pas passé un moment ensemble. Je voulais m'assurer que tu allais bien.

La façon qu'il avait de prononcer ce prénom lui fendit le cœur. Ewen se comportait toujours d'une manière si attendrissante avec elle.

— Pardonne-moi. Je suis un peu fatiguée en ce moment, mais je vais bien. Je te remercie de ta sollicitude, mon cher Ewen.

Elle vit le jeune homme hésiter un instant puis, décidant certainement qu'il était inutile de reculer, il plongea la main dans son *sporran* et en sortit un très joli bracelet nacré, réalisé à partir de coquillages.

— J'ai fait ça pour toi. Ça m'a rappelé nos balades sur la plage et comment tu aimais en ramasser près du rivage, annonça-t-il doucement.

Urain refoula à grand-peine son malaise. L'attention d'Ewen la touchait, autant qu'elle l'attristait. Elle aurait souhaité le voir heureux mais, malheureusement pour lui, ce ne serait pas avec elle, car son cœur appartenait déjà à un autre depuis fort longtemps.

— Ewen… Je ne peux accepter. C'est trop, dit-elle en refermant les doigts du forgeron sur le bijou.

Il était déçu, naturellement. Il avait compris que « Mhairie » ne serait jamais à lui. Néanmoins, il lui saisit avec douceur le poignet et noua le ruban du bracelet tout autour.

— Très bien, mais je l'ai fait pour toi. Le donner à une autre ne me semblerait pas correct. Garde-le en souvenir de tous ces bons moments que nous avons partagés tous les deux.

Urain en eut les larmes aux yeux.

Ewen reprit le chemin du village. Elle demeura silencieuse et ne bougea que lorsqu'il eut disparu derrière la colline. Elle attendit d'être à l'intérieur de la chaumière pour ôter le bijou et le déposer dans un petit coffret en bois qu'elle avait fabriqué des années plus tôt. Après s'être délestée de son manteau, elle s'approcha de la fenêtre pour y guetter l'horizon dans l'espoir d'apercevoir son époux.

Le mot la fit sourire.

L'instant suivant, elle sursauta en sentant des bras puissants lui enlacer la taille. L'odeur d'Alasdair l'enveloppa tandis que son torse ferme se plaquait contre son dos. Elle lui effleura la joue, il était rasé de frais et sentait un subtil mélange de musc, de cuir et d'air iodé.

Urain s'abandonna à son étreinte en soupirant.

— Il y a longtemps que tu es ici ? l'interrogea-t-elle en basculant sa tête en arrière.

— Assez, oui.

Sa voix grave se répercuta dans tout son être.

— Ah.

— Que te voulait Ewen ?

— Tu es jaloux ? le taquina-t-elle.

— Au point de commettre un meurtre. Cela te convient-il, *mo rùin* ?

Elle lui tapota la main qu'il avait posée sur son ventre.

— Ewen est un ami. Tu n'as rien à craindre de lui ou bien d'un autre. Jamais !

Alasdair grogna puis la força à se retourner afin qu'il puisse capturer ses lèvres dans un baiser où se mêlaient passion et possessivité. Quand elle s'écarta de lui, la tête d'Urain lui tournait. La lumière des flammes projetait des ombres sur les murs de la pièce ainsi que sur le visage de dieu grec d'Alasdair. Ce dernier lui sourit d'une façon si adorable qu'elle en eut un pincement au cœur. Sous toute cette force brute, elle avait eu l'impression de retrouver le petit garçon de son enfance, celui qui la protégeait des orages.

Enfin, sans crier gare, Alasdair la souleva pour la coucher dans leur lit où il lui prouva qu'il n'était définitivement plus un petit garçon.

19

— Votre cuisinière est-elle aussi compétente que la nôtre ?

Pour la centième fois au moins, Urain leva les yeux au ciel. Comment le saurait-elle ? Elle n'avait encore jamais mis le pied sur l'île de Barra !

— Je l'ignore, mais aucun hôte du chef ne s'est plaint de la cuisine du nouveau maître cuistot de Dunakin, répondit-elle d'un ton compassé.

— Oh. Parfait dans ce cas ! s'enthousiasma Joan MacNeil.

Le père de la demoiselle avait pris tout le monde de court au château en arrivant en début d'après-midi. Urain se trouvait alors en présence de Gilleonan lorsque les deux sentinelles perchées sur les remparts avaient fait état de plusieurs bateaux en approche. Dans un premier temps, la rumeur d'une attaque s'était propagée comme une traînée de poudre des Sarrasins. Puis, Finnon avait calmé les esprits en annonçant que ce n'étaient que leurs hôtes « un peu en avance » qui s'apprêtaient à débarquer sur leurs côtes. Loin d'apaiser le régisseur de Dunakin, la nouvelle avait plongé l'oncle d'Urain dans un profond désarroi. L'homme s'était déjà confié à elle sur les difficultés qu'il avait à assurer sa charge depuis que Finnon s'était autoproclamé clerc de son frère aîné. L'abbé était désireux de tout contrôler, sans égard pour l'expérience des personnes déjà en place, et ce depuis de nombreuses années. Depuis, les affaires du clan étaient gérées à l'à-peu-près et certaines sommes issues de la récolte des fermages différaient des registres officiels au véritable contenu des caisses. Le souci était qu'il était impossible d'en discuter avec Neil sans passer par son principal conseiller. Finnon avait cloisonné la vie du chef mieux que l'auraient fait les barreaux d'une prison.

Dans son dos, Joan, la fille du chef MacNeil, poursuivait son babillage inutile. À son côté, se tenait Marjory, la plus âgée des deux et aussi la plus silencieuse. Cette dernière paraissait davantage dans l'observation que sa cadette qui se plaisait à tout commenter.

— Ne trouves-tu pas la vue qu'on a d'ici magnifique, Marje ?

— Hum ? fit l'intéressée qui de toute évidence n'écoutait plus le joyeux bavardage de Joan.

— Je disais que la vue était magnifique et l'endroit plein de charme. Je pourrais m'y plaire, pas toi ?

— Oui... oui, c'est calme et fort agréable. Comme chez nous.

Marjory se détourna de sa sœur pour s'adresser directement à Urain, encore seule avec les deux jeunes MacNeil en attendant le renfort de femmes de chambre.

— Comment est votre chef ? l'interrogea-t-elle avec franchise.

Urain délaissa les vêtements dans les malles pour pivoter vers le grand lit où étaient assises Marjory et Joan. La blonde et la rousse la dévisageaient de leurs grands yeux bleus.

— Neil est un homme foncièrement bon. Il essaie d'agir au mieux pour le clan dans un contexte difficile, comme le lui a enseigné Angus, son père, le meilleur chef que les MacKinnon aient jamais eu, commença-t-elle par dire avant de hausser légèrement les épaules. Peut-être est-il simplement mal conseillé depuis quelques années, mais l'important est qu'il a encore la confiance des hommes.

— Et son frère ?

— Finnon ? Eh bien, il est ...

— Non, la coupa Marjory avec un geste impatient. L'autre, le guerrier.

Urain sentit une goutte de sueur dévaler son dos, pourtant les températures étaient un peu fraîches pour un mois de mai.

— Alasdair ? s'étrangla-t-elle.

— Oui. Parlez-moi de lui.

Il y avait tant de curiosité dans la façon dont Marjory s'était exprimée qu'Urain éprouva un certain malaise.

Se pourrait-il que...

Non. Impossible. Alasdair aurait été informé si ses frères avaient eu pour projet de le marier et il l'aurait mise au courant. Néanmoins, il y avait toujours la possibilité que Neil et Finnon aient arrangé des fiançailles sans prévenir le futur époux.

Elle en eut la nausée.

— Alors, n'avez-vous rien à me dire sur cet homme ? Dois-je m'en inquiéter ?

Après ces propos, le doute n'était plus permis quant à la raison de la présence des filles MacNeil à Dunakin. Mais pourquoi deux ? Probablement dans le cas où l'une ne ferait pas l'affaire, l'autre y parviendrait. C'était tellement cynique qu'Urain faillit lâcher un ricanement d'amertume.

— Non, finit-elle par dire. Il n'y a aucun motif d'inquiétude à avoir concernant Alasdair. Il a la réputation d'être un guerrier impitoyable sur le champ de bataille, mais c'est l'homme le plus gentil, droit, courageux et honorable que je connaisse. Je... mon cousin est un de ses meilleurs amis et il lui confierait sa vie les yeux bandés s'il le fallait. C'est le digne fils de son père. Angus serait très fier de lui.

Son cœur se comprima en avisant le sourire satisfait de Marjory. À sa droite, Joan avait joint les mains sur son cœur. Son extrême excitation en était presque palpable.

— Est-il bel homme ? s'empressa-t-elle de demander.

— Oui, il l'est.

Ce nouvel aveu arracha un soupir de dépit à Urain. Elle aurait probablement dû être plus discrète car Marjory, bien plus perspicace que sa cadette, se mit à la fixer étrangement.

— Rappelez-moi depuis combien de temps vous travaillez au service des MacKinnon ?

Le ton cassant de Marjory déstabilisa quelque peu Urain qui bafouilla dans un premier temps.

— Je... Depuis deux ans.

— Deux ans. Hum… On m'a dit qu'Alasdair était parti plusieurs années guerroyer en terres étrangères. Son retour est récent.

— C'est exact.

— Et pourtant, vous paraissez très bien le connaître.

Que voulait-elle insinuer ?

— Comme je vous l'ai dit, mon cousin est un ami d'enfance d'Alasdair, au même titre que Magnus, le fils du capitaine de la garde. Avec Connor et Duncan, ils ont tous les cinq grandi ensemble.

— Connor ?

— Un fils MacGregor. La mère de Connor et le père d'Alasdair étaient frère et sœur. Connor a pratiquement été élevé avec Alasdair et leur autre cousin, Duncan.

— Vous en savez beaucoup.

— Tout le monde pourra vous raconter la même chose ici.

— Hum. Très bien.

Après cette conversation aux accents d'interrogatoire, Urain s'en retourna au rangement des affaires des deux ladies. Elle déplia le mantel[1] et l'accrocha avec le surcot[2] doublé en fourrure, dont la couleur lie-de-vin s'associait à merveille avec le reste. Marjory et Joan possédaient de très jolies pièces et en quantité, de quoi vêtir toutes les femmes du village voisin. Les deux jeunes ladies ne s'étaient pas privées d'emporter plusieurs malles avec elle. Il était même étonnant que le bateau des MacNeil les transportant n'ait pas coulé en mer.

Un sourire naquit sur les lèvres d'Urain.

Si tout se passait bien, la relève devrait arriver d'ici quelques heures, le temps pour Gilleonan et Simon, son apprenti, de recruter la main-d'œuvre nécessaire à l'accueil d'une famille aussi importante que les MacNeil de l'île de Barra. Il y avait bien les deux femmes de chambre d'Elizabeth dont une aurait

1. Manteau semi-circulaire semblable à une cape et attaché à l'épaule par une agrafe nommée tasseau.

2. Pièce de tissu portée aussi bien par les hommes que par les femmes au-dessus des autres vêtements.

pu être détachée au service des deux sœurs mais, en apprenant la venue surprise des MacNeil, la dame de Dunakin avait eu un malaise et réclamé la présence de son petit personnel à son chevet. Bien qu'Urain n'ait rien contre la femme de son chef, elle se demandait parfois comment il était possible de faire preuve d'autant de nonchalance quand on avait de telles responsabilités. Elle comprit pourquoi Mona avait quitté son poste sans regret. Elle-même avait parfois envie de tout envoyer paître.

Tout en s'occupant d'aérer les nombreuses tenues apportées par Lady Marjory et sa sœur, Urain songea que leurs préoccupations étaient bien éloignées des siennes. Quand elles se souciaient de l'assortiment de leurs bijoux avec leur robe, Urain réfléchissait à la bonne marche de la préparation du repas à venir et d'autres choses en rapport avec le fonctionnement de la vie au château. Lorsque Joan se délectait des derniers potins sur tel ou tel clan dont les membres faisaient scandale, Urain redoutait l'impact de certaines décisions politiques pour la survie de son propre clan. Non, elles avaient toutes les trois à peu près le même âge, mais elles étaient très différentes et pas seulement par l'écart de naissance.

Urain avait conscience d'être une bâtarde, fruit d'un viol, élevée par une mère courageuse, certes, mais qui avait menti à tout le monde. Elle savait qu'une Marjory ou une Joan valaient bien mieux qu'elle. Que ce soit l'une ou l'autre, elles étaient de bien meilleurs partis pour un fils et frère de chef, quand bien même il n'était que troisième dans l'ordre de succession.

— Et puis, qui sait ? chuchota Joan. Leur chef n'a pas l'air très en forme, et l'autre frère n'a rien d'un guerrier. Tu pourrais bien être la future dame de Dunakin.

Joan ricana. Marjory la réprimanda aussitôt, mais trop tard. Urain avait entendu la fin de leur discussion. Apparemment, chacun avait son avis sur l'état de santé déclinant de Neil. Bien sûr, au sein même des MacKinnon, une poignée s'interrogeait sur les chances du chef de terminer l'année. Cela étant, c'était la première fois qu'Urain entendait clairement quelqu'un émettre l'hypothèse qu'Alasdair puisse prendre la tête du clan.

Il y avait là matière à réfléchir car, en cas de vote, il était plus plausible de s'attendre à une victoire du Highlander auréolé de gloire qu'à celle du prélat.

Dans sa position, face à l'armoire, Urain ne pouvait voir Marjory, mais elle aurait juré que la fille avait braqué son regard sur elle.

— Et vous, quel est votre avis ?

Elle ne pouvait être sérieuse. Si ?

Marjory MacNeil espérait-elle réellement qu'elle lui confie son opinion sur la succession du chef qui respirait encore au demeurant ?

— Je n'en ai aucun. À ce jour, Neil est le chef du clan MacKinnon.

Marjory renifla avec dédain, un geste fort peu élégant pour une lady.

— Évidemment, lui dit-elle ensuite. Vous pouvez nous laisser.

Urain en resta sans voix. La demoiselle MacNeil venait de la congédier comme une moins que rien. Elle en fut profondément vexée, mais se garda bien de le montrer. À la place, elle quitta la chambre sans demander son reste. Il y avait assez à faire au château pour qu'elle oublie très vite cette horrible pimbêche qui n'avait aucune chance de devenir l'épouse d'Alasdair puisque c'était à elle qu'il s'était uni, et de son plein gré.

Dans le couloir, c'était la panique, des domestiques couraient en tous sens. Elle souffla sur une mèche de cheveux lui retombant sur le visage en songeant à la montagne de travail qui l'attendait.

Fort heureusement, tout rentra dans l'ordre au moment de servir le dîner dans la grande salle. Bien que le maître cuistot ait tempêté sur ses conditions de travail (et pas qu'un peu !), il était parvenu à faire des merveilles. C'était un vrai repas de fête qui était actuellement présenté aux hôtes des MacKinnon. Urain supervisait le tout avec son efficacité habituelle, même si les MacNeil félicitaient Lady Elizabeth pour sa formidable organisation. Il y avait de quoi grincer des dents à voir la femme de Neil recueillir tous ces compliments sans rétablir la vérité, toutefois, la colère d'Urain était dirigée contre quelqu'un d'autre.

Lady Marjory était assise à la table du chef avec sa famille. Elle respirait l'élégance coiffée de son escoffion à corne avec son voile clair, et vêtue d'une cotte[1] dorée avec un plastron en fourrure garni de bijoux coûteux ; même sa ceinture comportait des plaques ouvragées, et elle avait mis le mantel et le surcot qu'Urain avait sortis de la malle tout à l'heure. Joan non plus n'était pas en reste. Les deux filles MacNeil rivalisaient de beauté pour son plus grand malheur. En comparaison, elle faisait pâle figure avec sa robe en laine grossièrement coupée. Elle en aurait pleuré de frustration. Urain n'avait jamais souffert de vanité avant ce soir.

Comme il fallait s'en douter, Lady Marjorie avait été installée à côté d'Alasdair auprès duquel elle s'efforçait d'entretenir la conversation. Alasdair qui, de son côté, n'avait de cesse de chercher à établir un contact visuel avec Urain ; or celle-ci l'évitait pour la simple et bonne raison qu'elle connaissait les soupçons de Marjory à son égard. Ce n'était pas sans raison que la fille MacNeil s'était montrée désagréable avec elle. Mais savoir qu'une servante était attirée par son hypothétique fiancé était différent de découvrir qu'elle était en réalité sa maîtresse. Dans ce cas c'était même pire, Urain étant la femme d'Alasdair. Un homme qu'elle aurait volontiers étripé à cette heure tant la rage de le voir parader sur l'estrade avec cette princesse trop gâtée l'étouffait !

La jeune femme s'empara avec brusquerie d'un pichet sur une des tables ; l'excuse parfaite pour se glisser hors de la grande salle. Celui-ci n'étant pas entièrement vide, il s'en fallut de peu qu'elle n'envoie le contenu sur la tête d'un des soldats.

Elle allait partir quand un guerrier de sa connaissance lui barra la route.

— Mais, ne serait-ce pas ma très chère Mhairie ? Où cours-tu comme ça ?

1. Une cotte est une tunique aussi bien portée par les hommes que les femmes.

— Loin d'ici, maugréa-t-elle en réponse à l'éblouissant sourire du MacGregor.

Connor jeta un coup d'œil par-dessus son épaule. Son sourire s'agrandit davantage.

— Je vois. Finnon aura mis son plan à exécution finalement.

— Tu le savais ?

— Quoi ? Que mes cousins, ou plutôt Finnon, chercheraient à contracter une union avec un autre clan important des Hébrides afin de rallier des soutiens à la cause de Jon Mór ? Oui.

Urain se mordit la lèvre.

Son ami avait raison. Alasdair n'était pas responsable de la situation actuelle. C'en était même une victime à en juger par sa grimace alors que Marjory se penchait vers lui pour lui parler. Urain en aurait ri si la jalousie ne la rendait pas si raide.

Connor l'attrapa par le bras afin de l'emmener à l'écart.

— Tu aurais dû permettre à mon cousin de tout leur avouer.

— Crois-tu que ça aurait suffi à arrêter Finnon ? Il aurait réglé le problème en me chassant !

— Peut-être, mais Alasdair t'aurait suivie. Moi-même je ne l'aurais pas permis, pas plus que ton oncle.

— Et on vous aurait exclus pour ça.

Elle secoua la tête, l'air désolé.

— Jamais je ne me mettrai entre Alasdair et son devoir.

— Le devoir de mon cousin est de prendre soin de toi, maintenant, répliqua Connor. Tu es autant son affaire que le clan. Tu es sa femme, Urain.

— C'est justement ça le souci. Je suis Urain, mais tout le monde ici pense que je suis Mhairie. Alasdair n'aurait pas seulement eu à annoncer qu'il s'est marié avec une servante, il aurait eu à assumer d'avoir épousé une menteuse, une usurpatrice et un garçon !

— Mais non, s'agaça Connor. Tu es une fille d'abord. Ensuite, nul besoin d'aller aussi loin dans la vérité.

— C'est pourtant ce qu'Alasdair avait l'intention de faire.

— Seigneur Dieu... soupira Connor en glissant une main dans ses cheveux. Mon cousin est fou ! Dans ce genre d'affaire, il faut procéder par étapes, d'autant que Magnus et Duncan ne savent toujours rien. C'est à eux que vous devriez parler en premier, rien que pour ménager leurs cœurs.

La plaisanterie du MacGregor eut le mérite d'arracher un sourire à Urain que la vision de Marjory et d'Alasdair, côte à côte, avait plongé dans la déprime.

Connor lui prit le pichet des mains avant de se pencher pour déposer un baiser sur son front.

— Rentre chez toi, Urain. Va te reposer, tu en as assez fait pour aujourd'hui. Je me charge de mes cousins.

Elle accepta son offre sans chercher à savoir ce qu'il entendait par se charger de ses cousins.

Alasdair bouillonnait de l'intérieur.

À son retour du nord de l'île, où il avait effectué une patrouille avec quelques-uns de ses hommes, il ne s'était pas attendu à être accueilli par le chef MacNeil en personne et dans sa propre demeure. Voilà un sale tour que lui avaient joué ses frères !

Le pire dans tout cela était qu'il n'avait pu avoir un moment seul en privé avec Urain pour lui expliquer qu'il n'avait rien à voir avec la venue de MacNeil et de ses filles. Marjory, l'aînée, était vraisemblablement celle qu'on lui avait destinée puisqu'il avait été contraint de prendre place à son côté pour le repas. Les plats avaient ensuite défilé sous leur nez, mais il n'avait rien pu avaler et s'était fait violence afin de répondre aux questions de sa voisine de table ; laquelle ne semblait pas s'offusquer de ses reparties monosyllabiques. Alasdair avait beau se répéter qu'elle n'y était pour rien, qu'elle aussi avait très certainement été prise en otage par son père dans cette histoire, il ne pouvait s'empêcher de la dédaigner au profit d'Urain, qu'il ne lâchait pas du regard. Le Highlander suivait chacun de ses mouvements, interprétait chacune de ses mimiques comme autant de signes de sa contrariété. Était-elle fâchée contre lui ? À première vue, elle avait toutes les raisons de l'être, voilà pourquoi il était impératif qu'il lui parle. Il devait la convaincre d'accepter sa proposition de tout révéler à propos d'eux, de leur amour, de leur mariage… Ils y seraient obligés tôt ou tard, car Alasdair n'avait pas l'intention d'épouser Marjory ni aucune autre. Il était déjà lié à une femme.

Morbleu ! Pourquoi fallait-il que ce soit toujours si compliqué !

Marjory se pencha dans sa direction pour lui parler et manqua de l'éborgner avec son énorme coiffe.

Par le ciel, quelle est cette chose ?

Le Highlander en avait déjà vu à la cour du roi Robert II sans jamais comprendre pourquoi les dames s'astreignaient à porter une telle horreur, susceptible de crever les yeux de leur voisin de table !

Connor entra dans la grande salle. Urain et lui manquèrent de se percuter alors qu'elle avait saisi un pichet sur une des tables. Alasdair avait deviné qu'il s'agissait là d'un prétexte pour s'enfuir loin de lui. Elle n'avait cessé de fixer la sortie depuis que le repas avait débuté. Son cousin et elle échangeaient des messes basses. Connor s'était rapproché d'elle pour lui toucher le bras. De loin, ils paraissaient proches et intimes, et cela déplut fortement à un Alasdair dévoré par la jalousie. Il savait pourtant que seule une profonde et sincère amitié les liait depuis l'enfance, seulement c'était plus fort que lui. À l'heure actuelle, Connor se permettait ce que lui ne s'autorisait pas en public avec sa propre femme. Il ignorait d'ailleurs ce qui le retenait de se lever pour se ruer sur eux et embarquer Urain dans ses bras, direction leur chaumière et leur lit…

La peur des représailles, lui chuchota une voix dans sa tête.

Un regard du côté de Finnon, qui ne se privait pas de les espionner avec Lady Marjory, lui indiqua qu'il avait toutes les raisons de se méfier.

Sitôt après la fin du dîner, Alasdair se leva de table.

— Votre frère m'a dit que le coucher de soleil était remarquable depuis la plage en contrebas, lui glissa-t-elle avec l'espoir qu'il propose de l'accompagner.

— En effet. Je suis sûr qu'il sera ravi de vous le montrer. Je vous prie de m'excuser.

Ce soir, Alasdair avait suffisamment fait preuve de courtoisie envers la jeune femme pour qu'on lui fiche la paix pour les deux prochaines décennies au moins !

Du coin de l'œil, il aperçut Finnon s'avancer dans leur direction, mais Connor coupa la route de l'abbé. Alasdair en aurait embrassé son cousin ! Aussi vif que l'éclair, il profita de la diversion pour prendre le large, en abandonnant derrière lui une Lady Marjory rouge de colère.

La douce lumière qui s'échappait de l'unique fenêtre de la chaumière lui indiqua qu'Urain s'y trouvait déjà. Il poussa un long soupir de soulagement.

Il la trouva, assise sur le tabouret, face aux flammes rougeoyantes qui dansaient dans l'âtre. Ils étaient peut-être au printemps, mais les nuits restaient encore froides. Urain ne se retourna pas en l'entendant avancer. Il prit cela comme un mauvais signe. Puis, quand il posa la main sur son épaule et perçut son raidissement, il sut qu'elle était mécontente.

— Urain, je...

— Non. Ne dis rien, s'il te plaît.

Il expira bruyamment avant de s'accroupir devant elle et de poser la tête sur ses genoux.

— J'étais si en colère que j'ai été incapable de rester là-bas plus longtemps.

Il releva la tête pour la contempler.

— Je suis désolé.

— Tu n'y es pour rien.

— J'aurais pu raconter la vérité à mes frères.

— Ton silence était destiné à me protéger. Tu ne pouvais pas savoir.

— Si.

Urain fronça les sourcils, la main en suspens au-dessus de la chevelure claire d'Alasdair qu'elle avait eu l'intention de caresser.

— Comment cela ?

— Neil et Finnon m'avaient fait part de leur souhait de me voir prendre femme parmi des clans alliés.

— Et... tu leur avais donné ton accord pour faire venir Lady Marjory et sa sœur ?

Le visage d'Urain était devenu d'une pâleur inquiétante.

— Non ! Bien sûr que non. J'ai refusé, et ils ont ignoré mon avis.

— Alors, tu n'es en rien responsable de tout ceci, fit-elle avec soulagement.

Elle lui ouvrit les bras afin qu'il la soulève et la dépose délicatement sur le lit. Puis lentement, il dénoua les lacets de sa chemise de nuit avant d'en écarter les pans. La poitrine d'Urain lui apparut dans toute sa splendeur, et il ne résista pas à l'envie de prendre un de ses tétons dans sa bouche. Elle se cambra lorsqu'il le suçota sans jamais interrompre les caresses de ses mains. L'une d'elles s'enhardit assez pour aller explorer l'intimité d'Urain qui écarta les cuisses afin de lui offrir un plein accès à l'endroit où se concentrait son plaisir. Elle cria à l'instant où les doigts d'Alasdair s'insinuèrent en elle. Son bassin se mouvait pour aller à leur rencontre. Ses halètements conduisirent le Highlander aux portes de la folie tant son désir de la posséder était brûlant. Il lui enflammait les reins et transformait le sang coulant dans ses veines en lave incandescente. Elle-même l'attira à elle pour qu'il la prenne complètement. Désireux de satisfaire sa femme, il s'empressa d'ôter ses vêtements. Ce fut entièrement nu qu'il se présenta à elle et, quand Urain mordilla sa lèvre avec gourmandise, il sut qu'il était définitivement perdu.

Il la pénétra d'un puissant coup de reins qui les fit gémir de concert.

Comme Adam avant lui, il aurait croqué sans aucune hésitation dans la pomme pour ses beaux yeux sombres. Il ramperait même dans le feu de l'enfer si elle le lui ordonnait ! Il défierait les anciens dieux pour la garder auprès de lui s'il le fallait. Alasdair était fou d'elle ! Il l'aimait à en perdre la raison. Elle était à lui tout comme l'inverse était vrai. Urain et lui formaient les deux parties d'un tout depuis leur naissance. Le lien entre eux était indestructible et il en serait ainsi à jamais. Il était convaincu que même la mort ne pourrait les séparer. Elle était son âme sœur, elle était son égale, et il l'aimait autant qu'il la respectait.

Urain jouit si violemment qu'elle l'entraîna dans son sillage.

Alasdair roula sur le matelas afin d'inverser leur place, ainsi il ne l'écraserait pas en s'effondrant. Il était épuisé. Ses rondes à travers les territoires MacKinnon, dans le nord de l'île, le fatiguaient mais, les rumeurs d'attaque se faisant insistantes, il avait jugé plus prudent d'augmenter la présence de guerriers à la frontière avec les MacLeod.

Une main fine se posa sur son torse. Les cheveux d'Urain lui chatouillaient le nez alors qu'elle avait la tête appuyée sur lui.

— C'est fort dommage pour Lady Marjory. Elle te trouvait visiblement à son goût.

Il ricana en lui embrassant le sommet du crâne.

— Elle n'avait aucune chance.

— Il n'y en aura plus aucune autre maintenant.

Le ton catégorique d'Urain l'amusa. Il était sans doute temps qu'il lui dise la vérité.

— Il n'y en a jamais eu d'autre.

Alasdair s'attendait à une réaction de sa part et il ne fut pas déçu. Urain s'était figée tout contre lui. Elle se redressa sur un coude pour mieux le dévisager.

— Qu'entends-tu par-là ?

Il réprima son sourire.

— Que jamais je n'ai touché une femme comme je t'ai touchée toi.

— Tu... pourtant Duncan avait mentionné une demoiselle MacLean dont tu étais assez proche autrefois.

— Je n'ai jamais prétendu être un saint, *mo rùin*. Je dis juste que, avant toi, je n'ai jamais fait l'amour à une femme. C'était impossible.

— Comment cela ?

La main qu'elle avait posée sur lui était crispée. Il s'attela à la caresser afin qu'elle se détende.

— Du jour où je t'ai découverte, nue, sur cette plage, je n'ai plus jamais désiré d'autres femmes que toi. C'est aussi simple que ça. Ma selkie, souffla-t-il en se redressant légèrement pour cueillir ses lèvres d'un baiser.

Elle le retint en lui attrapant le cou. Il contracta les abdominaux pour rester à sa hauteur.

— Cela signifie que...

— Je t'aime depuis le berceau, mais je suis tombé amoureux de toi ce jour-là, Urain.

Le cœur d'Urain fondit sous cet aveu en même temps qu'une certaine fougue s'emparait d'elle. Elle l'embrassa à pleine bouche. Il en fut tout étourdi.

Alasdair ne regretta pas sa franchise, car elle avait transformé son épouse en déesse de la volupté. Urain s'était placée à califourchon sur lui et le chevauchait telle une amazone, envoûtante et sauvage. Le cœur débordant d'amour, il l'admira sous ses paupières mi-closes. Urain agrippa ensuite ses grandes mains, qu'il avait posées de part et d'autre de ses hanches, et les pressa. Leurs doigts s'entremêlèrent. Leurs souffles se perdirent dans leurs cris d'extase. Ils en oublièrent les plans de l'abbé, la présence de MacNeil, les espoirs de Lady Marjory. Cette nuit était à eux et rien qu'à eux.

20

Alasdair se tenait debout devant une bassine, une lame à la main pour se raser. Comme à son habitude, le guerrier s'était levé de bonne heure pour se préparer. Il jeta un rapide coup d'œil par-dessus son épaule, car il avait perçu un mouvement du côté du lit. Urain s'était redressée et avait ramené le drap sur sa poitrine. Cet accès de pudeur le fit sourire étant donné la façon dont ils occupaient leurs nuits depuis leur mariage.

Une fois qu'il eut terminé, il rinça son visage à l'eau claire et se sécha à l'aide d'un linge qu'il abandonna sur un coin de la table. Puis, il s'empara de sa chemise sur la chaise et l'enfila. Dans son dos, il entendit Urain soupirer. Il se retourna pour la voir ramener ses longs cheveux noirs sur une épaule avant qu'elle ne se mette à les brosser avec les doigts. Elle avait l'air absent tandis qu'elle avait entrepris de les tresser.

— À quoi penses-tu, *mo rùin* ?

Il sut qu'elle était partie loin quand elle tressaillit au son de sa voix.

— Que j'aimerais pouvoir rester dans tes bras toute la journée et oublier tout ce qu'il se passe actuellement, répondit-elle, en poussant un nouveau soupir.

À présent que MacNeil avait compris qu'Alasdair ne choisirait aucune de ses filles pour épouse, ce dernier s'attendait à ce que leurs hôtes plient bagage. Le Highlander avait hâte qu'ils s'en aillent afin d'entamer une franche discussion avec ses frères. Depuis deux semaines que les MacNeil avaient débarqué sur Skye, il n'avait pu avoir un moment tranquille avec ses aînés. Alasdair ne doutait pas que sa position avait entraîné des difficultés dans les tractations que menaient Finnon auprès d'alliés potentiels. Il se demandait ce que son frère avait à gagner à être un des plus farouches partisans de Jon Mór, le frère rebelle.

Il termina d'enfiler son pourpoint de cuir noir avant de rejoindre Urain sur leur couche. Là, il lui prit la main pour la porter à ses lèvres.

— C'est aussi mon vœu le plus cher, mais Neil doit m'attendre. J'espère qu'il m'annoncera le prochain départ des MacNeil. En plus, je me fais du souci pour lui, pour le clan, depuis que les MacLeod ont manifesté leur soutien à Jon Mór. Il est tiraillé entre prendre part à la rébellion ou demeurer fidèle à l'alliance conclue par notre père avec les MacDonald.

Les MacLeod de Dunvegan et de Lewis s'étaient retournés contre Dómhnall à cause de sa prise de position dans le conflit qui les opposaient à Godfrey, son demi-frère, qu'ils accusaient de leur avoir volé la péninsule de Sleat sur l'île de Skye. Un soutien qui n'était pas sans conséquences.

— La situation est délicate.

Alasdair acquiesça en attirant Urain dans ses bras.

— Les tensions entre les MacLeod des deux branches et Godfrey durent depuis un moment et ceci ne va faire que les exacerber.

— Et nous, nous sommes entre les deux, aussi bien d'un point de vue politique que géographique.

— Beaucoup de chefs remettaient déjà en question la politique expansionniste menée par John MacDonald, et son fils Dómhnall en fait également les frais à présent. Jon Mór sait tout cela et en tire avantage en distribuant les promesses avec grande générosité. Je me méfie de lui et, encore plus, de Finnon, son émissaire auprès de Neil. Je crois en la rumeur qui veut que ce soit lui qui ait convaincu Jon Mór Tanister de se rebeller contre Dómhnall. Je le vois faire tous les jours avec

Neil. Ses paroles s'insinuent comme du poison dans son esprit, déjà embrouillé par la maladie.

La voix d'Alasdair était chargée d'un dégoût certain lorsqu'il évoquait les agissements de Finnon. Son demi-frère était prêt à mettre en péril la sécurité du clan tout entier pour assouvir ses rêves de pouvoir.

— Que vas-tu faire ? demanda Urain.

Alasdair regarda Urain avec beaucoup de lassitude. Il lui dégagea une mèche de cheveux sur le front avant d'y déposer un baiser.

— Tout ce qui est en mon pouvoir pour nous éviter le pire. Si jamais Neil décidait de s'engager auprès de Jon Mór et que ce dernier perde, les MacKinnon seraient dépossédés de toutes leurs terres sur Skye et Mull également. Je ne le permettrai pas, ne serait-ce qu'en mémoire de mon père. Il n'aurait jamais laissé faire une chose pareille de son vivant. C'est pourquoi j'ai du mal à comprendre mes frères.

— J'ai toute confiance en toi. Tu es le meilleur guerrier du clan mais aussi, et surtout, un homme bon. Angus serait fier de toi, autant que je le suis en ce moment.

Les deux amants s'embrassèrent longuement.

Urain s'entretenait avec Beitris lorsque toutes deux sentirent le vent d'agitation, à l'extérieur du château. D'un commun accord, elles se dirigèrent vers la cour et découvrirent les cavaliers s'activant pour sortir leurs montures des écuries. Urain reconnut aussitôt Alasdair parmi eux. Son cœur fit un énorme bond dans sa poitrine, et elle dut se maîtriser pour ne pas se précipiter vers lui afin de connaître le motif exact de son départ précipité. Au même moment, un soldat passa devant elle. Il s'agissait de Colin, le jeune frère de Magnus.

— Mhairie, Beitris. Avez-vous appris pour le village ? leur lança-t-il.

La phrase leur causa un terrible choc, puisqu'elles ne se doutaient de rien. Urain et Beitris réagirent de manière identique en portant une main à leur bouche pour contenir un cri, craignant le pire.

— Non. Que s'est-il produit ? demanda Urain, la boule au ventre, sans pour autant perdre de vue Alasdair.

— Il y a eu une attaque. Plus importante cette fois-ci. Plusieurs maisons ont été incendiées et des hommes et des femmes blessés et même tués !

Sans en avoir conscience, Urain avait exécuté quelques pas en avant, abandonnant une Beitris en pleurs pour s'avancer en direction d'Alasdair. Ce dernier grimpait, d'un geste souple, sur son étalon, à la robe aussi noire que les cheveux de sa selkie.

Celle-ci décela alors une lueur étrange dans le regard de son époux, comme une mise en garde. Elle comprit le message et s'immobilisa. Son cœur saigna à l'idée qu'il allait partir et qu'elle ne pouvait pas l'embrasser pour lui dire au revoir. Alasdair lui adressa un clin d'œil discret signifiant « ne t'inquiète pas, je reviendrai bientôt », avant d'effectuer un demi-arc de cercle avec sa monture. Puis, il lança son cheval au grand galop. On leva la herse pour les laisser sortir, lui et ses hommes. Ils s'éloignèrent dans un immense nuage de poussière. Urain porta instinctivement ses deux mains à son ventre, en versant quelques larmes à la pensée de tous ces innocents villageois meurtris à cause de la folie de certains.

Plus loin, elle repéra Neil, dont les traits tirés et les joues creuses ne lui dirent rien qui vaille ; il discutait avec Finnon. L'envie de mettre à chacun son poing dans la figure la démangea furieusement, car tout cela était en partie de leur faute, et c'était Alasdair que l'on envoyait, ensuite, en première ligne dans ce conflit. Elle sentit soudain un regard insistant braqué sur elle et reconnut Marjory, qui l'observait avec grand intérêt. Celle-ci fixait son ventre sur lequel ses mains étaient encore posées. Urain les ôta aussitôt afin que la MacNeil n'aille pas en tirer des conclusions hâtives. Mise mal à l'aise par l'observation appuyée de Lady Marjory, elle regagna l'intérieur du château.

À l'approche du village, la colère d'Alasdair fut palpable. Elle s'amplifia lorsqu'il vit la colonne de fumée qui s'échappait vers le ciel, au loin, alors qu'ils étaient encore à trois lieues de l'incendie. Un regard à Duncan l'informa que, lui aussi, était hors de lui, à l'instar de Connor et Magnus également à leurs côtés. Dès que l'annonce de l'attaque était parvenue jusqu'à Dunakin, ils s'étaient portés volontaires afin de secourir la population. Les lâches responsables de ce carnage avaient fui après avoir pris les habitants par surprise. Comme Alasdair aurait aimé les passer par le fil de son épée, après leur avoir fait avouer l'identité des véritables commanditaires de tous ces raids !

Sur place, l'odeur âcre de la fumée le disputait à celle métallique du sang, dans un mélange qui donnait facilement la nausée à ceux qui le respiraient. L'horreur et la rage se lisaient sur le visage des guerriers, face au spectacle de désolation. Connor se signa en voyant le corps d'un jeune garçon qui avait dû être violemment écrasé sous les sabots d'un cheval.

Alasdair distribua ses ordres aux soldats. Il envoya un groupe de six hommes patrouiller aux alentours afin de repérer des traces, tandis que six autres se chargeaient d'aider les blessés. Duncan prit la tête du premier et Connor celle du second. Alasdair et Magnus, se rendirent à l'église pour s'entretenir avec le père Brendan. Ce dernier était occupé à fournir de l'eau à une mère dont l'enfant avait reçu une planche de bois sur le crâne. Le Highlander découvrit avec effroi que même la bâtisse religieuse n'avait pas été épargnée.

Il attendit que la femme et son fils soient escortés dans un endroit où ils pourraient être soignés pour interroger le prêtre.

— Comment allez-vous, mon père ?

L'homme d'Église posa sur lui un regard fatigué. Il était éprouvé par toutes les horreurs dont il avait été témoin et pourtant… il en avait vécu des drames en près de quinze années passées à sillonner les îles et les Highlands.

— Ils sont arrivés en nombre, mon fils. Ils n'ont laissé aucune chance à ceux qui se trouvaient sur leur chemin. Même les enfants ! s'exclama-t-il en exécutant un signe de croix. Ils n'étaient pas là pour faire peur ou voler, mais pour tuer. Ils ont lancé des flèches enflammées sur les toits des maisons qui ont pris feu, et sur celui de l'église également. L'un d'eux a écrasé un jeune garçon sous les sabots de son cheval, sans même lui accorder un regard. J'en ai vu des ignominies dans ma vie, mais jamais à ce point, pas dans un village tranquille, au petit matin. Ils sont arrivés, tel un vent porteur de mort et de malheur sur nous. Je vous le dis : ceci est la marque d'un démon à l'âme noire !

Alasdair crispa les mâchoires. Son visage s'était déformé sous le coup de la rage à mesure que le père Brendan déroulait le fil de son récit.

— Combien étaient-ils, selon votre estimation ?

— Une nuée, mon fils ! Je ne sais plus combien exactement, dit le prête en secouant la tête comme pour émerger de ce cauchemar. Ils étaient tous habillés de la même façon, avec un plaid aux couleurs sombres. Un villageois prétend qu'il s'agissait des MacLean, car il a entendu l'un d'entre eux prononcer ce nom, mais je n'en suis pas certain.

Alasdair pinça ses lèvres et parcourut du regard les alentours.

— Pourriez-vous m'indiquer où trouver cet homme ? J'aimerais m'entretenir avec lui et lui poser quelques questions. C'est très important, mon père. Ensuite, je donnerai des ordres pour conduire les plus fragiles en sécurité, au château, et pour réparer les maisons qui peuvent l'être, ainsi que le toit de l'église. Nous devrons également enterrer les morts.

— Merci, mon fils, souffla, avec gratitude, le prêtre éprouvé.

Alasdair ne regagna la chaumière que très tard dans la nuit. Avant, il avait eu à faire son rapport sur les événements survenus au village à Neil, toujours accompagné de Finnon qui ne le quittait plus. À son retour auprès d'Urain, il lui raconta l'échange qu'il avait eu avec ses frères au cours de la matinée, avant son départ précipité.

— Ils sont devenus fous ! s'écria-t-elle.

— Je le crains. Finnon soutient que c'est le moment de frapper, tant que la couronne est encore fragilisée par la mort de Robert.

— Mais cela ne signifie pas pour autant que Dómhnall est sans défense ! C'est ahurissant !

Les partisans du frère rebelle étaient d'avis d'attaquer les MacDonald tant que l'héritier de Robert II n'était pas légitimement en place. Jean Stuart, comte de Carrick, avait succédé à son père Robert II sur le papier, mais il était convenu que son frère, l'influent comte de Fife, détiendrait réellement le pouvoir. Ce qui illustrait à merveille l'idée que le *tànaiste* n'était pas toujours le bon fils. Quoi qu'il en soit, Jean, qui avait décidé de prendre le nom de Robert III afin d'éviter d'être associé au malheureux Jean Balliol, ne serait intronisé que d'ici un ou deux mois à Scone, ce qui laissait largement le temps aux forces de Jon Mór de s'emparer de la seigneurie des îles avant que la couronne ne soit en mesure d'intervenir.

— Comment comptes-tu t'y prendre, Alasdair ?

— Que crois-tu que je doive faire, *mo rùin* ? Bien sûr que… jamais… hors de question que je permette à mes frères d'entraîner les MacKinnon dans une guerre perdue d'avance !

En voyant Urain sursauter, il se pinça l'arête du nez en expirant bruyamment.

— Pardonne-moi. Je… j'ai, par moments, envie de m'enfuir loin d'ici avec toi et de laisser tout cela derrière nous.

Alasdair vint s'asseoir sur le lit et posa une main sur la cuisse d'Urain.

— On ne peut pas les laisser faire, soupira-t-elle. Angus doit se retourner dans sa tombe !

— Si mes frères s'obstinent, je n'hésiterai pas à quitter Skye. Rien ne compte plus pour moi que de te mettre à l'abri de tout cela, même si ça signifie que je doive renoncer au clan de mon père.

Évidemment, cette solution ne l'enchantait guère, il devrait offrir son épée au plus offrant ; certes, sa réputation d'excellent guerrier lui permettrait de faire vivre sa famille. Cependant, il avait rêvé d'une meilleure vie pour Urain et leurs futurs enfants, une vie sur les terres des MacKinnon.

Urain posa son front contre le sien.

— Espérons que nous n'en arriverons pas à de telles extrémités.

Il l'espérait lui aussi...

Le lendemain, Alasdair fut convié dans la grande salle où sa présence avait été requise pour assister à une réunion d'urgence avec ses frères et les autres conseillers de Neil ; une énième réunion qui l'avait empêché de se joindre à l'entraînement de ses hommes.

Là, le guerrier ne prit même pas la peine de dissimuler sa colère face aux déclarations de Finnon. L'abbé venait de lui apprendre le ralliement de leur clan à la cause de Jon Mór.

— Tu l'as dit toi-même, Alasdair, ce villageois a reconnu un des hommes de Duart ! argumenta le prélat. Il nous faut réagir à cet affront !

— Non ! Ce n'est pas ce que je vous ai rapporté. Le villageois a entendu un des hommes ayant pris part à l'attaque mentionner le nom des MacLean de Duart, ce qui constitue une grande différence. C'est comme si on avait cherché à ce que ce pauvre forgeron soit témoin de la scène. D'ailleurs, le soi-disant mercenaire de Lachlan lui a épargné la vie, chose qu'il a refusée à la femme et la fillette à côté de lui. N'est-ce pas étrange ? Je pense que toutes ces agressions ont pour unique but de nous détourner de nos anciens amis, et ainsi nous forcer à prendre le parti de Jon Mór qui ne cesse de se présenter comme la solution aux problèmes de tout le monde ! Comme aux MacLeod à qui il a promis de restituer la péninsule de Sleat quand il aura récupéré la seigneurie des îles, ou Lochbuie qu'il tient dans ses filets en lui faisant miroiter les terres de son beau-frère. Tout ce que je vois, moi, est qu'il n'y a que lui qui tirerait avantage de cette rébellion. Certainement pas tous ces clans et le nôtre encore moins ! N'est-ce pas, Finnon ? rétorqua Alasdair, d'un ton mordant.

— Que suggères-tu ? demanda Neil, l'air plus malade que jamais.

— De clarifier notre position auprès de la comtesse de Ross pour nous assurer de son soutien, et de parlementer avec les alliés de notre père. Je suis certain que c'est ce qu'il aurait fait…

Alasdair s'interrompit lorsque Finnon commença à faire les cent pas en soufflant d'agacement. Il reprit en ignorant le comportement de son frère :

— Je connais Lachlan MacLean. Et mon oncle Ruppert encore plus. Jamais ces hommes n'auraient payé des mercenaires pour saccager ce village et tuer des innocents, quand bien même tu aurais décidé de te ranger derrière Jon Mór. Par le sang du Christ, Neil, tu le sais mieux que moi !

— Tu as définitivement passé trop de temps à Duart, petit frère, ricana Finnon. J'avais prévenu notre père au moment de prendre sa décision. Peut-être es-tu devenu plus MacLean que MacKinnon après toutes ces années à vivre là-bas ? Mais c'est bien normal, ta mère en était une.

Cette fois, la pique fit mouche auprès d'Alasdair. Le Highlander était sur le point de perdre son sang-froid devant cette nouvelle provocation. Neil leva la main pour mettre fin à la querelle. Il en profita pour congédier tous les autres hormis ses frères. Le chef MacKinnon se redressa avec peine, le visage dégoulinant de sueur et le teint verdâtre. Durant un instant, Alasdair craignit qu'il ne s'effondre pour de bon.

— Puisque tu plaides pour des pourparlers, Alasdair, je te… demande de faire le voyage… jusque sur Mull, prononça-t-il difficilement. On m'a rapporté que les attaques s'y étaient multipliées. Je souhaite que… tu t'y rendes pour également mener une enquête. S'il s'agit d'une forme d'intimidation de MacDonald, avec la participation de MacLean, par rapport à nos liens supposés avec Jon Mór, la réponse devra être ferme, anciennes alliances ou non ! Est-ce clair ? Dans le cas où nous ferions erreur, je m'engage à renoncer à soutenir Jon Mór.

Finnon allait protester, mais Neil lui lança un regard d'avertissement dur et n'admettant pas de réplique, ce qui étonna grandement Alasdair. Se pourrait-il que Neil fasse preuve de courage en songeant que ses décisions pourraient signer la fin des MacKinnon de Skye ?

— Je suis las de ces conflits de succession qui ne nous concernent pas. Père avait raison… Trop de sang des nôtres a déjà coulé par le passé. Si le maintien de la paix est toujours possible, alors nous devons œuvrer dans ce sens. Bonne chance, Alasdair. Tu partiras à la fin de la semaine.

Alasdair acquiesça. Il obéirait à son frère aîné, avec l'espoir qu'il puisse rattraper la situation catastrophique dans laquelle le clan avait été placé, par la faute de conseillers inconséquents.

— Alasdair ! cria Finnon avant qu'il n'atteigne la sortie.

Le guerrier se retourna sans se presser.

— Va parlementer avec ton cher oncle Ruppert et son cousin à Duart, cracha-t-il, mais veille à te rappeler à qui revient ta loyauté.

Alasdair serra la mâchoire. C'était ça ou bien embrocher son demi-frère au mépris de leur lien de parenté. Il partit sans s'occuper de l'abbé qui affichait un sourire mauvais.

— Alasdair, attends ! Tu marches trop vite. Ralentis !

— Pardonne-moi.

Urain accepta la main qu'il lui tendait pour l'aider à franchir l'obstacle que constituaient les rochers coupants. Depuis trois jours, son époux avait pris l'habitude de l'emmener sur leur plage secrète pour l'y entraîner au combat au corps à corps. De longues séances éprouvantes physiquement durant lesquelles il lui avait enseigné des techniques efficaces pour combattre un adversaire faisant deux fois sa taille, et seulement en utilisant le poids de son corps. Son mari mettait parfois tellement de hargne dans ses leçons qu'il la poussait jusqu'à ce qu'elle n'en puisse plus et réclame grâce. Et là encore, il lui arrivait d'être intraitable. D'un autre côté, elle ne lui en tenait pas rigueur, car elle connaissait les raisons qui le poussaient à agir ainsi. Il avait peur. Peur pour elle, de ce qui pouvait lui arriver lorsqu'il serait parti. D'ici le lendemain, il s'en irait pour sauver le clan du désastre. Il prendrait la mer, accompagné de Duncan, dans le but de plaider la cause des MacKinnon auprès des MacLean de Duart qui avaient l'oreille de Dómhnall MacDonald, sur l'île de Mull. De la réussite d'Alasdair dépendait la survie des leurs.

La seule bonne nouvelle était le départ de Lady Marjory et de sa sœur. Les MacNeil avaient pratiquement pris la fuite après l'attaque du village et la confirmation de leurs soupçons sur le déclenchement imminent d'un nouveau conflit d'ampleur. Depuis qu'il était clair qu'une alliance par le mariage n'aurait jamais lieu entre les MacKinnon et les MacNeil, il devenait *de facto* inutile de se mêler à la future bataille. Avec plusieurs filles en âge de se marier et un fils à former, le seigneur de l'île de Barra avait bien d'autres choses en tête que la succession houleuse des MacDonald.

Urain et Alasdair parvinrent à destination, et quelle ne fut pas sa surprise de découvrir Connor, Duncan, Magnus, Beitris et le père Brendan debout face à la mer. Ils formaient un demi-cercle et, trop absorbés par leur discussion, n'avaient pas remarqué leur présence. Le père Brendan s'avança, et Urain comprit la raison de leur présence à cet endroit précis. Elle se tourna vers Alasdair, le regard brillant. Il leva la main pour essuyer une larme qui dévalait sa joue.

— Tu...

— Oui, *mo rùin*. Nous allons de nouveau nous marier, mais devant témoins cette fois-ci. Ainsi, personne, pas même un de mes frères, ne pourra contester notre union. Pas devant un vrai prêtre. Je ne peux courir le risque de te laisser sans protection dans le cas où...

Un malheur surviendrait durant son voyage. Alasdair ne le dit pas clairement, mais cette vérité flotta au-dessus d'eux telle une épée de Damoclès.

Leurs amis vinrent à leur rencontre. À la joie d'apprendre qu'Alasdair s'était enfin décidé à jeter son dévolu sur une jeune femme s'ajoutait la stupeur de découvrir qu'Urain et Mhairie n'étaient qu'une seule et même personne.

— Quand je pense à toutes ces choses que j'ai dites sur les filles devant toi, se lamenta Duncan.

Urain rit de bon cœur en lui massant l'épaule.

— Si ça peut te consoler, j'ai entendu bien pire venant d'autres.

— Je n'ose imaginer l'enfer que cela a dû être de passer ton enfance avec nous ! s'esclaffa Magnus, qui avait lui-même du mal à y croire.

— Détrompe-toi, je revivrais chaque minute si c'était possible. Et puis, sans le savoir, vous m'avez toujours préservée sans jamais me traiter comme inférieure.

— Parce que tu valais autant que nous ! déclara Duncan.

Les autres approuvèrent son propos d'un hochement de tête.

— Et nous voilà, ce soir, réunis pour célébrer votre union avec Alasdair... souffla Magnus. C'est à peine croyable !

Bien qu'ayant été mis dans la confidence par Alasdair, la veille, les hommes peinaient à assimiler la nouvelle. Pour eux, Urain avait été successivement leur ami, un garçon certes frêle mais capable et surtout volontaire, puis Mhairie, la jolie servante qui faisait tourner quelques têtes sans en avoir conscience, puis Urain, la femme qu'Alasdair s'apprêtait à épouser, la vraie, celle qu'il aimait. Quoi qu'il en soit, il n'avait jamais vu leur ami et cousin aussi heureux que depuis qu'Urain et lui s'étaient retrouvés.

— Quand je pense que j'ai été le seul à le deviner sans qu'on me le dise. Je suis vraiment le plus intelligent de la bande.

— Connor MacGregor, toujours à fanfaronner ! se moqua Urain.

— Et moi qui redoutais que tu ne le découvres plus vite. Je t'avais surestimé, Connor ! s'exclama un Gilleonan d'humeur taquine, qui venait d'arriver.

Urain pivota sur ses talons avant de se précipiter sur son oncle qu'elle étreignit. Il était logique que l'homme à qui elle devait tant soit présent le jour de son (second) mariage avec Alasdair.

— Tous mes vœux de bonheur à tous les deux ! Ta maman aurait été si fière de toi, lui glissa-t-il à l'oreille.

— Merci. Merci pour tout.

L'homme aux tempes grisonnantes lui sourit.

Un nœud se forma dans la gorge d'Urain face à tout ce qui se déroulait sous ses yeux. Des flambeaux avaient été plantés profondément dans le sol afin d'éclairer la cérémonie. Le crépuscule leur offrait une incroyable palette de couleurs allant du rose au bleu. C'était comme si le ciel s'était paré de ses plus beaux atours pour ses noces avec Alasdair. Un bonheur extrême menaça soudain de la submerger.

Puis, ce fut au tour de Beitris de la prendre dans ses bras. Son amie sanglotait, des larmes de joie inondaient ses joues rebondies. Son émotion fut contagieuse, car Urain elle-même ne put se retenir de pleurer. Passé ce moment touchant, la femme de Magnus l'entraîna à l'écart pour l'aider à enfiler une cotte dans les tons bleu clair qu'elle avait confectionnée à partir du tissu oublié par Lady Joan à Dunakin.

— Elle avait aussi jeté un splendide surcot au prétexte qu'il avait un petit trou. Te rends-tu compte ? Je l'ai récupéré et reprisé pour toi.

— Il ne fallait pas te donner tout ce mal, Beitris.

— Bien sûr que si ! On ne se marie pas tous les jours avec l'homme que l'on aime depuis sa naissance. Quand Magnus m'a raconté ce que lui avait dit Alasdair, je n'en croyais pas mes oreilles ! C'est tellement romanesque ce qu'il y a entre vous ! s'extasia la jeune femme en portant les deux mains à sa poitrine.

Urain fut terriblement émue par la gentillesse ainsi que par les paroles de Beitris.

Les deux amies s'enlacèrent une fois qu'elle fut totalement prête. La couturière avait réalisé un travail formidable. La tenue seyait à merveille à la mariée, même sa poitrine légèrement plus volumineuse ces derniers jours était parfaitement moulée par le décolleté carré.

Au bout d'un moment, le père Brendan se rappela au bon souvenir du groupe en toussotant dans son poing.

— Nous sommes ici pour unir un homme et une femme devant le Seigneur tout-puissant, déclara-t-il quand la petite assemblée fut réunie autour des deux époux. Si quelqu'un souhaite s'y opposer, qu'il parle maintenant ou se taise à jamais.

Bien sûr, personne n'ouvrit la bouche, pas même Connor pour plaisanter. L'instant était solennel. Urain et Alasdair échangèrent ensuite leurs vœux. Des vœux où ils se promettaient amour, soutien et fidélité jusqu'à ce que la mort les sépare.

À la fin, juste avant d'embrasser la mariée, le Highlander termina en murmurant « *Tha gaol agam ort* » à son épouse, qui lui chuchota à son tour un « je t'aime » vibrant d'intensité.

21

Alasdair était parti depuis quatre jours maintenant, et l'état de santé de Neil s'était encore dégradé. Urain espérait que son époux reviendrait très bientôt, car elle redoutait d'avoir à lui annoncer la mort de son frère aîné. Connor et Magnus ne cachaient pas non plus leur inquiétude. Les deux guerriers étaient aux aguets, prêts à intervenir dans le cas où Finnon déciderait de s'emparer de la tête du clan sans procéder à un vote, si jamais Neil décédait avant le retour d'Alasdair. Le jeune Fergus étant seulement âgé de six ans, il était hautement improbable qu'il puisse prendre la suite de son père. Quant à Finnon, aux yeux d'une majorité de combattants, il était inconcevable qu'un ecclésiastique se retrouve à diriger une armée, mais l'homme se refusait à le comprendre. En conséquence, et comme l'avait intelligemment remarqué Lady Joan MacNeil le jour de son arrivée, le choix d'Alasdair s'imposait de lui-même. Un choix que ne manqueraient pas de contester les soutiens de l'abbé et parmi lesquels figurait le détestable Gordan.

— Vous avez demandé à me voir ? chuchota Urain à l'adresse de Gilleonan.

La jeune femme ne comprenait pas pourquoi son oncle avait sollicité une rencontre avec elle dans les sous-sols du château.

— Tu as bien veillé à ce que personne ne te suive ?

— Oui. Ne vous inquiétez pas, j'en ai l'habitude, lui répondit-elle avec un sourire que Gilleonan ne lui rendit pas.

L'homme était nerveux et ne cessait de jeter des coups d'œil par-dessus son épaule.

— Très bien. Allons-y tout de suite. Nous n'en avons plus pour très longtemps, j'en ai bien peur.

Urain l'aurait volontiers interrogé par ce qu'il entendait par « plus pour très longtemps », mais Gilleonan l'entraîna d'autorité à travers le dédale de couloirs sombres de l'immense forteresse.

Dunakin avait été bâti sur les ruines d'un ancien château datant du règne des Vikings sur les îles. De ce passé troublé par de nombreux raids sanglants, seuls les sous-sols étaient demeurés intacts, puisque leurs murs avaient été taillés à même la roche de la falaise. Les côtes de l'île de Skye étaient réputées pour être les plus escarpées des Hébrides Intérieures, et certaines n'étaient pas sans rappeler les ailes d'un gigantesque oiseau en plein vol.

Gilleonan s'arrêta net. Urain le vit s'emparer d'un des flambeaux accrochés au mur. Il se tourna vers elle, le visage grave.

— À partir de maintenant, il est impératif que tu te rappelles le chemin.

Comme elle le fixait de ses grands yeux, l'air ahuri, il insista :

— C'est très important ! Ton époux m'a demandé de prendre soin de toi, et je suis déterminé à honorer la promesse que j'ai faite à cet homme, ainsi qu'à ta mère, il y a très longtemps. Alasdair et toi êtes l'avenir du clan MacKinnon, Urain.

— Mais enfin que se passe-t-il, mon oncle ?

Urain n'avait pu contenir un élan de panique dans le son de sa voix. Gilleonan posa une main réconfortante sur son épaule.

— La situation va de mal en pis. J'ai entendu des choses, des rumeurs que je pense vraies. Que je sais véritables. Aussi, je ne veux courir aucun risque. L'endroit que je m'apprête à te montrer est secret. Jamais personne ne doit en avoir la moindre connaissance hormis Alasdair et toi. Il en va de la sécurité des habitants de Dunakin.

— Où m'emmenez-vous ?

— Il y a des siècles, un passage secret avait été aménagé afin de permettre aux occupants du château de s'échapper en cas d'attaque venue de la mer. Celui-ci menait apparemment jusqu'aux montagnes. Hélas, il y a dû y avoir un éboulement ou bien un sérieux affaissement de la falaise à cet endroit précis, car le reste du chemin n'existe plus aujourd'hui. En revanche, on en a trouvé un autre en parallèle de celui creusé par la main de l'homme. Il s'agit d'une galerie qui conduit tout droit jusqu'à la grotte aux fées.

Le regard d'Urain se fit plus intense tandis que sa bouche s'arrondissait en un « o » silencieux.

— La grotte a été nommée ainsi parce que ceux qui ont découvert l'existence de cette galerie ont propagé des histoires sur le sort réservé par des êtres dotés de pouvoirs magiques aux humbles mortels qui s'y aventuraient.

— Mais c'était en réalité pour dissuader les curieux de découvrir ce qui s'y cachait, finit-elle à la place de son oncle.

— Exactement. De nos jours, si cela s'ébruitait, nos ennemis pourraient l'utiliser pour envahir Dunakin.

— Et vous, comment l'avez-vous appris ?

— Je suis le régisseur de ce château depuis bien avant ta naissance et, avant moi, mon propre père avait servi le père d'Angus et son fils après lui... Je suis un MacKinnon et je sais bien des choses que les autres ignorent sur l'histoire de notre clan. Fais-moi confiance, Urain.

— Je n'ai jamais douté de vous, mon oncle. Vous avez toujours été comme un père pour moi.

— Et tu es la fille que je n'ai jamais pu avoir, lui confessa-t-il en retour.

Ils se sourirent. Puis, Gilleonan et elle poursuivirent leur exploration des boyaux de Dunakin. Ils débouchèrent bientôt dans un cul-de-sac. Le mur du fond semblait être fait de grosses pierres mal empilées, et Urain comprit que c'était effectivement le cas, lorsque Gilleonan entreprit d'en dégager une partie. Un trou se révéla au moment où son oncle souleva la plus grosse. Elle entendit alors le bruit du ressac.

— C'est la mer ?

Il acquiesça.

— Nous sommes tout près de la plage sur laquelle tu t'es unie à Alasdair.

Urain en eut le vertige. Des années durant, elle avait effectué le trajet pour se rendre dans son havre de paix sans avoir connaissance de l'existence d'un tel chemin. Rarement un secret avait été si bien gardé. En plusieurs siècles, rien n'avait filtré. C'était extraordinaire !

— Pourquoi me montrer ce passage maintenant ? interrogea-t-elle Gilleonan, alors que ce dernier terminait de désencombrer la voie.

— Parce que d'ici peu tu pourrais en avoir besoin. Maintenant, retournons au château avant que quelqu'un ne remarque notre absence.

— Qu'y a-t-il de si dangereux, mon oncle, pour que vous vous exprimiez ainsi ? s'alarma-t-elle.

— Écoute, commença-t-il en lui saisissant les épaules. Tout me porte à croire que la maladie de Neil n'est pas naturelle. La guérisseuse des MacDonald avait déjà émis des doutes à ce sujet lors de sa venue.

— Je sais. Elle m'en a fait part, au moment où le petit Fergus est tombé malade lui aussi. Mais elle n'en était pas certaine.

Gilleonan hocha la tête.

— Pour lui, il s'agissait sûrement d'un accident. Il ne représente aucun danger pour les responsables, à ce stade, ajouta-t-il. Pour le père, en revanche...

— À qui pensez-vous ?

— Peu importe. As-tu parlé à quelqu'un de ce que t'a raconté la guérisseuse des MacDonald ?

— À personne, excepté Alasdair.

— Parfait ! À partir d'aujourd'hui, pas un mot de tout ceci à qui que ce soit. Je sais que tu aimes Connor et Magnus comme des frères et ils te le rendent bien. S'ils sont restés ici, à Dunakin, au lieu de suivre Alasdair, c'est pour toi ; afin d'assurer ta sécurité en cas d'attaque. Alasdair aurait sollicité Dieu et tous les Archanges en personne pour qu'il ne t'arrive rien durant son absence ! Mais tu ne dois rien leur dire, car cela pourrait les mettre en danger. Les murs ont des oreilles ici.

La référence au côté surprotecteur de son époux fit sourire Urain.

— Je sais me défendre, répliqua-t-elle.

— Il n'y a pas plus courageuse que toi, mais il est fort possible que cela ne suffise pas, ma petite. Sauras-tu revenir ici en cas de besoin ?

— Je crois, oui.

— Tu dois en être sûre, Urain ! fit-il en la secouant très légèrement.

Le ton véhément de Gilleonan la surprit. Elle mit donc plus de conviction dans sa réponse.

— J'en suis sûre. J'ai... je le pourrai.

— Très bien. Dans ce cas, partons.

Ils approchaient du lieu où ils avaient décroché le flambeau du mur, quand Gilleonan la mit une dernière fois en garde.

— Tu vas remonter l'escalier la première. J'attendrai ensuite quelques minutes avant de te suivre. Il ne faudrait pas que notre absence suscite la méfiance. Restons sur nos gardes jusqu'à ce que nos ennemis se montrent au grand jour. Alors, nous serons prêts pour la riposte.

De sa vie entière, Urain n'avait jamais entendu son oncle, un intellectuel toujours si calme, tenir un tel discours.

— Et ces ennemis, qui sont-ils exactement ? Les MacLean ? MacDonald ? ou bien Finnon ? tenta-t-elle.

Gilleonan pinça les lèvres à l'énoncé du dernier nom. Le silence éloquent du régisseur était en soi un aveu. Urain n'était pas réellement surprise, toutefois reconnaître la culpabilité du demi-frère d'Alasdair revenait à concevoir l'inconcevable : l'existence d'un traître parmi les plus proches.

Des voix retentirent soudain à l'autre extrémité du corridor. Urain et Gilleonan eurent tout juste le temps de se glisser dans la salle où la jeune femme entreposait les chandelles et le matériel d'entretien, avant que des hommes n'apparaissent à l'angle du couloir.

Depuis leur cachette, elle identifia deux voix, dont l'une ne permettait aucun doute sur l'identité de l'individu en question : Gordan. Visiblement, cette brute exerçait ses talents sur une autre personne dont les gémissements plaintifs lui arrachèrent une grimace. Entre deux râles, celle-ci suppliait son agresseur d'épargner sa famille.

— Est-ce le maître cuistot ? chuchota-t-elle à son oncle.

Gilleonan se contenta de plaquer son index sur ses lèvres closes.

Quelle raison aurait Gordan de le molester ?

Puis la lumière se fit. Qui de mieux placé que le cuisinier pour empoisonner les rations d'un chef que l'on souhaitait voir disparaître. C'était tellement retors que l'esprit d'Urain avait mis du temps à imaginer le stratagème digne de vipères de la pire espèce.

Ne résistant pas au besoin de voir ce qui se tramait de l'autre côté du rideau, elle se pencha légèrement. Son geste fit gondoler l'épais tissu. Elle pesta intérieurement en retenant son souffle. À côté d'elle, Gilleonan était aussi immobile qu'une statue. Heureusement pour eux, l'imprudente curiosité d'Urain fut sans conséquence. Néanmoins, elle avait eu le temps d'apercevoir deux autres soldats. C'étaient eux qui retenaient le pauvre cuisinier pendant que Gordan s'occupait de lui. L'homme bafouillait de terreur.

— Mon maître s'impatiente ! pesta le favori de Finnon.

— Me... mais vous aviez exigé que cela ressemble à une maladie ! J'ai fait tout ce que vous m'aviez demandé.

— Oui, mais les choses ont changé. Il doit mourir. Maintenant !

— Ne pourriez-vous pas vous en charger ? Ve... vous avez une épée ! bredouilla l'homme.

— Es-tu sot ? Le tuer de cette façon attirerait les ennuis et c'est précisément ce que mon maître cherche à éviter. Alors, assure-toi que ça ait l'air naturel.

— Je ne suis pas guérisseur, monseigneur !

— Et moi, je ne suis pas connu pour ma patience ! Fais ce qu'on te dit, vieillard, ou ta famille et toi vous retrouverez dans l'au-delà plus tôt que tu ne le penses… Ramenez-le discrètement en cuisine !

Les bruits de pas s'éloignèrent, le silence revint. Urain put relâcher son souffle. La situation était explosive. Alasdair devait être tenu au courant.

Après s'être assuré du départ de Gordan et de ses sbires, Gilleonan renvoya Urain au château. Agir comme si rien ne s'était produit lui demanda un effort surhumain. Elle sursautait au moindre bruit suspect et ne supportait plus la vue de Gordan, qui se pavanait tel un paon au milieu des autres soldats. À le voir se comporter comme si une place de choix lui était acquise, elle se remémora les mots qu'il avait eus lorsqu'il l'avait coincée dans le couloir.

« Je t'ai vue avec cet arrogant MacGregor. Cet idiot se croit tout permis, tout ça parce qu'il est le neveu d'Angus. Mais l'ancien chef est mort et le prochain ne l'apprécie pas du tout. Tu serais bien traitée, ma belle, si tu étais à moi. »

En mentionnant l'ancien chef, il faisait référence à Angus. Quant au prochain, en toute logique, il ne s'agissait pas de Neil…

Après les événements de la matinée, Urain s'était isolée au bord de l'eau afin de réfléchir. Au son des vagues, elle en avait oublié ses corvées au château, se passant et se repassant en boucle les menaces de Gordan, jusqu'à ce que Connor la rejoigne comme elle le lui avait demandé.

À son retour, elle repéra des hommes armés rôdant autour de sa chaumière alors qu'elle remontait, seule, le sentier menant à Dunakin. Tout dans leur attitude lui parut suspect, aussi eut-elle le réflexe de se mettre à couvert en s'allongeant dans les hautes herbes.

À première vue, ils cherchaient quelque chose ou plutôt quelqu'un.

Elle.

Seigneur !

Urain songea à l'avertissement de son oncle sur les murs

possédant des oreilles. Il fallait croire que les rochers aussi, car, sur la plage, elle s'était confiée au MacGregor à propos de la scène à laquelle Gilleonan et elle avaient assisté dans la réserve.

Que lui voulaient ces hommes ?

Compte tenu des circonstances, elle jugea plus prudent de rebrousser chemin.

Elle attendit que le soleil se couche pour revenir vérifier s'ils étaient toujours là (il n'y avait plus personne), et saisit l'occasion pour s'infiltrer comme une voleuse dans sa propre maison. Par mesure de précaution, elle avait choisi de ne pas utiliser la porte d'entrée au profit de la fenêtre, laquelle avait l'avantage d'être à l'abri des regards indiscrets. Sa main avait à peine eu le temps de repousser un des volets que des doigts forts se refermèrent sur son bras tendu. Elle se mordit l'intérieur de la joue pour ne pas hurler mais ne put empêcher l'émission d'un couinement.

— Chut ! C'est moi, Mhairie, murmura une voix d'homme qu'elle reconnut aussitôt.

— Ewen ?

Elle n'en crut pas sa chance !

— Que se passe-t-il ? Que fais-tu ici ?

— Je suis venu voir si tu allais bien. J'étais au château quand la rumeur s'est propagée.

Urain fronça les sourcils. Elle eut comme un affreux doute.

— Quelle rumeur ?

— Celle de la mort de Neil, voyons ! Empoisonné par son propre frère !

Quoi ?

Se pouvait-il que Gilleonan ait déjà parlé à un des conseillers du laird ? Mais pendant qu'elle pensait cela, Ewen réduisit ses espoirs à néant.

— Alasdair sera arrêté dès son retour ici.

La foudre s'abattit sur elle et la pétrifia.

— Al... Alasdair ? croassa-t-elle.

— Horrible, hein ? Il se raconte qu'il aurait menacé le maître cuistot pour qu'il se charge de la sale besogne.

— Non... non ! C'est faux, s'écria-t-elle, complètement sonnée.

— Moins fort, Mhairie. Tu oublies les gardes.

— Ils n'ont qu'à interroger le maître cuistot, reprit-elle à voix basse. Je suis certaine que lui a une tout autre version à fournir.

— Si seulement c'était possible, soupira Ewen. Des hommes l'ont retrouvé égorgé à l'arrière de la réserve.

— Dans ce cas, comment peuvent-ils être sûrs qu'Alasdair soit derrière la mort du chef ? Il n'est même pas là pour se défendre !

— Je l'ignore. Je t'ai dit tout ce que je savais, fit-il en haussant les épaules.

— Tout cela ne m'explique pas ta présence ici, devant ma maison, précisa-t-elle.

Ewen afficha un air embêté et se mit soudain à fuir son regard.

— Ils te cherchent, toi aussi.

— Moi ? Mais pour quelle raison ?

— À cause de ta proximité avec Connor MacGregor. Magnus et lui sont soupçonnés d'avoir aidé Alasdair dans ses plans.

— Connor et Magnus ? C'est absurde ! Ils n'ont rien à voir avec tout ça. Il faut que j'aille leur parler.

— C'est impossible.

Urain, qui s'apprêtait à partir, se figea.

— Pourquoi ? Où sont-ils maintenant ?

— Ils ont été arrêtés, j'ai vu les gardes les conduire en prison.

Elle marmonna une série de jurons qui firent rougir le très respectable Ewen MacGrómach. Puis, une fois calmée, elle se résolut à dévoiler au forgeron tout ce qu'elle avait découvert concernant les machinations de Finnon. À la fin de son récit, le pauvre Ewen donnait l'impression d'avoir reçu un coup de masse sur le crâne.

— Comment pourrions-nous prouver leur innocence quand tout est contre eux ?

— Finnon et Gordan ne sont que des immondes menteurs ! Ils sont aveuglés par leur quête de pouvoir et se fichent de mener le clan à sa perte pour y parvenir !

— Je t'en prie, Mhairie, moins fort. Et reste en dehors de cette histoire, je t'en conjure. Tu connais à peine Alasdair et

Magnus. À moins bien sûr que Connor et toi... Est-ce vrai ce que l'on raconte sur vous ? Certains prétendent que...

— Que quoi ? insista-t-elle.

— Que tu es sa maîtresse.

L'intéressée partit dans un grand éclat de rire sans se soucier de rester discrète. Ewen l'implora une nouvelle fois de se taire, il craignait que son comportement irrationnel n'attire les gardes non loin.

— Enfin Mhairie, qu'ai-je dit de si drôle ?

Celle-ci cessa de rire et orienta un regard luisant de colère sur le malheureux messager.

— Je ne m'appelle pas Mhairie ! siffla-t-elle entre ses dents. Mon nom est Urain, et je sais que mon mari ainsi que ses cousins et Magnus sont innocents de ce que l'abbé et son chien des Enfers les accusent !

Ewen recula comme si on l'avait poussé.

— Ton mari ? Je ne comprends pas.

Urain redressa fièrement le menton.

— Je suis la femme d'Alasdair et je défendrai l'honneur de mon époux jusqu'au bout !

— Mon Dieu, mais...

Ewen devint transparent aux yeux d'Urain qui ne songeait qu'au moyen de faire évader ses amis et laver la réputation d'Alasdair.

— Il faut que je libère Connor et Magnus, dit-elle tout haut. Ils n'ont rien fait de ce qu'on leur reproche. Peut-être que Finlay...

— Si c'est au capitaine de la garde que tu penses, il a aussi été mis en cellule, la coupa Ewen.

Si le père de Magnus avait été arrêté, Colin, son plus jeune fils, l'était sûrement lui aussi. Ainsi Finnon s'assurait que Connor ne reçoive aucune aide de l'extérieur. Ce qui expliquait la présence des hommes de Gordan devant sa chaumière si tout le monde voyait en elle la maîtresse du MacGregor. Au retour d'Alasdair et Duncan, ils n'auraient plus qu'à les cueillir à leur descente de bateau. Le plan était astucieux, mais comportait un écueil : elle.

— Très bien, dit-elle en bombant la poitrine. Je les ferai sortir de là, moi-même !

— Tu n'y arriveras pas, lui lança Ewen directement.

Sa remarque lui valut une œillade assassine de la part d'Urain.

— Qui es-tu pour affirmer cela ? Je t'apprécie beaucoup Ewen, mais tu ne me connais pas. Tu n'as aucune idée de ce dont je suis capable.

Il s'obstina à secouer la tête.

— Tu n'y arriveras pas, répéta-t-il. Pas toute seule, je vais t'aider.

— Inutile, ce n'est pas ton combat, Ewen.

— Ma mère est une MacKinnon, ça l'est au contraire. Dis-moi ce que tu projettes de faire, tu peux compter sur moi.

22

Sa mission sur l'île de Mull avait conforté Alasdair dans ses soupçons, lesquels étaient devenus des certitudes à l'aune de ce qu'il y avait découvert.

Tous ces raids à travers les terres MacKinnon sur les îles de Mull et Skye n'étaient en vérité qu'une grossière machination destinée à précipiter le clan dans les bras de Jon Mór, le sauveur des chefs emplis d'amertume envers le seigneur des îles. Le but ? Semer la discorde entre les uns et les autres afin d'embraser les Hébrides. Alasdair ne pensait pas Dómhnall assez stupide pour procéder de cette manière, encore moins Lachlan MacLean pour qui son oncle Ruppert avait le plus profond respect. Par conséquent, toute la faute en revenait au frère rebelle et ses partisans, dont faisait partie Finnon.

Lorsqu'une petite embarcation de pêcheur accosta le long des côtes de Duart, le Highlander fut surpris de voir Ewen MacGrómach sauter à terre. Ce dernier accourut vers lui, car il avait un message à lui délivrer.

— Arrêtés ? s'exclama Alasdair en dévisageant le forgeron, dont la bouche était sèche d'avoir trop parlé.

— Mhair… Urain s'est mise en tête de les libérer.

— Évidemment.

Alasdair prit une profonde inspiration en faufilant une main dans ses cheveux. Urain était la femme la plus courageuse qu'il connaisse, mais aussi la moins prudente. Ce trait de caractère lui avait valu de nombreuses cicatrices durant leur jeunesse.

— Que se passe-t-il ? demanda Duncan, qui venait de les rejoindre.

— Gordan a fait arrêter Connor, Magnus, Finlay et ceux de nos hommes qui étaient restés à Dunakin, lui apprit Alasdair.

— Pour quel motif ?

Duncan était aussi abasourdi que son cousin.

— Pour complicité. Ils sont accusés de m'avoir aidé à assassiner Neil.

— Neil est mort ?

Alasdair acquiesça. Étant donné la situation, il ne savait plus s'il était triste pour la perte de son aîné ou furieux contre le second fils de son père pour sa traîtrise. Quoi qu'il en soit, il avait peur pour Urain, seule là-bas.

— Nous devons regagner Skye au plus vite.

— Il vous faudra des renforts, leur lança Ewen, comme les deux hommes remontaient déjà les escaliers en pierre afin de retourner au château. Avant de prendre la mer, j'ai appris que les MacLeod étaient attendus par votre frère. Finnon, précisa inutilement le forgeron.

Duncan et Alasdair échangèrent un regard.

Ce n'était pas bon du tout...

— Les machinations de ton frère mèneront le clan MacKinnon à sa perte ! s'emporta Lachlan.

L'homme était légitimement en colère. Voilà des mois que Finnon ne cessait de traîner son nom et son clan dans la boue, les calomniant sans la moindre preuve alors que son beau-frère par alliance menait campagne contre lui afin de s'emparer de ses territoires ; Mary, la femme de Lachlan, étant la sœur de l'épouse de Lochbuie.

— Dans ce cas, aidez-nous à nous débarrasser de ce dangereux individu, une bonne fois pour toutes ! rétorqua Alasdair en réponse.

Duncan approuva ces propos d'un hochement de tête.

— Tu as raison, fit Lachlan. Finnon est allé beaucoup trop

loin. Neil aurait dû réagir tant qu'il le pouvait. Dómhnall ne pardonnera jamais aux MacKinnon de s'allier à Jon Mór dans le conflit qui les oppose. Jon Mór Tanister ne gagnera pas la guerre qu'il a lui-même déclarée, même s'il compte des partisans comme MacLeod et Hector de Lochbuie. Je soupçonne, d'ailleurs, mon beau-frère de vouloir en profiter pour récupérer mes biens, ricana-t-il, froidement.

Quelques jurons bien sentis échappèrent également à Ruppert, qui s'était installé à la droite de son chef. Quant à Alasdair, il ne tenait pas en place.

— M'aiderez-vous à reprendre mon clan, tombé entre les griffes d'un être malfaisant ? Je promets qu'il paiera pour ses crimes.

— Serais-tu prêt à tuer ton demi-frère ? le sonda Ruppert.

Alasdair contracta les mâchoires.

— Je souffre au souvenir qu'il est le fils de mon père. C'est peut-être la seule raison qui me retient de ne pas réclamer tout de suite sa tête. Mais si Finnon doit mourir pour sauver le clan, ma main ne tremblera pas.

— En mémoire d'Angus, qui a contribué à apaiser les tensions entre nos deux familles, nous t'aiderons, Alasdair, déclara le chef des MacLean de Duart.

Lachlan frappa dans ses mains avant de porter ses deux index à ses lèvres. Il fallait désormais arrêter la bonne stratégie pour chasser Finnon de Dunakin.

— Je dois avant toute chose avertir Dómhnall de tout ce qui se trame. Il doit être mis au courant des basses manœuvres de l'abbé et cela pourra, en partie, excuser les MacKinnon. J'agirai ensuite avec son aval et nous envahirons Dunakin pour chasser le perturbateur.

Alasdair secoua la tête.

— Il m'est impossible d'attendre si longtemps, ma femme m'a fait porter un message mentionnant que mes amis et mes hommes sont retenus prisonniers au château. Elle-même est recherchée.

Duncan se raidit, et Ruppert lui posa la question qui brûlait les lèvres de tous ceux présents dans la pièce :

— Tu crois qu'ils lui feraient du mal, rien que pour t'atteindre ?

— Finnon ne sait pas qu'elle est mon épouse. Il croit qu'elle est la maîtresse de Connor.

Le chef MacLean releva un sourcil.

— Étonnant. Enfin, cela fait nos affaires ! Il aurait été hautement plus fâcheux qu'il sache qui elle est pour toi, en réalité. De toute façon, à l'heure actuelle, il est sûrement trop occupé à traquer vos potentiels alliés pour se soucier d'elle. Nous allons agir de façon intelligente, afin que rien ne nous soit reproché. Fais-moi confiance, Alasdair, ton frère paiera pour sa fourberie sans que ton clan n'ait à en pâtir et, ce, grâce à ton intervention.

Le Highlander remercia Lachlan pour son soutien. Ce dernier se leva de table pour se rapprocher de lui. Là, il lui serra l'épaule dans un geste qui se voulait amical et rassurant. Ruppert se joignit à eux.

— Ce satané abbé a bien fait son travail en plaçant ses partisans dans l'entourage de Neil. C'était une façon pour lui de s'assurer du vote des hommes. Je suis peiné pour la mémoire de ton père qu'il puisse arriver une telle chose. Pour toi également, cher neveu. Je t'ai vu devenir un homme, ainsi qu'un excellent guerrier. Je suis scandalisé à l'idée qu'une personne comme Finnon puisse salir ton nom de cette façon. Il en paiera le prix d'une façon ou d'une autre, crois en mon expérience.

Au cours de la remontée du détroit de Mull, Alasdair remit en place les pièces du machiavélique puzzle imaginé par son demi-frère. Finnon avait manipulé tout le monde, à commencer par Neil, en jouant à la victime et au bourreau. L'abbé n'avait pas usurpé la réputation de conspirateur malfaisant que certains lui prêtaient en privé.

Les paroles de Ruppert résonnèrent encore et encore aux oreilles du Highlander, aussi sûrement que le souffle du vent.

Finnon, l'homme d'Église qui avait fait le serment de vouer sa vie à Dieu, ne l'emporterait pas au paradis.

Urain avait les mains moites.

Si jamais elle devait faire preuve de courage au moins une fois dans sa vie, c'était bien maintenant. La jeune femme ne pouvait attendre une journée de plus le retour d'Ewen avec les forces d'Alasdair, car le temps était compté pour ses amis retenus prisonniers dans les geôles de Dunakin. Qui savait si Finnon ne les ferait pas exécuter, pour son bon plaisir, au petit déjeuner ? Sans compter qu'au cours de ses longues heures d'observation, elle avait pu constater une agitation anormale autour du château, la veille. Certes, il y avait la possibilité que toute cette effervescence soit liée aux obsèques de Neil, mais elle pressentait qu'il y avait autre chose en dessous. Les soldats se préparaient à la guerre, elle en était persuadée.

Avant de prendre la mer, Ewen lui avait apporté des vêtements appartenant à l'un de ses frères, lequel était âgé de quinze ans et faisait à peu près la même taille qu'elle. Par le passé, elle avait déjà entendu le forgeron railler son cadet en le traitant d'avorton de la portée. Elle avait été tellement reconnaissante envers Ewen de son attention qu'elle n'avait pas eu le loisir d'être vexée ; il fallait dire qu'à l'époque où elle s'habillait encore en garçon, elle avait eu son lot d'insultes.

Se retrouver dans des culottes d'hommes, les seins bandés, pour faciliter ses mouvements, sous une large chemise et un pourpoint lui procura un sentiment étrange. Elle était à la fois nostalgique et déroutée, parce qu'elle prit conscience qu'elle avait vécu deux vies en dépit de son jeune âge (elle n'avait pas encore vingt-cinq ans après tout).

Toujours dans un souci d'efficacité, elle avait coupé ses cheveux à hauteur d'épaules et ce, afin d'éviter de les avoir dans les yeux. Ils étaient retenus par une lanière en cuir. Fin prête, elle se pencha pour ramasser son arc, enroula l'anse de son carquois autour de son buste et rengaina l'épée fournie par

Ewen dans le fourreau accroché à sa ceinture. Quand elle avait refusé de s'encombrer d'une telle arme, le forgeron lui avait expliqué que celle-ci était spéciale, puisqu'il l'avait spécialement conçue pour son plus jeune frère, âgé de onze ans, afin que celui-ci puisse la soulever sans trop d'effort. Elle-même avait pu constater qu'Ewen ne mentait pas. L'épée était bien plus maniable que celles qu'elle avait pu utiliser durant ses années d'apprentissage. Avec elle, Urain aurait pu gagner l'agilité que les autres, trop lourdes, ne lui avaient pas permis d'acquérir.

Armée jusqu'aux dents et déterminée à sauver Connor, Magnus et tous les autres, elle s'engagea dans le passage secret de la grotte aux fées montré par son oncle. Urain n'avait plus eu de ses nouvelles depuis qu'Ewen était venu la prévenir de l'arrestation de tous les soutiens d'Alasdair. Elle espérait que Gilleonan ait échappé à la vindicte des traîtres.

Parvenue à l'endroit qui l'intéressait, elle tendit l'oreille avant de s'avancer davantage. À partir de maintenant, elle n'avait plus droit à l'erreur. Des vies dépendaient de la réussite de sa mission.

Dans un premier temps, elle eut besoin de quelques minutes pour se repérer correctement. Retrouver le chemin de l'escalier pour sortir des sous-sols était une chose, devoir se diriger jusqu'aux geôles de Dunakin en était une autre ; d'autant qu'elle n'avait pas beaucoup fréquenté le lieu au cours de sa vie. Néanmoins, elle parvint à se situer dans l'espace en s'approchant de la réserve. Elle y avait passé tant d'heures qu'elle aurait pu renseigner la place de chaque objet à l'intérieur. La prison était de l'autre côté. Elle allait avoir besoin de passer devant l'escalier et pria afin de ne croiser personne.

Son souhait fut exaucé. En revanche, elle aperçut trois gardes postés à l'entrée de l'étroit couloir menant aux cellules. Gordan était peut-être une brute épaisse, mais il n'était pas complètement idiot. Surtout, il ne pouvait prendre le risque de voir les féroces guerriers d'Alasdair s'échapper. Les prendre au débotté dans la caserne alors qu'ils étaient désarmés était une tactique qui ne pouvait fonctionner qu'une fois.

La jeune femme prit quelques secondes pour se fixer sur un plan d'attaque. L'effet de surprise ne durerait qu'un temps infime. Ce serait suffisant pour en abattre un, voire un second, mais pas les trois. Elle devrait la jouer finement. L'arrière de sa tête frappa doucement la pierre tandis qu'elle fermait les paupières en inspirant profondément. Ce n'était pas le moment de se dégonfler. Elle souhaitait être à la hauteur du courage de ses amis. Alasdair aurait besoin de toute l'aide possible pour reprendre les rênes du clan, elle ne faillirait pas, car jamais il n'avait fait défaut à personne.

Quand elle rouvrit les yeux, une lueur rageuse y étincelait.

Un carreau se ficha en plein cœur du garde en faction sur les remparts du château. Le corps de l'homme percuta le sol dans un bruit sourd. La seconde suivante, son acolyte connut le même sort. Une corde, avec en son bout un grappin, trouva une prise dans la pierre et une poignée de guerriers escalada le mur crénelé avec l'agilité de panthères. Une fois en haut, ils s'occupèrent de régler leur compte aux autres gardes qui accouraient, leurs armes à la main.

Aussi vif qu'un félin en chasse, un homme, tout de noir vêtu, se faufila jusqu'à la porte menant à l'escalier. Il fut bientôt suivi par une dizaine d'autres et, ensemble, ils se glissèrent à l'intérieur de la forteresse pourtant réputée imprenable.

Alasdair aurait pu s'orienter les yeux fermés. Il connaissait les lieux comme sa poche. Dunakin était sa maison, son foyer, l'endroit où il avait grandi et celui où il espérait vieillir auprès d'Urain ; raison pour laquelle il ne le laisserait pas tomber entre de mauvaises mains. Ses hommes et lui continuèrent à se déplacer tels des spectres dans l'obscurité afin de retarder le moment où les soldats sonneraient l'alerte. Leur but était de libérer les guerriers aux cachots avant d'engager les vraies hostilités. À l'extérieur, tapis dans la lande plongée dans les ténèbres d'une nuit sans lune, Lachlan et ses troupes attendaient le signal pour donner la charge. Une fois qu'Alasdair aurait réussi à lever la herse, Finnon ne pourrait plus rien faire pour empêcher la prise du château. Le Highlander avait hâte de faire face à son demi-frère. Nul doute que la rencontre entre les deux hommes serait explosive.

Le plan était simple, excepté qu'ils ignoraient de combien de combattants Finnon disposait. Ewen avait mentionné la possible arrivée des MacLeod, nouveaux alliés de Jon Mór, à Dunakin. Peut-être même le frère rebelle s'y trouvait-il aussi afin de préparer son offensive pour voler la seigneurie des îles à Dómhnall. Il y avait tellement de « si » à prendre en compte qu'Alasdair avait conscience de la dangerosité de la mission. Cependant, une de ses priorités était de retrouver Urain. Il ne l'avait pas vue quand il s'était rendu sur la plage secrète avant d'ordonner l'assaut. C'était pourtant là qu'Ewen lui avait assuré qu'elle se cachait. Alasdair espérait qu'elle n'avait pas été capturée par Gordan. Si jamais cet enfant de catin touchait à un seul de ses cheveux, il le tuerait à mains nues sans en éprouver le moindre remords !

Il leva son poing fermé pour immobiliser ses compagnons derrière lui. Le Highlander avait entendu des bruits de pas. Quelques secondes plus tard, les rires de quelques soldats résonnèrent dans la nuit silencieuse.

Duncan se glissa à sa hauteur pour lui parler :

— Nous devrions nous scinder en deux groupes pour perdre le moins de temps possible. Je suggère de m'occuper d'aller libérer les autres, pendant que toi, tu te charges de lever la herse et d'envoyer le signal à MacLean.

Alasdair acquiesça avant de tendre son bras à son cousin qui le serra dans un salut aux accents d'adieux.

— Nous nous reverrons à l'heure de la victoire ou en enfer, mon frère ! *Neart agus urram,* récitèrent-ils en chœur.

« Force et honneur », tel était leur credo dans leur foi guerrière.

Urain s'était débarrassée du premier garde d'une flèche plantée en plein cœur, un joli coup ! Quant au second, elle ne lui avait pas laissé le temps de comprendre la situation qu'elle lui avait fendu le crâne d'un coup d'épée avant qu'il ne puisse dégainer la sienne. Pour le troisième, elle avait eu un peu plus de difficulté en raison de l'estompement de l'effet de surprise. Mais l'homme avait bel et bien fini avec un *dirk* planté dans le cou au terme d'un corps à corps qui lui laisserait des marques un peu partout, mais qui aurait fait la fierté d'Alasdair. Urain avait été une élève consciencieuse et avait su utiliser la force de son adversaire contre lui-même.

Quand elle se présenta devant les prisonniers, ces derniers l'observèrent avancer comme s'ils s'attendaient à ce qu'une armée de guerriers surgissent dans son dos. Il n'y avait qu'elle.

— C'était quoi ce vacarme ? Urain ! Tu es toute seule ? lui lança un Connor inquiet, en tendant le bras entre deux barreaux.

— Je viens vous libérer avant que Finnon ne vous fasse exécuter.

— Tu es folle !

— Ne dis pas merci surtout ! maugréa-t-elle en s'éloignant pour attraper le trousseau de clés accroché à un clou derrière la porte.

— Où sont mes cousins ? fit Connor.

— Je l'ignore.

Les hommes avaient été répartis entre toutes les cellules de la prison qui en dénombrait une dizaine. Elle se chargea de les ouvrir toutes une à une. Le MacGregor jaillit de la sienne comme un beau diable et l'enlaça.

— Dieu merci ! Tu n'as rien.

Son soulagement était émouvant. Urain referma les bras sur son corps solide.

— Je suis une femme difficile à abattre.

— Urain ? C'est toi, mon garçon ?

Les deux amis s'écartèrent au son de la voix de Finlay, lequel ignorait encore la véritable identité de Mhairie. Il semblait aussi effaré que si une ribambelle d'anges étaient apparus pour l'escorter vers le paradis.

— Bonjour, capitaine, lui dit-elle, un sourire amusé sur

ses lèvres. J'ai retenu toutes vos leçons sur la façon de manier une épée.

— Bien. Navré d'interrompre ces joyeuses retrouvailles, mais il nous faut reprendre nos armes pour rendre la monnaie de sa pièce à celui qui nous a enfermés ici, décréta un des hommes d'Alasdair.

Urain aperçut le jeune Colin derrière la montagne de muscles qui s'exprimait d'une voix gutturale.

— Elles sont dans la salle d'à côté, le renseigna Finlay.

— Parfait, qu'attendons-nous ?

— Les renforts, peut-être ? déclara quelqu'un dans leurs dos.

Urain fit immédiatement volte-face pour voir Duncan s'approcher. Elle était tellement heureuse de le savoir en vie qu'elle en eut des larmes de joie. Lorsqu'il la vit, le grand guerrier roux la prit immédiatement dans ses bras.

— Alasdair devenait à moitié fou de ne pas savoir où tu étais !

— Où est-il ? l'interrogea-t-elle.

— À ton avis ? Il est décidé à retourner chaque foutue pierre de ce château pour te retrouver et faire payer son frère. Je serais Finnon, je demanderais l'asile au roi d'Angleterre sans tarder !

Elle sourit. Puis, Duncan remarqua enfin ses habits de garçon et lui jeta un regard interrogateur.

— Longue histoire, résuma-t-elle.

— Elle nous a libérés après avoir mis à terre trois gardes ! s'exclama Colin, toujours aussi impressionné par la performance d'une femme déguisée en garçon.

Duncan émit un sifflement admiratif.

— C'est donc à toi que nous devons les cadavres devant la porte ? Joli travail ! Je veux une femme comme toi lorsque je serai prêt à me marier.

— C'est vrai ? s'étonna-t-elle.

— Grand Dieu, non ! Je plains mon cousin pour le sang d'encre que tu lui causes, lui rétorqua-t-il en frissonnant exagérément.

— Chef ! appela l'un des guerriers. Que fait-on de lui ?

Urain et Duncan s'approchèrent de la cellule qu'il leur désignait et découvrirent un corps roulé en boule. Ils reconnurent

Gilleonan. Urain poussa un cri d'effroi qui mourut dès que le régisseur de Dunakin gémit. Il était dans un sale état, mais toujours vivant.

Urain s'occupa de lui pendant que les hommes s'équipaient de leurs armes. Duncan leur expliqua la suite des réjouissances. Au moment où ils furent prêts à se lancer dans la fosse aux lions, les cors sonnèrent pour donner l'alerte.

Alasdair s'empara d'une de ses épées dans son dos et l'abattit sur le premier homme qui s'était élancé dans sa direction. S'il n'avait pas eu à rattraper Alex avant sa chute du haut de la passerelle, il aurait déjà réussi à lever la herse. Maintenant, les choses ne manqueraient pas de se corser. Le plus rageant était qu'il ne se tenait qu'à quelques mètres des grilles du château. Il avait été à deux doigts du succès.

Il ne pouvait pas échouer.

Ses guerriers et lui repoussèrent les attaques des soldats de Gordan. L'homme lui-même n'était nulle part, mais maintenant que leur présence avait été dévoilée, Alasdair ne doutait pas qu'il se montrerait. Il avait grande hâte de le combattre.

Plus les minutes s'écoulaient et plus les rangs de l'adversaire s'étoffaient. Le Highlander regarda rapidement par une archère, il était furieux d'assister à tant de gâchis, car à chaque fois que sa lame tranchait la chair d'un autre, il songeait qu'il s'agissait d'un MacKinnon. En face, ce n'était pas n'importe quel ennemi, c'étaient ses frères d'armes, des personnes avec qui il avait sûrement discuté, plaisanté, et pas plus tard que le mois dernier ! Des combattants avec qui il s'était entraîné, auprès de qui il avait souffert ou ri. Cela lui fendait le cœur d'imaginer ce que son père aurait pensé de la situation. Il ressentit une profonde haine envers Finnon, le véritable responsable de la mort de Neil. Un assassin et un menteur qui, par ses actions, avait jeté le discrédit et la honte sur le clan.

Alasdair entendit soudain un cri de guerre suivi de la devise du clan MacKinnon : « *Cuimhnich bàs Ailpein*[1] » (en mémoire de la mort de MacAlpin, dont les MacKinnon étaient les descendants, ce en quoi ils étaient en concurrence avec les MacGregor qui prétendaient aussi en être les héritiers). Toutefois, il ne s'agissait pas de Gordan, toujours invisible, ou de ses soldats. Non, ses cousins et Magnus venaient de surgir telle une marée humaine, mais porteuse de mort pour quiconque se dresserait sur son chemin.

Alasdair profita de l'instant pour terminer ce qu'il avait été sur le point d'accomplir lorsque les gardes avaient sonné l'alerte. Il mit toutes ses forces pour lever la lourde herse, puis fit signe à Alex d'activer le feu d'alarme de la tour nord, sur laquelle il était perché. Cette fois, le jeune français ne perdit pas l'équilibre, et les flammes s'élevèrent haut dans le ciel. Le cor des MacLean vibra alors le long des murs et du sol comme pour annoncer avec force la chute de leurs ennemis.

Les MacLean débarquèrent dans un nuage de poussière. La scène avait des allures d'apocalypse. Les chevaux se cabrèrent en raison de l'agitation dans la zone des combats. Des hommes furent piétinés, des cris retentirent de toute part. Un incendie se déclara dans les écuries. Mais, au milieu de ce chaos, Alasdair n'eut d'yeux que pour une seule personne ; celle pour laquelle il avait été prêt à retourner chaque pierre de Dunakin.

Il s'élança dans la direction d'Urain aux prises avec un adversaire plus grand qu'elle d'au moins deux têtes. Son cœur de guerrier, pourtant endurci, manqua de bondir hors de sa poitrine à plusieurs reprises tandis qu'il la surveillait. Elle était extraordinaire ! Telle Boadicée[2], elle n'hésitait pas à défier ses ennemis pour défendre ceux qu'elle aimait et ce en quoi elle croyait. Urain n'était pas seulement une femme, sa femme, mais une guerrière à l'immense courage.

1. *Cuimhnich bàs Ailpein* signifie « Souviens-toi de la mort d'Alpin » en gaélique écossais.

2. Reine celte et guerrière rebelle qui a défié Rome en prenant la tête d'un soulèvement pour repousser l'envahisseur romain hors de Britannia (actuelle Grande-Bretagne).

Alasdair n'avait jamais été si fier de l'avoir pour épouse, car il avait conscience de la chance d'avoir l'amour d'un être exceptionnel comme elle. Il aurait été prêt à tous les sacrifices pour Urain. Sa propre épée pourfendait tous ceux entravant sa progression vers elle.

Un flot rouge jaillit de la bouche du soldat qu'il venait d'abattre. Il reconnut un des guerriers qui avait combattu au côté de son père. Alasdair en eut la nausée. Il fallait qu'il mette fin à ce carnage inutile. Le dernier obstacle entre Urain et lui s'effondra dans un gargouillis immonde. Lui-même était en sueur, couvert de terre et de sang, mais cela n'arrêta pas Urain qui se précipita dans ses bras. Les deux amants s'enlacèrent avec la force du désespoir. Puis, comme si le temps avait suspendu sa course, ils se couvrirent de baisers frénétiques au milieu des affrontements.

— J'ai eu tellement peur que Finnon t'ait fait du mal ! s'exclama Alasdair, en s'écartant légèrement d'elle.

Urain secoua la tête en réprimant un sanglot.

— Il ne m'a jamais trouvée. Je me suis cachée dans notre endroit secret. Ewen était le seul à savoir. Il m'a aidée à libérer Connor et les autres en me fournissant tout le matériel nécessaire, c'est là que nous avons été rejoints par Duncan. Où est-il d'ailleurs ?

— Qui, mon cousin ?

— Non, Ewen.

— Après qu'il nous a délivré ton message, je lui ai demandé de rentrer chez lui. Ewen est quelqu'un de courageux, mais ce n'est pas un guerrier. Je m'en veux déjà assez d'avoir emmené Alex ici, mais ce garçon n'a pas son pareil pour s'infiltrer dans les lieux difficiles d'accès, alors...

Urain posa une main réconfortante sur son pourpoint de cuir noir, au niveau du torse.

— Je suis certaine qu'il t'aurait suivi même si tu lui avais ordonné de t'attendre au château de Duart. Je suis heureuse que ton oncle Ruppert et Lachlan soient venus avec toi.

Alasdair acquiesça.

— Nous aurons besoin de tous les soutiens possibles pour plaider notre cause auprès de MacDonald quand toute cette horreur sera terminée.

Tandis qu'il parlait, un homme fonça sur eux en brandissant haut son épée. De la sienne, Alasdair para son coup en faisant un barrage de son corps solide pour protéger sa femme. Le soldat fut projeté au sol, une profonde entaille sanguinolente au ventre. Il fut rapidement imité par d'autres, si bien que le Highlander et Urain se battirent dos à dos pour repousser leurs assaillants. La sensation fut étrange pour le guerrier. Enfant, il avait rêvé de se battre au côté de son meilleur ami qui, à l'époque, partageait ses rêves de gloire à l'instar de Magnus et de ses cousins. À présent, il faisait tournoyer ses lames au-dessus de la tête de ses ennemis avec Urain pour protéger ses arrières.

Ils s'enlacèrent à nouveau quand le dernier adversaire à proximité tomba au sol, une expression d'effroi sur son visage figé par la mort.

Alasdair embrassa son épouse à pleine bouche. Leurs baisers étaient brûlants, empressés et, par moments, maladroits ; la perte de contrôle les guettait tous les deux. Chez lui, la fièvre du combat avait décuplé la faim qu'il avait d'elle après des semaines de séparation. Si encore le corps d'Urain ne se moulait pas si parfaitement au sien ! À son corps défendant, il en occulta un bref instant l'endroit où ils se trouvaient et ce, en dépit du boucan du fracas métallique tout autour d'eux. Malheureusement, les retrouvailles furent de courte durée...

23

Depuis l'une des fenêtres du cabinet du laird, au premier étage, un homme en rage avait observé Alasdair et Urain s'embrasser. Incapable d'en supporter davantage, Finnon cria le nom de son frère cadet avec toute la hargne que celui-ci lui inspirait.

Urain vit le visage d'Alasdair blêmir. Il pivota sur ses talons et leva la tête.

— Maudit sois-tu, fils du Malin ! vociféra l'abbé depuis son perchoir.

Voilà qui était une façon peu orthodoxe de s'exprimer pour un homme d'Église.

Connor vint les rejoindre, et Urain eut toutes les peines du monde à reconnaître le fringuant MacGregor. Il ressemblait à un démon relâché par les boyaux de l'enfer. Ses cheveux noirs étaient hirsutes, sa peau recouverte d'une poudre noire (de la suie ?) et ses vêtements maculés d'un sang qui n'était pas le sien compte tenu de la vigueur de sa démarche.

— Fais-moi le plaisir de renvoyer ce sale bâtard à son seigneur, mon cousin ! cria Connor. Sinon, je m'en chargerai moi-même !

— Inutile, c'était dans mes intentions, déclara Alasdair sans détourner le regard de sa cible.

Il allait partir quand Urain le retint par le bras. Il baissa ses yeux couleur noisette sur elle et lui sourit.

— Je te demanderais bien de te mettre à l'abri des affrontements, mais ce serait gaspiller ma salive, n'est-ce pas ?

Elle haussa un sourcil narquois.

— Tu commences à comprendre avec qui tu t'es marié.

— Je crois que je le sais depuis toujours.

Il se pencha pour déposer un baiser sur ses lèvres.

— Fais attention à toi, reprit-elle sérieusement. Je n'ai aucune confiance en Finnon.

— Ne t'inquiète pas pour moi. Rien ne saurait me retenir plus longtemps loin de toi.

Alasdair partit après avoir adressé un discret signe de tête à Connor, lequel entraîna Urain à l'écart du gros des combats.

Quelqu'un avait dû libérer les chevaux des écuries en feu, car les animaux affolés se ruèrent sur la foule, écrasant indistinctement MacKinnon et MacLean sur leur passage. Urain et Connor n'échappèrent pas à la bousculade, si bien qu'ils furent séparés dans la confusion. La jeune femme se retrouva propulsée dans la fumée, à l'intérieur du box le plus éloigné du brasier. Malgré ça, il y régnait une chaleur d'enfer. En plus, son bras la faisait horriblement souffrir. Sans doute était-il même cassé, elle n'avait plus assez de force pour le bouger.

À terre et sonnée par le choc, elle distingua soudain une forme dans la brume épaisse qui s'étalait devant elle. Une silhouette masculine se dessina, un homme apparut, et ce fut comme si son pire cauchemar se matérialisait sous ses yeux.

Gordan se dressait face à elle telle une menace.

Il s'avança et elle n'eut aucun mal à distinguer son sourire satisfait. Gordan était une crapule de la pire espèce, un homme pervers sans aucune once de clémence et encore moins de bonté. L'abbé avait choisi son favori en fonction de sa propre personnalité.

— Revoilà notre petit chaton craintif ! ricana-t-il. Urain, Mhairie... Mhairie, Urain. Il m'aura fallu du temps pour deviner la supercherie. Je dois dire que, pour ça, Lady Marjory m'a été d'une grande aide.

— Mar... Marjory ? bégaya Urain.

Qu'est-ce que la fille de MacNeil avait à voir dans cette histoire ?

— C'est elle qui m'a mis sur la voie. Elle prétendait que tu connaissais Alasdair depuis plus longtemps que ta simple venue ici. Que tu étais la maîtresse de ce petit enfant de putain ! C'est là que j'ai décidé de vous surveiller et que j'ai découvert que la jolie Mhairie avait un faible pour les blonds et non les bruns.

Le rire dérangeant de Gordan écorcha les oreilles d'Urain.

— Mais j'ai compris que Mhairie n'existait pas en te voyant te battre et, ensuite, te jeter dans les bras de ton amant. Comme c'est touchant, et vous allez mourir ensemble, ce soir.

— Va au Diable, Gordan ! siffla-t-elle.

— Après toi, avorton !

Il se jeta sur elle. Urain exécuta une roulade pour l'éviter et se redressa promptement. La douleur à son bras lui envoya une décharge qui la fit grincer des dents. Gordan était nerveux, la main qui tenait son épée était blessée et tremblait légèrement. La longue estafilade qu'il avait sur le front se mit également à saigner, des gouttes perlèrent sur ses cils crasseux. Il les essuya d'un geste brusque avec le revers de sa manche sale. Puis, il orienta sa lame vers le haut, comme pour la fendre en deux, et fonça une nouvelle fois sur elle. Urain l'esquiva en louant intérieurement ses bons réflexes, ainsi que sa rapidité qu'Alasdair lui avait fait travailler sans relâche une semaine plutôt.

— Espèce de garce !

La colère de Gordan le rendait fébrile.

— Quoi ? Tu t'imaginais que ça serait facile ? le nargua-t-elle.

Il bondit en avant. Elle chuta lourdement en butant sur une planche. Gordan rengaina sa lame pour l'attraper par le col de sa chemise et la gifla à toute volée. Elle faillit perdre connaissance. Son environnement devint flou, le bruit du crépitement des flammes, le renâclement d'un cheval encore prisonnier de son enclos, les cris au loin, tout se mélangea dans une cacophonie étourdissante. Gordan la secoua violemment en éructant sa haine et projeta des postillons sur son visage. Un filet de sueur dévala sa tempe, tandis que la douleur à son bras, désormais anesthésié, n'était plus qu'un élancement.

Le soldat avait raison. Elle mourrait sûrement ce soir. Mais pas

Alasdair, pas leur clan. Les MacKinnon survivraient, Dunakin ne serait pas détruit contrairement à ceux qui désiraient leur nuire. Elle repensa à sa mère, le besoin qu'elle avait eu de la protéger des hommes de l'acabit d'un Gordan. Mais, elle, elle savait qu'il en existait d'autres bien meilleurs. Connor, Magnus et Duncan étaient bons et respectables, à l'instar de ceux qui les avaient élevés. L'image de Finlay, qui lui avait appris à se battre, succéda à celle d'Angus, la figure du père. Puis, il y avait Gilleonan, son oncle bien-aimé.

Et Alasdair.

Son époux, son âme sœur.

— Je lui annoncerai ta mort avant de le tuer, lui aussi, déclara Gordan d'un ton mauvais. Mais avant je pourrais peut-être m'amuser avec toi...

Ce disant, il entreprit de délacer les liens de son pantalon. Urain sentit la panique l'envahir. Il voulait la violer, l'ordure ! Or, elle refusait catégoriquement qu'un homme aussi répugnant la touche. Elle se ressaisit et, dans un élan de vigueur inespéré, frappa le visage de Gordan, le griffa, lui mordit les doigts. La jeune femme s'était transformée en une véritable furie. Il la gifla de plus belle. Elle toussa un mélange de sang et de fumée. L'incendie était en train de ravager la partie des écuries dans laquelle ils se battaient.

Soudain, un craquement recouvrit tous les autres sons, et le cheval qui venait de se libérer se cabra en hennissant. Gordan s'écarta légèrement d'Urain pour observer le comportement de l'animal qui hésitait entre foncer sur eux ou défoncer le reste de mur devant lui, et il ne remarqua pas que le toit au-dessus de leurs têtes était sur le point de céder. Les flammes avaient remonté les poutres en bois qu'elles ne cessaient de lécher au point d'en fragiliser la structure de l'édifice. L'étalon fit son choix. Gordan sursauta en le voyant prendre son élan pour sauter. Urain plaça ses dernières forces dans le coup de pied qu'elle destinait à Gordan. Celui-ci cria en recevant sa botte dans le bas-ventre tandis que la charpente s'abattait sur eux.

— Tout est terminé, Finnon. Rends-toi avant qu'il ne soit trop tard !

— Jamais ! Tu m'entends. Jamais !

L'intéressé écumait de rage tout en tremblant devant ce petit frère transformé en implacable guerrier. Les cheveux noirs collés sur son front moite et les yeux rougis, Finnon ressemblait à un dément en plein délire. Les MacKinnon étaient des incapables, les MacLeod des lâches et Jon Mór… lui n'était qu'un prince déchu sans paroles. Finnon en avait après la terre entière sans jamais reconnaître ses torts. Il était rongé par la rancœur et la haine. L'envie de tous les tuer et de s'enfuir suintait par tous les pores de sa peau luisante de sueur.

— Pour la mémoire de nos ancêtres et celle de notre père, fais-le ! lui intima Alasdair de sa voix de stentor.

— Tu aurais dû rester en dehors de tout cela ! Si Neil est mort, c'est par ta faute ! hurla l'abbé.

— C'est toi qui as décidé de tuer notre frère, Finnon. Personne d'autre ! Tu as choisi de suivre Jon Mór par ambition plutôt que de protéger les MacKinnon par loyauté. Tu as renié tous les principes transmis par notre père.

— Notre père, notre père ! s'agaça l'ecclésiastique. Il n'y en a jamais eu que pour toi à ses yeux. Tu étais le fils prodigue ! Neil était l'aîné, l'héritier. Et moi ? Moi, je n'ai eu que les restes et, quand il l'a pu, il s'est débarrassé de moi comme si je n'étais qu'un animal infirme !

Alasdair fronça les sourcils. Était-ce là ce que pensait réellement son demi-frère ? Se pouvait-il que ce dernier ait agi uniquement par la jalousie ? Non, cela ne pouvait expliquer qu'il ait presque conduit le clan à sa perte.

— Je suis un troisième fils et pourtant je me suis fait un nom ! Si tu estimais ne pas avoir été traité à ta juste valeur, tu n'avais qu'à tracer ton propre destin, Finnon.

L'homme ricana nerveusement.

— C'est si facile à t'entendre. Tout a toujours été si simple pour toi, l'enfant de l'amour !

Finnon avait pratiquement craché ce dernier mot.

— Tes reproches ne mènent à rien, Finnon. MacDonald n'en aura rien à faire lorsqu'il te faudra justifier tes agissements devant lui.

— Je vous maudis tous ! Dómhnall, MacLean, Lochbuie, MacLeod. Vous êtes tous les mêmes à parler d'honneur et de gloire sans jamais vouloir vous salir les mains ! Seigneur... je vous hais...

Finnon était-il soûl ? Il vacillait sur ses jambes en hurlant des insanités. Alasdair ne savait plus comment agir avec lui, son demi-frère ressemblait à un dément. Soudain, il se rendit compte que le raffut à l'extérieur avait cessé. Ce fut à cet instant qu'il perçut un autre son, d'une nature bien différente que celui des armes qui s'entrechoquent.

Étaient-ce des sanglots ?

L'abbé recula vers le fond de la pièce, et Alasdair détecta enfin les deux silhouettes recroquevillées dans l'angle. Il avança de plusieurs pas avant que Finnon ne lui hurle de ne plus bouger.

— Elizabeth, Fergus ! s'exclama Alasdair, scandalisé en relevant les yeux sur le responsable. Comment as-tu pu, Finnon ? Ton propre neveu et sa mère, la famille de Neil ! Mais quel genre de personne es-tu donc ?

— Le genre qui sait prendre ses précautions, petit frère.

Alasdair secoua la tête, l'air incrédule.

— N'es-tu pas censé être un homme d'Église ? Crains-tu si peu le jugement de ton seigneur ? Tu as tellement de péchés à ton actif, Finnon, pitié, n'ajoute pas le meurtre de sang-froid de deux innocents.

Pour toute réaction, l'abbé attrapa Elizabeth en la tirant sèchement par le bras. La femme hoqueta aussi bien de peur que de douleur. Fergus suivit sa mère et se redressa timidement. L'enfant tremblait comme une feuille. La colère était sur le point de submerger Alasdair qui se devait pourtant de conserver son calme au risque d'envenimer une situation déjà délicate.

Des bruits de course résonnèrent dans son dos. Lachlan et Duncan apparurent, suivis de Ruppert. Ils étaient tous les trois dans un état épouvantable, signe que l'affrontement avait été rude. Alasdair leur fit signe de ne pas intervenir. Elizabeth hurla en sentant le contact froid de la lame d'un poignard contre son cou. Finnon la menaçait avec, tout en resserrant sa prise autour de sa poitrine. Collé aux jupes de sa mère, Fergus se mit à pleurer. Finnon promit au petit d'égorger Elizabeth s'il ne se taisait pas. Les hommes en furent tous révoltés.

— Relâchez-les, Finnon ! réclama Lachlan avec toute l'autorité d'un chef de clan important.

— Allez au diable, MacLean ! vociféra l'abbé. Vous n'êtes que le petit chien de MacDonald ! Mon père n'aurait jamais dû faire la paix avec votre clan.

— Votre père était quelqu'un de raisonnable qui avait à cœur de protéger son clan et d'assurer le bien-être de ses gens. Ce qui n'est pas votre cas, lui rétorqua Ruppert avec animosité. Relâchez l'enfant et sa mère pour l'amour de Dieu !

— Je vous promets qu'aucun mal ne vous sera fait et que vous serez jugé équitablement pour vos crimes, Finnon, ajouta Lachlan. J'interviendrai en personne pour sauver votre tête de l'épée du bourreau, en mémoire de votre père.

Finnon cracha au sol après avoir copieusement ricané.

— Ai-je l'air si naïf ?

— Tu as l'air aux abois surtout ! rugit Duncan, à bout de patience.

Les larges mains du guerrier étaient crispées sur la garde de son énorme claymore. Un geste d'Alasdair et il embrocherait le prélat sans que cela n'affecte outre mesure le poids de son âme.

— Écoute-les, Finnon. S'il arrive malheur à Fergus ou Elizabeth, même toi, tu ne pourras plus te regarder en face, tenta de le convaincre Alasdair. Pense à Neil, il était ton frère. Malgré ce que tu lui as fait, je sais que tu l'aimais. Cesse cette folie tant qu'il est encore temps.

Comme Finnon semblait persister dans son déni, il changea de ton :

— Bon sang ! Ne te rends-tu pas compte dans quelle position tu as placé le clan avec tes machinations ? Nous aurons de la chance si le roi ne nous dépossède pas de toutes nos terres après ça ! Regarde la vérité en face ! Tu as perdu et tu es plus isolé que jamais. Crois-tu vraiment que Jon Mór Tanister t'accueillera les bras ouverts maintenant que tu es vaincu ? C'est fini.

— Je sais ce que tu essaies de faire, petit frère. Tu cherches à m'embrouiller l'esprit ! Mais, il me reste encore des soutiens. MacLeod sera bientôt là et tu…

— MacLeod ne viendra pas à ton secours, Finnon. Tu es isolé, insista Alasdair en secouant faiblement la tête.

Le Highlander croisa le regard affolé d'Elizabeth. Elle était terrorisée et devait lutter pour ne pas crier afin de ne pas effrayer davantage son jeune fils, toujours agrippé à elle.

Finnon recula avec eux en murmurant des paroles inintelligibles. Alasdair crut l'entendre le traiter de menteur avant d'en appeler à un signe de Dieu. Sa folie paraissait grandir à mesure que les chances pour lui de s'en sortir s'amenuisaient. Le problème était que sa main droite détenait toujours le couteau avec lequel il forçait Elizabeth à le suivre. Mais, contre toute logique, il se débarrassa d'Elizabeth en la projetant brutalement vers l'avant. Alasdair accourut pour la rattraper pendant qu'un concert de « non » fit trembler les murs de la pièce au moment où l'abbé attrapa le petit Fergus, qui remplaça sa mère dans les bras de son oncle. Ils craignaient tous le pire à juste titre. Les guerriers endurcis n'étaient pas sans savoir qu'un individu acculé était capable de la plus grande cruauté.

Dans son délire, Finnon percuta violemment la table. Une cruche remplie de vin s'écrasa au sol, où une flaque rouge ne tarda pas à s'étaler. Le prélat la fixa sans rien dire. Au moins avait-il cessé de presser la gorge de l'enfant avec sa lame. L'assemblée retint son souffle, ils étaient désormais suspendus aux prochains gestes de Finnon, tandis que ses lèvres remuaient dans une prière silencieuse. La tache écarlate grossissait à mesure que le liquide s'échappait du contenant jusqu'à former une énorme croix entre les dalles en pierre. Le visage de l'abbé se pétrifia en une expression inquiétante, ses yeux devinrent comme hantés. Il lâcha Fergus qui chuta lourdement sur les fesses, et commença à reculer afin de mettre le plus de distance possible entre lui et cette vision cauchemardesque. L'homme était dans un tel état qu'il ne se rendit pas compte qu'il approchait dangereusement de la fenêtre. Alasdair s'avança.

— Ne m'approche pas, démon ! lui hurla Finnon, en brandissant la croix qu'il portait au cou.

Effrayé comme il ne l'avait jamais été, le prélat bondit en arrière. Son geste brusque lui fit perdre l'équilibre et, avant que les autres puissent l'en empêcher, il bascula dans le vide...

La sidération faucha tous ceux ayant assisté à la scène. Il leur fallut quelques minutes pour se ressaisir en raison de la rapidité de ce dénouement inattendu. Ensuite, pendant que Duncan récupérait Fergus et que Ruppert s'occupait de Lady Elizabeth qui s'était évanouie, Lachlan et Alasdair allèrent vérifier ce qu'il restait de l'abbé. Son corps désarticulé gisait maintenant en contrebas.

À sa sortie du bâtiment, la première action du Highlander fut d'inspirer une ample goulée d'air frais. Du temps passerait avant qu'il oublie les horreurs de cette nuit.

Les combats avaient cessé. La mort de Finnon avait signé la totale reddition des hommes, dont une partie avait déjà cessé de lutter en comprenant qu'ils se battaient contre les guerriers d'Alasdair et non un véritable ennemi. Les machinations de Finnon n'avaient pas convaincu tout le monde au château, il en restait certains qui croyaient en l'innocence d'Alasdair et ceux-là avaient réussi à persuader leurs compagnons d'arrêter cette folie. Il y avait bien assez de conflits dans les Highlands sans s'engager dans une guerre fratricide inutile.

Le Highlander repéra ses amis parmi la foule qui se pressait autour des blessés. Il vit qu'un incendie avait ravagé les écuries ainsi qu'une partie de la caserne. Ce fut alors qu'il entendit des cris. Il accourut pour en connaître la raison et faillit s'effondrer en reconnaissant la femme inconsciente dans les bras de Connor. Son cousin porta le corps inerte d'Urain sur quelques mètres avant de s'arrêter pour la poser sur le sol. Le cœur d'Alasdair cognait avec force contre ses côtes tandis qu'il s'agenouillait auprès d'elle. Puis, il perçut le frémissement de ses paupières et des larmes de soulagement perlèrent au coin des siennes.

Dieu soit loué, elle était en vie !

— Al… Alasdair, fit la voix éraillée d'Urain.

— Je suis là, *mo rùin !*

Soulagé, Connor céda sa place à son cousin et s'écarta pour leur laisser un peu d'intimité.

— Où est-il ?

— Qui ça, mon amour ?

Elle humecta ses lèvres sèches et parsemées de petites coupures. Alasdair lui caressa la joue d'une main tremblante. Urain semblait désormais si fragile dans ses vêtements trop grands pour elle et déchirés. Il avait tellement eu peur pour elle tout en l'admirant se battre aux côtés de féroces guerriers.

— Mon bras… se plaignit-elle finalement.

Alasdair se recula pour l'examiner. Elle gémit au moment où il tenta de le bouger.

— Je crois que ton épaule est démise. Il va falloir que je te la remette en place.

Elle soupira avant de hocher la tête.

— Vas-y.

— Maintenant ?

— Tant que j'en ai le courage. Je t'en prie, Alasdair.

Le Highlander l'aida à se redresser. Puis, il lui plia le bras au niveau du coude pour ensuite le faire lentement pivoter tout en l'éloignant du corps et…

— Pardonne-moi, *mo rùin !*

Elle hurla.

24

Un mois plus tard, ils apprirent dans un message de Ruppert MacLean que Jon Mór Tanister avait pris la fuite vers l'Irlande. Face à la perte de ses plus importants soutiens, l'homme avait préféré abandonner ses projets de rébellion.

— Jusqu'à la prochaine fois, fit remarquer Connor avec ironie.

— Quand je pense que tout a commencé avec cet homme, pesta Duncan à la table du nouveau chef.

Alasdair secoua la tête. Il pensait la même chose que son cousin.

— J'écrirai à Lachlan et mon oncle pour les remercier de leur précieux soutien. Sans eux et sans l'appui de la comtesse de Ross, à qui nous avons déjà exprimé notre profonde gratitude (un sourire en coin ourla les lèvres du MacGregor), MacDonald aurait cherché à assouvir sa vengeance sur les MacKinnon. Il aurait fait de nous un exemple afin de prévenir toute velléité de rébellion dans l'avenir.

— Et pour le jeune Fergus ?

— Je n'ai pas eu le choix. Il restera avec sa mère dans sa famille. Mais Dómhnall a donné sa parole que le petit reviendrait en apprentissage à Dunakin. C'est le fils de mon frère, je ne peux envisager de couper tout lien avec lui.

— Étant donné le soulagement d'Elizabeth au moment de son départ, je doute qu'on la revoie un jour à Dunakin. À mon avis, elle ne voudra plus jamais entendre parler d'un seul MacKinnon !

— Fergus est un MacKinnon, objecta Alasdair.

— Et un MacDonald. Ce ne serait pas le premier à fuir la famille d'un de ses parents.

Effectivement, songea Alasdair. Connor en savait quelque chose.

— Les hommes sont soulagés de te voir reprendre la place de ton père, Alasdair, déclara Finlay.

Le jeune chef accueillit la nouvelle avec modestie.

— Et moi, je suis heureux de pouvoir continuer à vivre ici en homme libre. Nous avons sauvé le clan de l'annihilation. Nous avons lavé son nom et sa réputation. Et bientôt, nous lui redonnerons sa grandeur !

— Voilà qui est bien parlé ! approuva Magnus, assis à la gauche de son père.

— Durant ma promenade de la matinée, j'ai pu constater que les réparations des écuries étaient presque achevées, commenta Alasdair.

— En effet, lui affirma Duncan. Et pour l'intérieur du château aussi. Les hommes de ton frère y avaient fait un sacré carnage !

En mentionnant les soldats de Finnon, Duncan rappela à Alasdair un autre problème encore en suspens et sur lequel il désirait rester discret. Le Highlander orienta son regard sur Connor qui comprit le message silencieux. Le MacGregor secoua la tête.

Après la bataille de Dunakin, les deux hommes avaient retourné chaque pierre, chaque gravas, poutres, planches de bois pour mettre la main sur le corps de cette ordure de Gordan, sans succès. Dans le meilleur des cas, cette pourriture avait eu la fin qu'elle méritait en brûlant dans l'incendie qui avait ravagé les écuries. Dans l'autre, le pire, il s'en était sorti et pouvait réapparaître à tout moment. Bien sûr, Alasdair n'en avait pas soufflé un mot à Urain afin de ne pas l'affoler inutilement. C'était la raison pour laquelle il ne la laissait jamais très longtemps seule et lui avait demandé de quitter la chaumière de sa mère.

Alasdair se leva de son siège avant d'être imité par les autres hommes. Les voir ainsi, debout autour de lui, fit naître une bien étrange émotion au creux de sa poitrine. Il eut alors une pensée émue pour son père.

— Très bien, messieurs. Chacun sait ce qu'il lui reste à faire. Ne perdons plus une minute pour restaurer la grandeur de notre clan. *Glòir do clann MhicFhionghain* ! s'exclama-t-il. Gloire au clan MacKinnon !

Une salve de cris virils répondit aux paroles du nouveau chef des MacKinnon de Skye.

Après la réunion avec ses conseillers, Alasdair s'aventura du côté de l'ancienne chaumière d'Urain. Tellement d'événements avaient eu lieu depuis que son ancienne nourrice et son meilleur ami s'étaient installés dans la petite habitation. Il lui sembla qu'une vie entière s'était écoulée.

Le Highlander poussa la porte entrouverte en pensant y retrouver Urain. L'endroit était désert.

Il était pourtant sûr qu'elle y serait puisque, aujourd'hui, elle avait décidé de déménager ses dernières affaires. Urain et lui s'étaient installés dans la chambre du laird. En tant que nouvelle dame de Dunakin, elle avait compris la nécessité d'habiter au château, quand bien même son nouveau titre ne changerait rien aux responsabilités qu'elle assumait déjà auparavant. C'était davantage une manière d'officialiser son mariage avec Alasdair.

Il sortit de la chaumière et aperçut la pierre posée sur le rocher. Du temps où Urain et lui se cachaient pour vivre leur idylle, les deux amants utilisaient ce moyen de communication pour se donner rendez-vous sur leur petite plage. Un sourire naquit sur les lèvres du guerrier en songeant qu'Urain était d'humeur joueuse cet après-midi. Il se mit en route pour leur coin de paradis secret.

Urain avait du mal à respirer tant Gordan la tenait serrée contre lui. L'homme que tout le monde croyait mort dans l'incendie des écuries était réapparu du monde des esprits pour la tourmenter encore une fois.

Pendant les nuits qui avaient succédé à la reprise de Dunakin, le souvenir de ses mains sur elle l'avait maintenue éveillée. La jeune femme avait eu l'impression de sentir le goût de la fumée dans sa bouche et les doigts râpeux du soldat sur sa peau. C'était un cauchemar que seuls les baisers de son époux parvenaient à chasser. Dans les bras d'Alasdair, plus rien ne l'atteignait. Hélas, il n'était pas là.

Gordan l'avait enlevée alors qu'elle disait un dernier adieu à sa petite chaumière qu'elle avait longtemps partagée avec sa mère, puis avec son souvenir. Il avait surgi de nulle part et l'avait sûrement traînée jusqu'ici pour la tuer ; or, depuis qu'ils étaient arrivés, il ne cessait de fixer l'entrée de la grotte en la gardant prisonnière, un couteau plaqué sous sa gorge.

— Tue-moi qu'on en finisse, Gordan !

— Ferme-la, sale catin de bas étage !

Elle prit de l'élan et lui asséna un coup dans le nez avec l'arrière de sa tête. L'homme hurla de rage avant de la rattraper par les cheveux et de la gifler. Elle ne comptait plus combien de fois Gordan avait levé la main sur elle. Mais il saignait : cela la consola.

— Relâche-la ou tu es un homme mort ! tonna la voix puissante d'Alasdair.

Urain se retourna, mais la prise ferme de Gordan l'empêcha de courir vers son mari. Dans les yeux d'Alasdair, elle pouvait lire une colère froide teintée de crainte. Il avait peur pour elle.

— Je savais que tu mordrais à l'hameçon, lui lança Gordan.

De quoi parlait-il ?

— Marjory m'avait expliqué comment vous vous débrouilliez pour communiquer sans que personne ne le sache.

Lady Marjory, encore elle ?

La prochaine fois qu'Urain la recroiserait à un rassemblement, elle ne manquerait pas d'envoyer son poing dans la figure de la fille MacNeil !

— Laisse Urain en dehors de tout ça, Gordan, négocia Alasdair. La querelle est entre toi et moi.

Le soldat secoua la tête.

— Les choses ont évolué depuis que vous avez tous les deux ruiné mes plans.

— Tu parles de la destruction du clan ? Oui, nous avons vu ça, railla Alasdair en se rapprochant.

La main de Gordan qui tenait le couteau trembla légèrement. Urain se crispa quand la lame commença à lui entailler la chair du cou. Alasdair s'immobilisa, les mains relevées en guise de bonne foi.

— Je ne suis pas armé, précisa-t-il.

— Mais moi, si !

Le ciel était couvert, le vent s'était levé en cours de matinée. Par moments, les rayons du soleil opéraient de fines trouées entre les nuages pour parsemer de lumière la mer grise et la lande entourant Dunakin. Alasdair leva les yeux pour observer le survol d'un oiseau. Il ferma les paupières pour sentir la caresse de la brise. Son attitude déstabilisa Gordan qui, sans le remarquer, avait légèrement abaissé sa garde. Quand le regard du Highlander revint se poser sur le soldat et Urain, celle-ci le fixait intensément comme pour lui faire comprendre qu'elle était prête à passer à l'attaque. Alasdair lui adressa un discret signe de tête.

Elle écrasa le pied botté de Gordan avant de le frapper dans les côtes. D'une rapidité stupéfiante, Alasdair plongea sur Gordan qu'il désarma après une belle parade défensive. Mais l'individu tint tête et engagea un combat au corps à corps avec lui. Les deux hommes se rendirent coup pour coup. Néanmoins, le Highlander, dans une meilleure forme physique, prit rapidement l'avantage sur son adversaire qu'il dominait depuis le début. Le constatant, Gordan envoya une poignée de sable dans les yeux d'Alasdair qui perdit l'équilibre sous l'effet de surprise et la douleur. Le favori de Finnon en profita pour sortir un second poignard de sa ceinture. Ainsi, il pourrait achever son pire ennemi.

Mais la courte lame n'atteignit jamais sa cible.

Urain fut plus rapide et enfonça profondément le *dirk*, qu'elle avait ramassé sur le sol, entre les omoplates de Gordan. Ce dernier laissa échapper un long hurlement avant de s'écrouler sur ses genoux, puis au sol dans un ultime râle.

Alasdair, qui s'était remis de l'attaque en traître, vint se poster à côté d'Urain qu'il prit dans ses bras avant de la soulever de terre pour l'emmener loin du cadavre.

Quatre semaines plus tard

Allongée sur son époux, Urain soupira de contentement. Chaque nuit passée avec lui la transportait encore plus dans un monde de volupté. Ensemble, ils repoussaient toujours plus loin les sensations merveilleuses que leur procuraient leurs ébats.

Elle le sentit tracer des cercles le long de son dos du bout de l'index, et se tortilla en riant de plaisir, lorsqu'il s'aventura sur ses fesses et ses cuisses en la chatouillant.

— Tu n'es donc pas fatigué ? fit-elle, en lui tapotant le torse d'une main.

Alasdair, un sourire charmeur aux lèvres, redressa légèrement la tête et, la regardant droit dans les yeux, lui répondit :

— Malheureusement pour toi, *mo rùin*, je suis un homme jeune et vigoureux. Je crains de devoir t'annoncer que tu seras souvent enceinte ! éclata-t-il de rire en enfouissant son visage entre ses seins.

Il s'écarta un peu pour en prendre un dans sa bouche, et se mit à en sucer le téton. Elle haleta.

— Tu ne trouves pas qu'ils ont grossi ? commenta-t-il.

Urain releva la tête en arquant un sourcil.

— Comment cela ?

— Je ne sais pas. Ton corps a changé ces dernières semaines. Tes seins par exemple, ils sont plus foncés sur la pointe, dit-il en caressant une aréole. Plus sensibles aussi, ajouta-t-il comme elle frissonnait. Y a-t-il une chose que je devrais savoir ?

Urain se redressa sur un coude, un sourire éblouissant sur les lèvres. Pour toute réponse, elle hocha timidement la tête.

— Tu étais si préoccupé par ton nouveau rôle de chef que je ne voulais pas t'embêter avec ça.

— M'embêter ? répéta Alasdair, choqué qu'elle ait pu penser une telle chose.

Elle pinça les lèvres. L'heureux futur père se redressa à son tour et la contempla en lui caressant délicatement le ventre ; un ventre encore plat.

— Depuis combien de temps ? demanda-t-il, plein d'excitation.

— Deux mois environ, selon la sage-femme. Mais, je ne le sais avec certitude que depuis une dizaine de jours. J'attendais d'en être certaine avant de te l'annoncer. Parfois, il arrive que...

Alasdair lui prit le menton entre deux doigts et l'obligea à le regarder.

— Tout va bien se passer, mon amour. Je t'en fais la promesse. Il ne vous arrivera rien, ni à toi ni au bébé, je ne le permettrai pas, affirma-t-il d'un ton catégorique.

Urain lui sourit, et une larme coula le long de sa joue rosie.

— Je suis tellement heureuse que j'aimerais que cela dure toujours. Tant de bonheur, avoir autant à perdre me fait terriblement peur, mais il ne m'appartient pas de le contrôler. La vie est ainsi faite et nous devons nous contenter de ce que nous avons, tant que nous le pouvons. Toi, notre bébé, je ne veux rien de plus.

Alasdair l'embrassa.

— Je ne désire rien d'autre que vivre en paix à tes côtés et élever nos enfants ici, chez nous, à Dunakin, lui répondit-il, en posant une main sur son torse.

Il attira ensuite Urain jusqu'à lui et la plaça de sorte qu'elle se retrouve à califourchon sur lui car, la sachant enceinte, il craignait d'écraser leur enfant. Lorsqu'il le lui expliqua, elle éclata de rire.

— Je ne pense pas que ce soit possible, lui dit-elle.

— Dans le doute.

Avec une infinie douceur, il la caressa sans jamais la quitter des yeux et la pénétra pour leur plus grand plaisir à tous les deux. Urain se mit à onduler du bassin, provoquant les halètements de son époux sous elle. Elle attrapa ses mains pour les plaquer contre le matelas de part et d'autre de son visage, transformé par l'extase. Ils entrelacèrent leurs doigts tandis que leurs regards enfiévrés étaient ancrés l'un à l'autre. Alasdair et elle se murent dans une danse sensuelle qui ne cessait de leur arracher des gémissements. Puis il cria son nom, et elle se laissa emporter par le même tourbillon puissant que lui.

Urain s'écroula, essoufflée, sur le torse luisant de sueur de son mari qui, aussitôt, l'entoura de ses bras. Ils s'endormirent ainsi, leur bébé niché entre eux, comme une formidable promesse pour l'avenir.

Plus tard, alors qu'ils traînaient encore au lit, Alasdair se leva pour fouiller dans son *sporran* et en sortit les deux *sgian dubhs* que son père lui avait offerts, il y a bien longtemps. Il les tendit à Urain à son retour auprès d'elle, sous le drap.

— Je veux que tu les prennes.

— Quoi ?

— Tu m'as compris. Ils sont à toi.

Elle secoua la tête.

— Non, je ne le peux.

— Pourquoi ?

— Parce qu'ils sont trop précieux. Je me rappelle le jour où Angus te les a donnés.

Alasdair souriait.

— Il venait de m'annoncer mon prochain départ pour Duart.

Elle acquiesça.

— J'avais le cœur brisé à l'idée que nous soyons séparés.

— Nous ne le serons plus jamais, lui promit-il en l'enlaçant. Accepte-les.

— Pourquoi est-ce si important pour toi que je les garde ?

Il lui embrassa le sommet du crâne.

— Lis les inscriptions, lui dit-il simplement.

« An onoir, a' mhisneach, an gaol agus a' phròis »

Il attendit qu'elle ait terminé afin de s'expliquer :

— Tu représentes toutes ces valeurs, *mo rùin*. Tu es fière, courageuse, honorable, et je t'aime. Je t'ai vue te battre. Tu es une guerrière et tu mérites d'être traitée comme telle, avec respect. Tu es tellement extraordinaire que parfois je me demande si tu es réelle, souffla-t-il, en lui dégageant une mèche de cheveux devant les yeux.

Elle se retourna pour lui faire face. Elle pleurait.

— C'est vraiment ce que tu penses ?

— Oui.

— Alors, j'accepte. J'en prendrai soin, tu as ma parole.

— Je le sais.

Ils s'étreignirent longuement, intensément, passionnément. Ils avaient traversé tant d'épreuves avant d'atteindre le bonheur.

— Je suis donc une guerrière ? demanda-t-elle d'un ton mutin.

— Tu es plus que cela. Tu es ma meilleure amie, ma femme, la mère de mon futur enfant et une de mes *Fianna*.

Urain éclata d'un rire cristallin. Elle était comblée.

Épilogue

Juin 1391

En cette première journée ensoleillée du solstice d'été, Alasdair et Urain s'octroyaient une promenade au cours de laquelle ils se rendirent sur la tombe de Mórag, en compagnie de leur première enfant : une fille née deux mois plus tôt par une nuit d'orage.

L'arrivée de la petite Fionna avait donné lieu à une série de banquets qui avait marqué le signe du renouveau pour le clan MacKinnon. Les machinations et les trahisons avaient été balayées pour céder la place à l'espoir de jours meilleurs. Après des mois de conflits, la paix était revenue dans les îles et les Highlands, même s'il persistait quelques tensions ; il en serait toujours ainsi. Comme les gens de la région aimaient à le répéter : un Highlander qui ne faisait plus la guerre était un Highlander mort. La loi du talion surpasserait toujours celle du roi dans cette partie du pays. Quoi qu'il en soit, les MacKinnon se délectaient du calme actuel. Le retour à des plaisirs simples, à des rapports francs avec leurs voisins.

Urain déposa un bouquet de fleurs séchées sur la tombe de sa mère et récita une courte prière silencieuse pour l'âme de la défunte. Alasdair l'imita. L'enfant, dont la chevelure n'était encore qu'un duvet blanc, était blottie dans les bras de son père.

— Je suis sûre qu'elles se seraient bien entendues, déclara Urain.

— Elle aurait été une maman louve avec elle, comme elle l'a été pour nous.

Les mots choisis par Alasdair l'amusèrent.

— Elle était surprotectrice. Ce n'est pas à toi que je vais l'apprendre.

— Certes non. Elle détestait quand nous jouions à cache-cache entre les rochers coupants.

— Elle nous répétait constamment de faire attention. Si elle avait pu, elle nous aurait enfermés dans le cellier pour éviter qu'on se blesse.

Ils soupirèrent ensemble.

— Je lui en ai longtemps voulu pour ce qu'elle m'avait fait subir.

Alasdair comprit tout de suite à quoi Urain faisait allusion.

— C'était pour ton bien. Elle pensait te protéger. Qu'il t'arrive la même chose qu'à elle était sa plus grande crainte.

— Je le sais. Maintenant que je suis moi-même une mère, je la comprends mieux. Je lui ai pardonné depuis des années déjà.

— Elle aurait été très fière de toi.

— De toi aussi. Tu es le digne fils de ton père et un excellent chef. Les hommes ont beaucoup de chance de t'avoir.

— Et moi, de vous avoir, toi et mes cousins, ainsi que Magnus et Finlay, à mes côtés. Sans vous, ce ne serait pas pareil.

— Nous sommes une famille et le rôle d'une famille est d'épauler et de protéger ses membres.

— Et de les aimer aussi, ajouta Alasdair.

— Tu m'aimes ? fit-elle, taquine.

— Comme si tu l'ignorais, gredine !

Il lui pinça la taille. Elle lui tira la langue.

— Elle nous traiterait d'enfants gâtés si elle était là.

— J'entends presque sa voix.

— Rentrons. Le bébé ne va pas tarder à réclamer à manger, dit-elle.

Alasdair lui tendit sa main libre. Ensemble, ils regagnèrent Dunakin, leur forteresse, leur foyer, leur avenir...

Lexique des personnages

Angus MacKinnon : chef du clan MacKinnon sur l'île de Skye et père d'Alasdair.

Neil MacKinnon : fils aîné d'Angus et demi-frère d'Alasdair.

Finnon MacKinnon : fils cadet d'Angus et abbé sur l'île d'Iona.

Duncan MacKinnon : cousin d'Alasdair

Connor MacGregor : cousin d'Alasdair et fils du chef Gregor MacGregor de Glenlyon.

Magnus : ami d'Alasdair et fils de Finlay.

Finlay : capitaine de la garde et homme de confiance d'Angus.

Elizabeth MacDonald : fille du seigneur des îles, John MacDonald, et de sa seconde épouse, Margaret Stuart, et épouse de Neil.

Fergus MacKinnon : fils de Neil et de son épouse Elizabeth MacDonald.

Mórag : mère d'Urain et ancienne nourrice d'Alasdair.

Gilleonan : oncle d'Urain et régisseur de Dunakin.

Lachlan MacLean : chef des MacLean de Duart sur l'île de Mull.

Ruppert MacLean : capitaine de la garde des MacLean, cousin de Lachlan MacLean et oncle maternel d'Alasdair.

John MacDonald : seigneur des îles.

Margaret Stuart : fille du roi Robert II et seconde épouse de John MacDonald.

Dómhnall MacDonald d'Islay : fils de John MacDonald et de sa seconde épouse, la princesse Margaret Stuart.

Jon Mór Tanister : fils de John MacDonald et de la princesse Margaret Stuart, et frère de Dómhnall.

Godfrey d'Uist : fils de John MacDonald et de sa première épouse Amy MacRuairi.

Ranald de Glengarry : seigneur de Clanranald et de Glengarry, second fils de John MacDonald et de sa première épouse Amy MacRuairi.

Hector MacLean de Lochbuie : chef d'une branche cadette du clan des MacLean de Duart, et soutien de Jon Mór Tanister dans sa révolte contre son frère aîné.

Euphémie de Ross : comtesse de Ross et dame de Skye, suzeraine du clan MacKinnon.

Note de l'autrice

Chères lectrices et chers lecteurs, j'espère que cette plongée dans l'Écosse médiévale vous aura plu ! J'ai essayé d'être le plus précise possible concernant la situation politique en Écosse et dans les Hébrides à cette époque. En plus, je tenais vraiment à inclure mes personnages de fiction au sein d'un vrai clan avec en arrière-plan une véritable intrigue. Alors, sachez que même si le terme de Highlander est anachronique au XIVe siècle, il était inconcevable pour moi d'écrire une romance historique se déroulant en Écosse sans l'employer. Vous me pardonnerez donc cette légère torsion du temps... De même, vous me pardonnerez l'absence de kilts dans l'armoire de mes héros car, au XIVe siècle, il n'était pas encore à la mode auprès de ces messieurs. Il faudra attendre la fin du XVIIe siècle pour voir l'apparition du petit kilt, et les XVIIIe et XIXe siècles pour celle du kilt moderne. En fait, jusqu'à la Renaissance, la tenue des peuples gaéliques était constituée d'une *leine* (tunique) et, plus tard, d'un plaid ou un tartan. D'ailleurs, contrairement à ce que l'on pourrait penser, au Moyen Âge, un tartan ne permettait pas d'identifier le clan de l'homme qui le portait. À cette époque, ils servaient d'abord à indiquer le statut social. Ceux des nobles et des bourgeois possédaient des couleurs vives (rouge, orange et or), quand ceux des classes inférieures arboraient des couleurs plus ternes (bleu, marron...). Puis, à partir du XVIe siècle, notamment grâce à la baisse des prix de la laine, la mode du tartan se généralise, et on en vient à le porter avec une ceinture, d'où la naissance du *belted plaids* ou *great kilts*. Ce qui signifie que, bien que j'adore regarder les genoux découverts de Mel Gibson dans *Braveheart*, il y avait quand même peu de chance pour que le véritable William

Wallace porte le kilt en allant bouter l'ennemi anglais hors d'Écosse à ce moment-là...

À ce propos, le XIVe aura été un siècle riche en événements dans l'histoire de l'Écosse, notamment avec la victoire de Robert Ier, roi d'Écosse, également appelé Robert de Bruce, sur le voisin anglais pour l'indépendance du pays.

Il faut savoir que les Hébrides ont connu, elles aussi, des temps troublés à la fin de ce siècle, notamment en raison de nombreuses guerres entre clans. Dans ce roman, je relate, en parallèle de l'histoire d'Alasdair et Urain, le problème rencontré lors de la succession de John MacDonald, premier seigneur des îles. En effet, Jon Mór, son fils cadet, conteste à partir de 1387 le droit de son frère aîné, Dómhnall d'Islay, à succéder à leur père, à la mort de ce dernier. Dans mes recherches, les clans MacKinnon, MacLeod de Harris (ennemis de longue date des MacDonald) et MacLean sont cités comme des alliés de Jon Mór. Mais comme les MacLean apparaissent également dans les soutiens de Dómhnall, j'ai pris le parti de me servir des différentes branches existantes : les MacLean de Duart, chez qui Alasdair a passé de nombreuses années en apprentissage dans le roman, et les MacLean de Lochbuie. Ces deux branches du clan sont affiliées aux MacDonald par le mariage, les deux chefs étant les beaux-fils de John MacDonald ; une parenté qui leur a rapportée des terres et une certaine influence dans la région. Je me suis également servie de la réputation de conseiller « maléfique » de Finnon MacKinnon, également surnommé « the green Abbot » (« l'Abbé vert »), pour construire ce personnage et en faire le « méchant » de l'histoire. Selon certains, il est celui qui aurait poussé Jon Mór Tanister à se rebeller contre son frère.

Finnon et Neil ont vraiment existé, contrairement à Alasdair qui est un personnage fictif (et c'est bien dommage !). Après la participation des MacKinnon dans la rébellion du frère contestataire Jon Mór (qui, lui, a bien fui la queue entre les jambes en Irlande avant de revenir comme une fleur lors de la bataille de Harlaw en 1411), le clan a été dépossédé de ses biens, à l'exception de ses terres sur Skye. Pour des raisons évidentes, j'ai choisi de ne pas suivre cette voie afin d'offrir à nos héros la fin qu'ils méritent, contrairement à ce que j'avais écrit pour la version initiale de ce roman qui constitue par ailleurs la première partie du tome 1 de la trilogie fantastique/fantasy *Les Gardiens de l'Ordre Sacré* que j'ai écrite des années plus tôt et qui s'intitule sobrement *Le Highlander*. Ce n'est que lorsque j'ai décidé de reprendre cette histoire de zéro, pour en faire une véritable romance historique, qu'Alastar (de la trilogie *Entre II Mondes*) est devenu Alasdair MacKinnon. Au revoir donc elfes et dragons...

Dans ce roman, je fais également mention d'un autre problème dans la succession MacDonald, survenu un peu plus tôt en 1386, entre les enfants issus du premier mariage de John MacDonald avec Amy MacRuairi : Godfrey d'Uist et Ranald de Glengarry. Ce conflit en a d'ailleurs entraîné un autre avec les MacLeod, qui reprochèrent ensuite à Dómhnall d'Islay sa gestion de l'affaire. Je me suis servie de ce désaccord politique pour justifier le ralliement du clan auprès de Jon Mór, plus tard.

Il est aussi bon de rappeler que l'île de Skye n'a été placée sous l'autorité du seigneur des îles qu'en 1438. Avant cette date, elle était rattachée au comté de Ross, mais certaines îles, elles, restèrent indépendantes pendant plusieurs siècles. C'est une des raisons pour lesquelles j'en ai profité pour intégrer le personnage d'Euphémie Ire de Ross, comtesse de plein droit et femme de caractère, avec qui Connor entretient une relation privilégiée. À cette époque, il était rare qu'une femme détienne un si grand pouvoir, même s'il existe quelques précédents. Bien sûr, dans les faits, c'est à son époux qu'est revenue la charge de gérer son héritage. Euphémie finit tout de même par divorcer d'Alexandre Stuart, mari adultère, en 1392 avant de se retirer comme abbesse d'Elcho en 1394. Elle meurt en 1398, et c'est son fils, Alexandre Leslie, qui reçoit le titre de comte. À sa mort, le comté de Ross finira malgré tout par revenir aux MacDonald après le décès de Mariota, la fille d'Euphémie et de son premier mari Sir Walter Leslie, car celle-ci avait épousé

Dómhnall MacDonald d'Islay, le frère d'Elizabeth, la femme de Neil, lui-même frère d'Alasdair… Vous l'aurez compris, j'adore mêler romance et grande histoire !

Pour finir, les ruines du véritable château de Dunakin, ou *Caisteal Maol* en gaélique, se trouvent près du village de Kyleakin, qui fait également face à celui de Kyle of Lochalsh. Ces ruines sont celles de la reconstruction du château.

Je ne sais pas ce que vous en pensez, mais je trouve pour ma part l'histoire de l'Écosse passionnante ! Et mes recherches menées dans ce beau pays m'ont permis de découvrir des événements qui feraient de très beaux romans. Je vous dis donc à très vite pour de nouvelles aventures !

DÉBORAH